Sophie Oliver

Der Fall des lachenden Kranichs

Ein viktorianischer Krimi
mit den Ermittlern
des Sebastian Club

DRYAS

Das für dieses Buch eingesetzte Papier ist ein Produkt
aus nachhaltiger Forstwirtschaft.

1. Auflage 2019

Herausgeber: Dryas Verlag, Frankfurt am Main,
gegr. in Mannheim.

Dieses Buch wurde vermittelt
durch die Agentur Ashera, Gottenau

Herstellung: Dryas Verlag, Frankfurt am Main
Lektorat: Andreas Barth, Oldenburg
Korrektorat: Birgit Rentz, Itzehoe
Umschlaggestaltung: © Guter Punkt, München (www.guter-punkt.de)
unter Verwendung von Motiven von iStock und Alamy
Grafiken: Silhouette of a gentleman in a tuxedo
© dervish15 – Adobe Stock

Satz: Dryas Verlag, Frankfurt am Main
Gesetzt aus der Palatino Linotype
Druck: CPI books GmbH, Ulm

Bibliografische Information der Deutschen Bibliothek:
Die Deutsche Bibliothek verzeichnet diese Publikation in der Deutschen
Nationalbibliografie, detaillierte bibliografische Daten sind im Internet
über http://dnb.ddb.de abrufbar

ISBN 978-3-940855-85-5
www.dryas.de

Der Kranich – chinesisch: 鹤 Hè

In der chinesischen Mythologie
symbolisiert der Kranich
Langlebigkeit, Weisheit und die Beziehung
zwischen Vater und Sohn.
Von allen Kranicharten erreicht der schwarze Kranich
angeblich das höchste Alter,
und es heißt,
dass er ab seinem sechshundertsten Lebensjahr
aufhört zu fressen und nur noch Wasser braucht.
Hat der Kranich einen Partner gefunden,
lebt er normalerweise
bis zum Tod monogam.

1895

PROLOG

Hongkong, British China

Die ersten Strahlen der aufgehenden Sonne küssten die Magnolien wach. Ihre Blütenkelche öffneten sich bereitwillig, und auf Wellen morgenfrischer Luft getragen, breitete sich im Garten ein betörender Duft aus. Anfangs noch dezent, mit zunehmender Wärme intensiver.

Lien stand barfuß auf der kleinen Brücke, die sich über den Karpfenteich spannte, und machte wie jeden Tag ihre Übungen. Dafür trug sie einen Anzug, bestehend aus weiter Hose und einer dazu passenden, kastig geschnittenen Jacke mit Stehkragen aus blütenweißem Stoff. Sieben knebelartige Knöpfe hielten sie geschlossen. Schon als Kind hatte sie mit dem Qigong begonnen, und nun, als junge Frau von achtzehn Jahren, konnte sie sich keinen Tagesbeginn ohne vorstellen. Anfangs nahm Lien das Aroma von Champaka und Purpur-Magnolien noch wahr, aber je mehr sie in ihrer Konzentration versank, desto weniger Eindrücke von außen erreichten sie.

Ein Zuschauer hätte die eleganten, fließenden Bewegungen der zierlichen Lien ansprechend gefunden, jedoch schenkten ihr dicht gepflanzte Bäume und enge, verschlungene Wege absolute Abgeschiedenheit, sodass sie sich sicher sein konnte, von niemandem beobachtet zu werden. Zudem hatte ihr Vater, Hu Yong, mit hohen Mauern dafür gesorgt, dass ungebetene Gäste keinen Zutritt zu seinem weitläufigen Grundstück hatten. Das Anwesen der Familie Hu lag auf einer Anhöhe im Norden von Hongkong Island, mit einem spektakulären Blick bis hinüber nach Kowloon. Wenn die feuchte Hitze unten in der Stadt die Menschen in ihrem Schweiß badete, ließ es sich hier oben angenehm aushalten. Nur wohlhabende Bürger lebten in Villen in den Hügeln, und Hu Yong war einer der reichsten. Er schottete seine Familie von allem ab, was sie mit der gefährlichen, harten und bedürftigen Welt draußen in Kontakt hätte bringen können.

Leider versagten die Sicherheitsvorkehrungen an diesem Tag. Aber es konnte schließlich niemand ahnen, dass der Eindringling ausgerechnet die steile Klippe bezwingen würde. Um das zu schaffen, musste er erstens klettern können wie eine Bergziege und zweitens unten in der Bucht ein Boot liegen haben, was angesichts der starken Strömung ohnehin schon ein kniffeliges Unterfangen war.

Fast unmöglich, doch nicht gänzlich, schien die Einnahme des Hu'schen Grundstücks von der Seeseite aus. Der drahtige junge Kerl bewältigte seine Aufgabe meisterhaft. Nachdem er sich vom Felsen auf das abrupt abbrechende hintere Ende des Gartens geschwungen hatte, befestigte er sein um den Bauch geknotetes Seil an einem Banyanbaum und zog daran einen großen Bastkorb herauf. Anschließend schlich er sich mit der lautlosen Sicherheit derer, die sich vorab über die Örtlichkeiten informiert haben, durchs Gebüsch, pirschte sich an die ahnungslose Lien heran und setzte sie mit einem gezielten Schlag außer Gefecht. Sie sackte so schnell in sich zusammen, dass ihr zu einem langen Zopf geflochtenes Haar wie eine schwarz glänzende Peitsche hinter ihr herschwang.

Mühelos schulterte der Mann seine Last, trug das Mädchen zum Korb und ließ es hineingleiten. Aufgrund Liens zierlicher Gestalt verschwand sie komplett darin – und das war gut so. Denn bestimmt hätte sie nicht sehen mögen, wie sie samt Transportgefäß über die steile Felswand nach unten abgeseilt wurde. Selbst als helfende Hände sie auf dem wartenden Boot in Empfang nahmen, kam sie nicht zu sich. Mit ruhiger Sicherheit navigierte ein alter Mann am Ruder das Boot um Hongkong Island herum, bis er den Hafen von

Aberdeen erreichte. Nicht einmal als das kleine Gefährt in den schwimmenden Markt eintauchte, Teil von ihm wurde und mit den unzähligen anderen Booten verschmolz, auf denen Menschen Handel trieben, lebten und starben, Dinge transportierten und ihren täglichen Geschäften nachgingen, wachte Lien auf. Erst als irgendwann jemand den Deckel des Korbes abnahm und grelles Sonnenlicht sie kitzelte, schlug sie blinzelnd die Augen auf. Freilich war es da längst zu spät, um noch irgendwie Alarm zu schlagen, geschweige denn davonlaufen zu können.

Hu Yong erfuhr von seiner Gattin vom Verschwinden der Tochter. Zusammen mit seinem Freund und Vertrauten Liu Wen befragte er sämtliche Dienstboten, doch niemand hatte etwas gesehen oder gehört. Allen war schleierhaft, wie Lien das gesicherte Anwesen hatte verlassen können, und einem jeden war sofort klar, dass etwas Schreckliches geschehen sein musste.

»Schicke nach Zhen«, verlangte Hu Yong dunkel, »und sag ihm, Lien wurde entführt. Dieser Sohn einer Wasserschlange hat sie geholt. Wir müssen sie finden.«

»Was ist mit der Kolonialpolizei?«, fragte Liu Wen.

Hu Yong zuckte geringschätzig mit den Schultern. »Wir sollten auch sie informieren, doch wissen wir beide, dass die Engländer nichts ausrichten werden.«

Poebene, Italien

Die Ausstattung der ersten Klasse in der Dampfeisenbahn von Calais nach Brindisi ließ keine Wünsche offen. Brandneue Pullman-Palace-Car-Waggons brachten ihre vornehmen Passagiere komfortabelst vom Ärmelkanal bis ans Mittelmeer.

Professor Brown, der Vorsitzende des ehrenwerten Sebastian Club vom Berkeley Square in London, saß in seinem Abteil, die Times lesend, während sich ein dünner Rauchschwaden wie eine tanzende Kobra aus der Pfeife hochschlängelte, ein wenig über seinem Kopf in der Luft verharrte und sich dann mit dem Pfeifennebel vermischte, der unter der gewölbten Decke stand.

»Interessant«, murmelte er vor sich hin – es hatte den Anschein, mehr zu sich als zu Crispin Fox, der ihm gegenüber saß und die vorbeifliegendende Landschaft durch das Fenster beobachtete. »Zwei Männer, die unterschiedlicher nicht sein könnten, sterben am selben Tag.«

Crispin horchte auf. »Wie bitte? Wer ist tot?«

»Ares Christoforou und Paddi Latimer.«

»Ich fürchte, weder der eine noch der andere Name sagt mir etwas.« Mit einer unauffälligen Geste lockerte Crispin seine Krawatte, denn die Luft im Abteil heizte sich zusehends auf. Draußen schien die Sonne, und nachdem sie die Alpen hinter sich gelassen hatten, glitt der Zug nun durch die sommerlich verbrannte Poebene.

Der Professor nahm die Pfeife aus dem Mund und deutete damit auf das Fenster. »Öffnen Sie es ruhig. Ein wenig frische Luft kann nicht schaden.«

Ein Altersunterschied von vierzig Jahren trennte die beiden Männer. Während der gesetzte Professor Brown gerne las und die Fälle seines Sebastian Club durch Nachdenken löste, lag dem jungen Crispin ein eher aktiver Ansatz besser. Er recherchierte, observierte und scheute sich auch nicht vor Verfolgungsjagden. Redete er sich zumindest ein, denn er war so neu im Ermittlerteam des gediegenen Herrenclubs, dass er bisher noch nie jemandem wirklich hatte hinterherlaufen müssen. Er freute sich tagtäglich über seine Aufnahme. Der Sebastian Club beschäftigte nämlich eine Riege besonders begabter Gentlemen, die sich der Klärung außergewöhnlicher Verbrechen verschrieben hatten, und für Crispin war es eine Ehre, dazuzugehören. Dies war sein zweiter Fall. Für den sie sich ans andere Ende der Welt begeben mussten, und das in aller Eile. Eigentlich arbeitete der hochbegabte Jurist als Anwalt in der Kanzlei seines Vaters Harold Fox, die er eines Tages übernehmen sollte. Seitdem er in den Sebastian Club eingetreten war, hatte er allerdings kaum Zeit für seinen Beruf, denn die Berufung, das Ermitteln, kam ihm ständig dazwischen. So auch jetzt. Sein Vater war nicht begeistert gewesen, als Crispin ihm mitgeteilt hatte, bis auf Weiteres nicht zur Verfügung zu stehen, weil er mit den Clubkollegen nach British China reisen würde, um eine entführte junge Frau zu finden.

Nachdem er dankbar die Scheibe halb heruntergeschoben, eine Nase voller Frischluft genommen und sich wieder gesetzt hatte, fuhr der Professor fort.

»Ares Christoforou ist, vielmehr war, ein schwerreicher Geschäftsmann aus Zypern, der zusammen mit seiner Familie eines der größten Stadthäuser in Mayfair bewohnte und seit ungefähr zwanzig Jahren erfolglos versuchte, sich in der Gesellschaft zu etablieren. Natürlich kennt man ihn, und er wird, beziehungsweise wurde, auch zu der ein oder anderen Veranstaltung geladen, aber er gehörte nicht wirklich dazu. Wie ich diesem Bericht entnehme, hatte er einen tödlichen Unfall. Paddi Latimer hingegen war ein berüchtigter Londoner Unterweltstrolch. Ein schlimmer Bursche. Dass der nicht friedlich daheim in seinem Bett das Zeitliche segnete, verwundert nicht.«

»Wie starb er denn?«

»Hier steht, er wurde regelrecht geschlachtet. Mit einer außerordentlich scharfen und breiten Klinge.«

Crispin runzelte die Stirn. Zwei Morde, davon einer an einem Kriminellen, in einer Stadt wie London, in der täglich weiß Gott wie viele Menschen den Tod fanden. Klang nicht gerade wie eine Sensation. Crispin hatte allerdings den Eindruck, als würde der Professor regelrecht nach einer ebensolchen suchen. Kurz bevor sie in Calais in den Zug gestiegen waren, hatte er sich am Bahnhof noch rasch eine Ausgabe der Times besorgt, die er seitdem auswendig zu lernen schien – gemessen an der Zeit, die er mit Lesen verbrachte. Professor Brown saugte jedes einzelne Wort auf, runzelte bisweilen die Stirn, brummte Unverständliches oder schob die Lesebrille auf seiner Nase rauf und runter. Ein unterhaltsamer Reisegefährte war er nicht gerade.

»Ich gehe zu den anderen in den Speisewagen«, teilte Crispin dem älteren Herrn mit. »Es ist Zeit für den Tee. Kommen Sie auch?«

»Wie bitte?« Irritiert blickte Professor Brown von seiner Lektüre auf.

»Möchten Sie eine Tasse Tee?«

»Nein, vielen Dank, Mister Fox. Ich werde noch ein wenig lesen. Aber gehen Sie ruhig. Wir sehen uns dann beim Abendessen.«

Draußen auf dem Gang war es weitaus stickiger als im Abteil.

Wie kann man nur in einem derartig heißen Land leben?, fragte sich Crispin kopfschüttelnd, während er den Speisewagen betrat und sich nach seinen Reisebegleitern umsah. Ich bin froh, wenn wir es durchquert haben, obgleich ich befürchte, dass es eher unangenehmer als frischer werden wird.

Lord Philip Dabinott, Anfang dreißig, groß, schlank, mit interessant geschnittenem Gesicht und stets makellos gekleidet, sein Neffe Freddie Westbrook, nur zwölf Jahre jünger als sein Onkel und das Küken der Ermittlerriege, sowie ein Chinese namens Zhen, der nicht zu den Detektiven gehörte, sondern genau genommen ihr Auftraggeber war, hatten es sich bereits an einem Tisch bequem gemacht. Crispin setzte sich auf den freien Platz neben Freddie. Der Tee war serviert worden, Crispin ließ sich eine Tasse bringen und beäugte skeptisch das Gebräu in der Kanne.

»Wir haben lediglich heißes Wasser bestellt, weil wir uns etwas Besonderes gönnen wollen«, klärte Lord Philip ihn auf. »Long Jing Grüntee aus China. Zhen hat ihn mitgebracht, er misstraut dem hiesigen Teeangebot.« Er zwinkerte Zhen zu, da der sich anschickte zu protestieren.

Freddie goss Crispin ein. »›Long Jing‹ bedeutet ›Drachenquelle‹. Der Tee ist in Asien sehr berühmt und von hervorragender Qualität.«

Dieses Wissen überraschte Crispin nicht, immerhin war Freddie bei Lord Philips Schwester in Hongkong aufgewachsen, durch eine langjährige Freundschaft seit Kindertagen mit Zhen verbunden und sprach fließend Chinesisch. Genau genommen hatten die Herren es Zhen und ebenjener Freundschaft zu verdanken, dass sie nun um den halben Erdball reisen mussten, da er ein Versprechen von Freddie einforderte. Vor Jahren hatten die beiden einander geschworen, sich gegenseitig zu Hilfe zu kommen, egal wann oder wo.

Und nun brauchte dieser Liu Zhen Freddie Westbrooks Unterstützung, denn ihm war seine Verlobte abhandengekommen. Entführt, wie er sagte. Innerlich verdrehte Crispin die Augen, ließ sich aber die Abneigung gegen den jungen Hongkong-Chinesen nicht anmerken, sondern nippte mit gleichmütigem Gesichtsausdruck an seinem Tee. Der erstaunlich gut schmeckte für etwas, das so wässrig aussah.

Jedenfalls war es natürlich nicht infrage gekommen, Freddie alleine nach Asien reisen zu lassen, daher hatten sich die Ermittler des Sebastian Club geschlossen auf den Weg gemacht, um die entführte Verlobte wiederzufinden.

Wobei – einer der Gentlemen-Detektive war in London verblieben. Doktor Pebsworth sollte sich daheim zur Verfügung halten, falls man Hilfe dort brauchte. Crispin wusste, dass der Clubvorsitzende Professor Brown nur zu gerne mit dem Doktor getauscht hätte, aber anscheinend betrachtete er es als seine Pflicht, mitzukommen.

»Wann werden wir Brindisi erreichen?«, fragte Freddie gerade.

»Etwa zwei Stunden bevor unser Schiff nach Alexandria ausläuft«, antwortete Lord Philip.

Unauffällig griff Crispin unter dem Tisch nach Freddies Hand und drückte sie. Wahrscheinlich nicht unauffällig genug, denn Lord Philip warf ihm einen ebenso alarmierten wie missbilligenden Blick zu und fragte betont auffällig: »Noch mehr Tee, Mister Fox?«

»Aber gerne. Schmeckt sehr erfrischend, dieser Long Jing!«

Zum Abendessen gesellte sich auch der Professor zu den anderen. Man speiste standesgemäß gekleidet unter einer gewölbten, opulent bemalten Decke, an der ausladende Kronleuchter befestigt waren, sodass Crispin sich beinahe wie in einem Ballsaal vorkam und nicht wie in einem Zug. Damasttischdecken und schweres Silberbesteck trugen ebenso zum gediegenen Ambiente bei wie feines Porzellan und geschliffene Kristallgläser.

Bei der Hitze verspürte Crispin keinen Appetit, daher entschied er sich für Fisch und nahm als Dessert lediglich ein wenig Obst. Dazu trank er einen exzellenten Pinot Blanc aus dem Rheingau. Während die Gentlemen ihr Dinner genossen, stocherte Zhen nur lustlos darin herum und aß kaum etwas. Wahrscheinlich war sein Gaumen exotischere Aromen gewohnt, mutmaßte Crispin. Es war ja hinlänglich bekannt, dass die Chinesen alles scharf würzten und unaussprechliche Dinge aßen.

»Lassen Sie uns die Fakten noch einmal zusammenfassen«, schlug Professor Brown vor, nachdem der Kaffee serviert worden war.

Zhen sah von seiner Tasse auf. Er blieb bei Grüntee. »Aber ich habe Ihnen alles schon mehrfach erzählt.«

Lord Philip nickte. »Richtig. Und jedes Mal sind Ihnen weitere Details eingefallen, die sich als wichtig erweisen könnten. Die Vorgehensweise des Professors hat sich bewährt, also bleiben wir dabei.«

Da musste ihm Crispin zustimmen. Obwohl er selbst erst an einem Fall mitgewirkt hatte – wie übrigens auch Freddie Westbrook, man hatte sie quasi gemeinsam rekrutiert –, konnte er mit Sicherheit sagen, dass die zahlreichen Sitzungen, bei denen die Detektive ihre Informationen zusammengetragen und durchdiskutiert hatten, sehr hilfreich bei der Lösung gewesen waren. Und wenn Professor Brown es für nötig befand, den Sachverhalt nochmals zu besprechen, würde er seine Gründe haben.

»Na schön.« Zhen seufzte und warf aus dunklen Augen einen Blick in die Runde, bevor er begann.

»Bereits als Kind wurde ich mit einem Mädchen namens Hu Lien verlobt. Ihr Vater, Hu Yong, und der meine, Liu Wen, beschlossen dies. Am fünfzehnten Juni verschwand Lien morgens spurlos aus dem Garten des Familienwohnsitzes. Wenige Stunden später erhielten mein Vater und Mister Hu ein Schreiben, in dem stand, dass ich Lien niemals heiraten würde, weil durch unsere Verbindung die Familien Hu und Liu zu einflussreich in Hongkong würden.«

»Zhen stammt aus einer alteingesessenen Kaufmannsdynastie. Zusammen mit einigen anderen Familien bestreiten sie einen Großteil des Import-Export-Geschäftes in Hongkong. Was die Chinesen angeht. Dazu kommen natürlich die Handelshäuser unter westlicher Führung«, warf Freddie ein. »Im Zuge seiner Vermählung sollte der Zusammenschluss der Familienunternehmen bekannt gegeben werden und die Gründung der Hu Liu Hongkong Company.«

Lord Philip stützte die Ellenbogen auf den Tisch, legte die Handflächen wie in einer betenden Geste aneinander und tippte mit den Fingerspitzen leicht gegen sein Kinn. Wieder einmal fiel Crispin auf, wie lang und feingliedrig seine Finger waren, ganz genauso wie die von Freddie. Auch die Augen der beiden leuchteten im selben intensiven Blau. Freddies Gesicht allerdings war voller und runder als das schmale Antlitz von Lord Philip mit seinen hohen Wangenknochen und dem breiten Mund. »Dann liegt der Schluss nahe, dass die Entführung von einer der anderen Familien durchgeführt wurde«, konstatierte er gerade.

»Das ist unwahrscheinlich, da keine Feindschaften bestehen. Darüber hinaus wäre es zu naheliegend«, widersprach Zhen. »Aber es gäbe noch eine weitere Möglichkeit, jemand, den mein Vater und Mister Hu verdächtigen.«

»Ach ja? Wer soll das sein?«

»Seit einigen Jahren versucht ein Mann namens Wu Bai geschäftlich in Hongkong Fuß zu fassen. Das geht natürlich nicht so einfach. Erstens ist der Kuchen längst aufgeteilt, und zweitens gehören ordentliche chinesische Geschäftsmänner den alten Clans an. Wu Bai ist ein Emporkömmling mit lächerlichen Vorstellungen. Er wird niemals als Händler akzeptiert werden. Gut möglich, dass er glaubt, wenn er sich Lien nimmt, dann steht ihm ein Platz unter uns zu.«

»Interessante Theorie.« Zum ersten Mal an diesem Abend kam Leben in Professor Browns unbeteiligtes Gesicht. Seine braunen Augen blitzten, als er nachfragte: »Welchem Clan entstammt Wu Bai denn?«

Zhen schnalzte geringschätzig mit der Zunge. »Keinem ordentlichen. Er ist ein Tanka.« Weil ihn sämtliche Herren verständnislos anstarrten, erklärte er weiter: »Die Tanka sind Bootsleute, Wassermenschen. Sie leben auf Dschunken, Booten und Schiffen, ohne ein richtiges Zuhause. Wie nennt man das bei Ihnen?« Er überlegte kurz. »Fliegende Händler? Zigeuner?«

Lord Philip nickte beiläufig. »Wir verstehen, was Sie meinen. Und Ihre werte Familie ...?«

»Wir sind Han-Chinesen. Unsere Wurzeln gehen auf die erste große Dynastie zurück. Und Lien kommt aus dem Mandschu-Clan, dem auch die kaiserliche Familie angehört, die China regiert.«

»Gewiss, gewiss.«

Nur mit Mühe unterdrückte Crispin ein Grinsen. Lord Philip vermochte unglaublich jovial zu sein, wenn er es darauf anlegte. Schwer zu sagen, ob er einfach nur den britischen Kolonialsnob herauskehrte oder Zhen genauso wenig leiden konnte wie Crispin. Doch das würde er schon noch herausfinden.

»Wie dem auch sei. Sie haben zwar weniger als drei Wochen gebraucht, um nach London zu reisen und uns um Unterstützung zu bitten, was beachtlich ist – aber wäre es nicht möglich, dass sich die Sache bereits erledigt hat, bis wir Hongkong erreichen? Selbst wenn wir Ihre Zeit unterbieten, was wir vorhaben, denn unser junger Freund Mister Fox hier hat den schnellstmöglichen Reiseweg gebucht«, anerkennend nickte Lord Philip Crispin zu, »wird es gut zwei Wochen dauern, bis wir ankommen. In einer so langen Zeitspanne kann viel passieren, gerade was Verbrechen betrifft. Glauben Sie mir, da spreche ich aus Erfahrung.«

»Ich stehe in ständiger telegrafischer Verbindung mit meinem Vater und mit dem von Lien. Wie Sie wissen, kam mittlerweile eine Lösegeldforderung an. Zusammen mit der Ankündigung, dass Lien freigelassen werden würde, wenn zusätzlich zur Zahlung die Geschäftszusammenlegung nicht stattfindet. Das ist natürlich Humbug. Zunächst bat sich Liens Vater Zeit aus, um die Forderung zu überdenken. Nachdem er das ausgereizt hatte, stimmte er zum Schein zu und bat um ein paar weitere Tage, um die geforderten Mittel zu beschaffen. Allerdings tickt die Uhr, das will ich nicht abstreiten.«

Brindisi

Freddie hatte als einziges Mitglied der Ermittlerriege ein Abteil für sich alleine. Lord Philip teilte sich die Kabine mit dem Professor und Crispin mit Zhen. Offiziell wurde das damit begründet, dass man eine ungerade Zahl an Reisenden sei. Inoffiziell kannte natürlich jeder der Herren den wahren Grund. Daher war es mehr als unangemessen, als Crispin kurz vor der Ankunft in Brindisi in Freddies Coupé schlüpfte.

»Was ist los?«, fragte Freddie ihn überrascht. Fertig zum Aussteigen in einem leichten Leinenanzug mit Fliege, hellen Schuhen und Hut, war das Einzige, was nicht zur Erscheinung eines jungen Mannes passte, das üppige, weizenblonde Haar, welches in großzügigen Wellen weit über die Schultern fiel.

»Gottlob hast du deine Perücke noch nicht auf, sonst käme es mir reichlich seltsam vor, das hier zu tun«, bemerkte Crispin mit einem Grinsen, zog Freddie an sich und küsste sie.

Überrascht schnappte sie nach Luft, als er sie wieder losließ. »Crispin Fox! Was fällt dir ein? Wenn mein Onkel dich hier erwischt ...«

»... wird er mich lynchen, ich weiß. Herrlich, wie ihm das Gesicht gefror, als er bemerkte, dass ich unter dem Tisch deine Hand drückte.«

»Das ist kein Spiel. Wir hatten die Sache in London besprochen, Onkel Philip, du und ich. Wir befinden uns auf einem offiziellen Ermittlungsauftrag des Sebastian Club. Frauen haben dabei nichts verloren. Daher gebe ich, wie auch schon bei unserem letzten Fall, den jungen Herrn, und mir liegt viel daran, dass diese Rolle glaubwürdig ist. Amouröse Verwicklungen würden uns nur schaden.«

Zerknirscht blickte Crispin zu Boden. »Es tut mir leid. Nur fällt es mir zusehends schwerer, so zu tun, als wärst du ein Mann.«

»Dann hättest du nicht mitfahren dürfen!« Langsam wurde Freddie ungehalten. Seit Zhens überraschendem Auftauchen benahm sich Crispin wie ein eifersüchtiger Schuljunge. Die Gefühle, welche die beiden in den letzten Wochen füreinander entwickelt hatten, waren noch zart, und auch für Freddie war es nicht einfach, zu ihrem Wort zu stehen und Zhen zu helfen, anstatt einen entspannten Sommer auf dem Land zu verbringen, mit gelegentlichen Besuchen von Crispin. Aber so war das Leben. Pläne konnten sich über Nacht ändern. Und wenn ein guter Freund Hilfe brauchte, musste man die eigenen Belange hintanstellen, fand Freddie. Zudem hatte sie keineswegs vor, sich in naher Zukunft an einen Mann zu binden. Das wäre das sichere Ende ihrer Tätigkeit als Detektiv.

»Für mich ist es einfacher, als Gentleman zu reisen. Ich kann mich freier bewegen, besser ermitteln und werde von den Menschen anders wahrgenommen. Besonders in Hongkong wird mir das zugutekommen, dort ist die Rolle der Frau eine noch viel beschränktere als zu Hause in London.« Auch wenn das schwer vorstellbar ist, fügte sie im Geiste hinzu. Denn seitdem Freddie Westbrook das Leben von der männlichen Seite aus kennengelernt hatte, fiel ihr erst auf, wie beschnitten ihre weibliche Existenz war.

»Das weiß ich doch. Ich wollte dich nur rasch alleine sehen, bevor wir auf das Schiff umsteigen und alles wieder hektisch und chaotisch wird.«

Zart strich sie mit der Hand über seine Wange und hauchte ihm einen Kuss auf die Lippen. »Unsere Zeit wird kommen, Crispin. Nur eben nicht gerade jetzt, sondern ein wenig später.«

Lächelnd legte er die Stirn einen Moment lang an die

ihre. »Geduld war noch nie meine Stärke.« Er griff nach der blonden Kurzhaarperücke und reichte sie Freddie. »Hier. Ist es nicht schrecklich warm darunter?«

»Und wie! Entsetzlich. Erklär mir noch mal, wie es von Brindisi aus weitergeht. Immerhin hast du die Route geplant – sehr gut, wie ich anmerken möchte.«

»Wir setzen mit der SS Victoria nach Port Said über, und von dort aus schippern wir weiter nach Colombo.«

»Ceylon?«

»Richtig. Der limitierende Zeitfaktor dabei ist der Suezkanal. Dieser darf nämlich nur im Schneckentempo passiert werden, und wenn viel Betrieb ist, müssen wir warten.«

Mit einer liebevollen Geste streichelte Freddie über Crispins dunkelblondes Haar, wobei sich eine vorwitzige Strähne löste und ihm in die Stirn fiel. Sie lächelte ihn an. »Ich denke, wir werden Glück haben und rasch vorankommen.«

Er verbeugte sich leicht vor ihr. »So sei es, Miss Westbrook. Obwohl, nun bist du wieder Mister Westbrook. Bereit zum Aussteigen?«

Nach der langen Zugfahrt tat es gut, endlich festen Boden unter den Füßen zu haben. Auch wenn es sich dabei um ein kurzes Vergnügen handelte, denn sie mussten so rasch wie möglich auf ihr Schiff. Als Freddie damals von Hongkong nach London gereist war, um fortan bei ihrem Onkel Lord Philip Dabinott zu leben, hatte sie eine andere Route genommen, sie war noch nie zuvor in Brindisi gewesen. Die Hafenstadt am Sporn des italienischen Stiefels glühte in der flimmernden Sonne und roch nach Fischnetzen und Menschen.

Beim Verlassen des Zuges wurden die Gentlemen von zahlreichen einheimischen Männern umringt, die allesamt in einem Kauderwelsch aus Englisch und Italienisch anboten, sowohl das Gepäck als auch die Reisenden selbst zur Bootsanlegestelle zu tragen. Was die Herren selbstredend weit von sich wiesen. Zumindest der Professor, Lord Philip,

Freddie und Crispin. Zhen hatte keine Skrupel, sich von einem bullig aussehenden Italiener huckepack über den Corso Roma zum Hafen schleppen zu lassen. Die anderen begnügten sich damit, lediglich ihre Koffer abzugeben. Es handelte sich ohnehin nur um einen kurzen Fußmarsch von fünfzehn Minuten, zumeist sogar ein wenig abschüssig, währenddessen Freddie aus dem Staunen nicht herauskam. Auf beiden Seiten der Straße gab es Läden und Verkaufsstände, in denen Essen sowie Souvenirs feilgeboten wurden. Die Menschen waren dunkelhaarig, mit gebräunter Haut, und ein kleines Mädchen an der Hand seiner Mutter hatte so lange schwarze Wimpern, wie Freddie sie noch nie gesehen hatte. Aufgrund ihrer Herrenverkleidung konnte sie ihrer Begeisterung darüber keinen Ausdruck verleihen, das hätte dann doch ein wenig unmännlich gewirkt. An einem der Stände kaufte sie Zitronen und Orangen, deren Schale intensiv duftete und später die Schiffskabine mit Wohlgeruch erfüllen würde.

Das Dampfschiff Victoria der Peninsular and Oriental Steam Navigation Company, kurz P&O genannt, wartete bereits auf die Neuankömmlinge. Mit Schloten, Segelmasten, Rettungsbooten und einem von Menschen nahezu überfließenden Deck. Freddie wusste nicht, worauf sie in dem bunten Treiben ihr Augenmerk zuerst richten sollte, so viele Eindrücke stürzten gleichzeitig auf sie ein. Auch an Bord hatte sie wiederum eine Einzelkabine, glücklicherweise eine außen liegende, während die anderen sich mit Doppelkajüten und Stockbetten begnügen mussten. Aufgrund ihrer kurzfristigen Reisepläne waren nämlich die meisten der Einzelunterkünfte bereits reserviert gewesen, außerdem gab es auf der SS Victoria nur wenige davon. Der Großteil der Kajüten beherbergte drei und vier Betten, selbst in der ersten Klasse, sodass die Herren ihre Unterbringung akzeptieren mussten.

Die schwelende Sommerhitze wich bald nach dem Ablegen einer herrlichen Seebrise. Tiefblaue Mittelmeerwellen glitzerten im Nachmittagslicht, soweit das Auge reichte. Zufrieden ließ sich Freddie neben Professor Brown auf einem Liegestuhl auf dem Deck der ersten Klasse nieder und genoss eine Weile einfach nur den Ausblick. Das Meer sah anders aus als das um England. Und auch anders als die südchinesische See. An diesem Tag wirkte es, als machte es den azurfarbenen Wogen Spaß, sie von einem Ufer ans gegenüberliegende zu schaukeln. Wenigstens kam es Freddie so vor.

»Wie haben Sie es denn geschafft, hier eine aktuelle Ausgabe der Times zu ergattern?«, fragte sie den Professor neugierig, nachdem ihr Blick auf das Datum der Zeitung gefallen war.

Er lächelte sie verschwörerisch an. »Alles eine Frage der Organisation. Ich habe bereits vor unserer Abreise telegrafisch veranlasst, dass mir in jedem Hafen und auf sämtlichen Zwischenstationen die Times ausgehändigt wird.«

»Wie praktisch! So bleiben Sie immer auf dem neuesten Stand.«

»Ich habe auch ein Telegramm von Doktor Pebsworth erhalten.«

Freddie setzte sich überrascht auf. »Wirklich? Was steht denn drin?«

»Eigentlich wollte ich das später nach dem Essen mit allen zusammen besprechen, aber da Sie schon mal hier sind und wir beide es gerade so gemütlich haben – wieso nicht ...« Er zog einen schmalen Streifen Papier aus der Tasche seines Jacketts und reichte ihn Freddie, die den kurzen Text darauf aufmerksam las.

Christoforou überfahren. Piccadilly. Latimer Schwert. Docks. Woodard überfordert. – Was soll das bedeuten?«

»Ich hatte den guten Doktor zu den Todesfällen aus der letzten Ausgabe der Times befragt. Sie erinnern sich, wir haben darüber gesprochen?«

Freddie nickte.

»Wie es aussieht, wurde Mister Christoforou mitten in

Piccadilly auf offener Straße überfahren und Mister Latimer mit einem Schwert an den Docks ermordet.«

»Welche Schlüsse ziehen Sie daraus?«

»Noch gar keine. Aber ich habe Doktor Pebsworth telegrafisch gebeten, bei beiden Fällen ein wenig nachzuhorchen. Es ist nur so ein Gefühl, doch ich möchte die Sache nicht aus den Augen verlieren. Zumal von Inspektor Woodard nicht viel zu erwarten sein wird. Sicher muss er zuerst klären, ob der Tod des reichen Geschäftsmannes ein Unfall oder ob es Mord war, bevor er sich um Latimer kümmert, und wir alle wissen, wie Woodard unter Stress reagiert.«

»Mit Magenbeschwerden.«

»In der Tat. Eigentlich hatte er nach dem Fall um Kassiopeias Herz Urlaub beantragt. Er wollte mit seiner Frau an den Lake Windermere fahren, um auszuspannen. Das hätte er bitter nötig, er wird immer dünner und nervöser. Aber offensichtlich hat man ihn zurückbeordert.«

»Armer Kerl«, meinte Freddie mitfühlend. Sie mochte den Inspektor, der neben Arbeitsfrust auch über eine gehörige Portion trockenen Humors verfügte.

Sorgfältig faltete Professor Brown die Zeitung zusammen und stand auf. »Mister Westbrook, ich befürchte, Inspektor Woodard wird noch mehr Arbeit bekommen, denn hier drin«, er hielt die Times hoch, »stehen beunruhigende Dinge. Die wir unbedingt beim Essen diskutieren müssen. Sollen wir uns umkleiden?«

Einen Augenblick lang befürchtete Freddie, der Professor wollte ihr den Arm reichen, um ihr vom Liegestuhl hochzuhelfen, aber im letzten Moment besann er sich eines Besseren und wippte stattdessen nur etwas verlegen auf seinen Absätzen vor und zurück. Normalerweise sah er nonchalant über die Tatsache hinweg, dass sein jüngster Ermittler eine Ermittlerin war, gelegentlich brach jedoch der Gentleman in ihm durch.

Leider war es mit den kulinarischen Künsten des Kochs auf der SS Victoria nicht weit her. In der ersten Klasse gab es zähe Lammrippchen in einer Gurkensoße mit verkochten Kartoffeln und als Dessert einen Sponge-Pudding, der einem Ziegelstein mit klebriger Soße ähnelte, optisch wie geschmacklich. Tapfer aßen die Herren alles auf, denn Seeluft macht hungrig, und der durchaus trinkbare Wein, den sie dazu bestellt hatten, erleichterte die Sache ein wenig.

»Es scheint so, als ob sich seit unserer Abreise die Kriminellen in London ein Stelldichein geben«, eröffnete Professor Brown schließlich das Gespräch. »Die Times schreibt, dass ein Teekontor an den Docks vollständig abgebrannt ist. Dabei gab es zwei Tote, und von den Tätern fehlt jede Spur.«

»Besteht ein begründeter Verdacht auf Brandstiftung?«, fragte Lord Philip.

»Darüber steht nichts in der Zeitung, aber ich bin mir sicher.«

»Es könnte sich genauso gut um ein Unglück handeln, einen Unfall, Fahrlässigkeit, etwas in der Art«, gab Lord Philip zu bedenken. Er sah ein wenig skeptisch drein, und auch Freddie hielt Professor Browns Analyse der Times für reichlich frei interpretiert. Doch der Professor setzte noch einen drauf: »Und dann fand ein weiterer Mord statt: Impy Montgomery ist tot!«

»Der jüngste Sohn von Viscount Shawston?«, rief Freddie überrascht aus. »Er war nicht viel älter als ich. Woran ist er denn gestorben?«

»Aus der Todesanzeige entnehme ich keine Details über sein Ableben«, blieb Professor Brown vage.

Lord Philip war die Skepsis deutlich anzumerken. »Woher wollen Sie dann wissen, dass es sich um Mord handelt?«

»Ein junger Mann von dreiundzwanzig Jahren ist tot!«

»Der dafür bekannt war, sämtlichen Rauschmitteln mehr als zugetan zu sein. Der Ruf seiner Familie leidet darunter. Impy ist das sprichwörtliche schwarze Schaf. Oder besser gesagt, er war es.«

»Was ist das überhaupt für ein Name – Impy?«, fragte Zhen.

Alle Augen richteten sich auf den Professor, immerhin hatte der die Todesanzeige gelesen, dort musste schließlich der volle Name stehen, den er auch gleich würdevoll zum Besten gab: »Charles Imperial Augustus Montgomery, genannt Impy.«

»Konnte man ihn nicht einfach Charly nennen?«

Nun starrten vier Augenpaare Zhen verständnislos an. Es war beinahe schon ein Steckenpferd der englischen Aristokraten, ihre oftmals erschlagend ernsthaften Taufnamen durch kindische Abkürzungen zu ersetzen. Impy war dabei noch einer der nachvollziehbarsten, Freddie kannte auch einen Bunny, Oofy und Binky. Viel wichtiger war die Frage, warum der Professor davon ausging, dass Impy eines gewaltsamen Todes gestorben war, und sah er mittlerweile Gespenster beim Durchforsten der Times? Das konnte heiter werden, wenn er jede Ausgabe filterte.

»Sollten wir nicht von Vermutungen Abstand nehmen, solange wir nicht mit Sicherheit wissen, was geschehen ist?«, warf Lord Philip vorsichtig ein.

»Unbedingt«, stimmte ihm Professor Brown zu. »Deswegen habe ich vor dem Essen bereits Doktor Pebsworth telegrafiert, damit er genau das in Erfahrung bringt. Nicht dass Sie mich für einen alten Narren halten, der ohne jeglichen Beweis den Teufel an die Wand malt.«

Alle protestierten nun durcheinander, dass man dies selbstverständlich niemals tun würde. Aber insgeheim fragte sich zumindest Freddie, ob Professor Brown deshalb so viele Verbrechen in London sah, weil er eigentlich nicht hatte verreisen wollen, und nun glaubte, daheim etwas zu verpassen.

Nach dem Essen machte Freddie einen Spaziergang an Deck, um nachzudenken, als sich Zhen zu ihr gesellte.

»Ziemlich an den Haaren herbeigezogen, die Vermutungen von Professor Brown, findest du nicht?«, fragte er.

»Ich vertraue auf seine Erfahrung. Er ist lange im Geschäft und liegt meistens richtig mit dem, was er sagt.«

Sie standen nebeneinander an der Reling und blickten aufs Meer hinaus. Mittlerweile war es dunkel geworden, und die Sterne am Himmel spiegelten sich im ruhigen Wasser.

»Du warst schon immer ein loyaler Mensch, Freddie, das schätze ich an dir. Aber ich glaube nicht, dass seit eurer Abreise mehr Verbrechen in London verübt werden als sonst. Es gibt täglich zig Todesfälle, die nie ans Licht der Öffentlichkeit gelangen. Ich denke, der Professor durchforstet aus Langeweile die Zeitung mit dem Vorsatz, etwas Auffälliges zu finden.«

»Das sehe ich nicht so.« Es schien Freddie wichtig, Zhen zu widersprechen. Immerhin urteilte er über den Vorsitzenden des Sebastian Club, und sein Tonfall gefiel ihr nicht. »Aufmerksam durchs Leben zu gehen hat noch niemandem geschadet. Und lass dir eines gesagt sein: Alle Ermittler aus unserem Club sind äußerst wachsam.« Sie atmete kurz durch, weil sie merkte, wie stark Zhens Kritik an Professor Brown sie enervierte. »Da wir gerade davon sprechen: Wieso bist du den weiten Weg von Hongkong nach London gekommen, um mich bei etwas um Hilfe zu bitten, bei dem ich als Frau dir niemals helfen könnte?«

Zhen lächelte. »Dir entgeht nichts, nicht wahr? Nachdem du uns verlassen hattest, war deine Tante ein wenig einsam und daher oft zu Gast bei meinen Eltern. Dabei erzählte sie nicht nur von dir, sondern auch von ihrem jungen Bruder, Lord Philip Dabinott, einem smarten Lebemann, der so viel mehr zu bieten hätte als nur ein hübsches Gesicht. Tante Persephone wünscht sich wirklich, dass es möglichst bald einer Dame aus gutem Hause gelingt, ihren werten Bruder in den Hafen der Ehe zu locken. Leider sieht sie dabei seinen Herrenclub als Problem. Jener Sebastian Club steckt seine Nase nämlich gerne in Angelegenheiten, die einen Gentleman aus der Oberschicht eigentlich nicht zu interessieren haben, so Tante Perry.«

Freddie schnappte nach Luft. »Das hat sie gesagt? Ich wusste nicht, dass sie derart gut informiert ist.«

»Nicht nur sie«, fuhr Zhen fort. »Wenn man sich ein wenig umhört, stellt man fest, dass sich der Ruf des Sebastian Club mittlerweile sogar bis Hongkong herumgesprochen hat. Immerhin ermitteln die Gentlemen schon eine Weile. Hongkong ist eine britische Kronkolonie, in der sich Mitglieder von Militär, Adel und der besseren Gesellschaft Englands aufhalten. Die meisten davon langweilen sich, tratschen gerne, und die Welt ist sowieso ein Dorf.«

»Also hattest du nie vor, meine persönliche Hilfe in Anspruch zu nehmen, sondern von vornherein die von Onkel Philip – und du hattest auf die Unterstützung des Sebastian Club spekuliert. Muss eine ziemliche Überraschung für dich gewesen sein zu erfahren, dass auch ich zu den Detektiven gehöre und mich deswegen als Mann verkleide.«

Aus den erleuchteten Fenstern des Speisesaals fiel sanftes Licht aufs Deck hinaus. Nicht genug, als dass Freddie Zhens Gesicht genau hätte erkennen können, vor allem nicht, weil er in die Dunkelheit blickte. Aber sie meinte, eine leichte Zerknirschtheit in seiner Stimme auszumachen.

»Wir waren immer ehrlich zueinander, daher will ich dir nichts vormachen. Ich bin verzweifelt. Wenn es irgendeine Möglichkeit gegeben hätte, das Problem selbst zu lösen, wäre ich niemals den weiten Weg nach London gekommen. Vater war ohnehin dagegen, er ist ein stolzer Mann und findet es peinlich, dass meine Verlobte abhandengekommen ist.«

»So ein Unsinn!«

»Du kennst ihn doch.«

»Was ist, wenn wir zu spät kommen? Eine Reise um die halbe Welt dauert, da kann in der Zwischenzeit viel passieren.«

»Freddie! Male bitte den Teufel nicht an die Wand. Wie ich direkt nach meiner Ankunft in London berichtete, hat Liens Vater mehrere Forderungen von den Entführern erhalten. Zum einen sollen sowohl er als auch meine Familie sich aus dem Geschäft zurückziehen. Wir sind zum Schein teilweise darauf eingegangen, um unseren guten Willen zu signalisieren und um Zeit zu gewinnen. Und dann verlangen sie noch eine horrende Summe an Lösegeld. Wir baten um einen Aufschub, um sie zu beschaffen, und als das Ultimatum abgelaufen war, nochmals. Langsam eilt es, denn ein drittes Mal werden sie bestimmt nicht darauf eingehen.«

»Was ist, wenn ihr nicht bezahlt?«

Zhen zuckte hilflos mit den Schultern. »Ich mag es mir nicht vorstellen.«

»Du hast sie wohl sehr gern?«, fragte Freddie sanft.

»Wen? Lien?« Zhens dunkle Augen blickten in die Ferne. Dann warf er Freddie einen Blick zu, den sie nicht zu deuten vermochte. »Ich bitte dich, ich kenne sie kaum. Insgesamt begegnete ich ihr zwei Mal. Einmal als Kind, als wir verlobt wurden, und danach noch mal vor ein paar Jahren, als der Termin für die Eheschließung schriftlich festgehalten wurde.«

»Ist sie hübsch?«

»Oh ja, sehr. Aber ich habe noch nie ein Wort mit ihr gewechselt. Das heißt, sie könnte dumm wie Bohnenstroh sein, und ich würde es erst nach der Hochzeit erfahren.«

»Oder sie könnte eine entsetzliche Piepsstimme haben?«

»Genau. Oder eine so tiefe, dass sie wie ein Mann klingt.«

»Oder sie könnte Haare auf den Zähnen haben.«

Jetzt zuckten Zhens Mundwinkel amüsiert, und auch Freddie musste ein Grinsen unterdrücken. Er legte seine Hand auf die ihre, die sich noch an der Reling festhielt.

Schon als Kinder vermochten sie einander gegenseitig stets aufzuheitern. Wann immer einer von ihnen traurig war, gab der andere nicht auf – so lange, bis die trübe Stimmung verflogen war. Freddie machte sich natürlich keinerlei Illusionen darüber, sie könnte irgendetwas sagen, was Zhen die Angst um seine Verlobte nehmen würde, aber wenigstens schien er ihr Bemühen zu schätzen.

»Störe ich?«, ertönte eine Stimme.

Rasch zog Zhen die Hand zurück, allerdings nicht schnell genug für Crispins kritischen Blick. Dessen Augenbrauen zogen sich missbilligend zusammen, sodass zwischen ihnen eine steile Furche entstand.

»Im Gegenteil«, versicherte Freddie eilig. »Wir sprachen über Zhens Verlobte und das Ultimatum, das die Entführer ihrer Familie gestellt haben.«

Die Falte glättete sich, als Crispin antwortete. »Ja, erstaunlich, nicht wahr, welche Geduld sie an den Tag legen.«

»Was wollen Sie damit sagen?«, brauste Zhen auf.

Beschwichtigend hob Crispin die Hände. »Nichts. Nur dass es ein großes Glück ist, dass man Ihnen die Zeit gewährt, den weiten Weg nach London zu reisen und eine Handvoll Detektive mit nach Hongkong zu bringen ...«

Suezkanal, Ägypten

Nach der Ankunft in Port Said hatten es alle Passagiere eilig, wenigstens kurz von Bord zu gehen und sich die Beine zu vertreten. Sobald die SS Victoria Kohle nachgeladen hatte, würde es weitergehen. Die Stadt an sich bestand aus um den Hafen gruppierten arabischen Häusern, die allesamt nicht älter als etwa dreißig Jahre waren. Während der Bauphase des Kanals war die Siedlung an der sandigen Küste entstanden und seit Inbetriebnahme der Fahrrinne vor gut fünfundzwanzig Jahren stetig weitergewachsen.

Lord Philip war neugierig auf den Schiffskanal, der das Mittelmeer mit dem Roten Meer verband. Bei seiner feierlichen Eröffnung damals war er ein kleiner Junge gewesen. Sein Vater, Charles Wilbur Baxter Dabinott, der siebzehnte Duke of Farnborough, war zu dem drei Tage andauernden Fest geladen worden wie viele andere Mitglieder des europäischen Adels und der Königshäuser. Philip erinnerte sich gut an den verregneten Tag im Herbst, an dem sein Vater zusammen mit dem erstgeborenen Sohn, ebenfalls ein Charles, abgereist war. Sein Bruder war zehn Jahre älter als Philip und somit schon gesellschaftsfähig. Persephone, das mit Abstand älteste der vier Dabinott-Kinder, hatte ihm aus der Times von der rauschenden Feier vorgelesen, die den Khediven Ismail Pascha Unsummen gekostet hatte. Nie würde Philip die Bilder der fremdländisch aussehenden Personen und der prachtvollen Schiffe vergessen, die Zeitungen waren voll davon gewesen. Nur zu gerne wäre er mit ihnen gefahren, als einer der ersten Passagiere, aber erst jetzt, als erwachsener Mann von zweiunddreißig Jahren, durfte er endlich den Suezkanal durchschippern.

»Schippern« schien als Wort äußerst adäquat, denn gemächlich ging es voran in dem breiten Wassergraben, der beiderseits von hoch aufgetürmten Sandufern begrenzt wurde. So langsam, dass ein Läufer ohne Weiteres nebenher hätte Schritt halten können. Was in der stechenden Hitze des Tages natürlich niemand versuchte. Wie ausgestorben lagen die weißen Behausungen der Einwohner ans Ufer hingestreut.

»Warum fahren wir nicht schneller?«, fragte Professor Brown Lord Philip. Nachdem sie in Port Said zurück an Bord gegangen waren, hatte er sich zuerst in die Kabine verzogen, war jedoch bald darauf mit schweißnassem Gesicht auf dem Oberdeck erschienen. Im Inneren des Schiffes ließ es sich bei diesen Backofentemperaturen unmöglich aushalten. Die beiden Herren trugen Sommeranzüge aus leichtem Stoff und breitkrempige Hüte, aber Philip beneidete die Ägypter, die in ihren traditionellen Galabijas weit weniger zu schwitzen schienen.

»Wir dürfen fünf Knoten nicht überschreiten«, erklärte er. Das hatte er in einem Reisebericht gelesen. »Sonst erzeugt das Schiff eine Strömung, die den Ufersand mit sich reißt, und die Böschung gibt nach. Der Kanal war vor zwanzig Jahren deutlich breiter als jetzt. In der Zwischenzeit haben sich seine Ufer durch die Unterspülung einander stetig angenähert.«

Verständnisvoll, wenn auch bedauernd, nickte der Professor. »Das leuchtet ein. Gleichwohl ich wünschte, wir hätten ein wenig Fahrtwind. Sehen Sie nur, wie die Luft flimmert. Man möchte beinahe meinen, die Dörfer am Ufer wären eine Fata Morgana.« Mit einem weißen Taschentuch wischte er sich über Stirn und Wangen.

»Sie vertragen die Hitze nicht?«, fragte Philip.

»Nur in Maßen. Dabei ist sie hier noch trocken. Ich mag nicht an die feuchte Schwüle denken, die uns in Asien erwartet.«

Mitleidig blickte Lord Philip auf den älteren Herrn. Er wusste, dass Professor Brown über sechzig Jahre alt war und der Inbegriff eines englischen Gentlemans mit seinem gepflegten, kurz gestutzten weißen Bart und der stets aufrechten Haltung. Nur wenig kleiner als der hochgewachsene Lord Philip stand er so würdevoll wie möglich unter der unbarmherzig herabbrennenden Sonne und wünschte sich zweifellos, er wäre daheim in seinem Sebastian Club.

»Sie werden wohl Ihre Gründe haben, warum Sie sich diese Reise antun«, sagte Lord Philip leise mit einem fragenden Unterton.

Er erhielt keine Antwort, der Professor presste lediglich die Lippen aufeinander und verschränkte die Hände auf dem Knauf seines Spazierstocks.

»Denn ich weiß, dass Sie ein Mann sind, der nichts unüberlegt unternimmt.«

Limehouse, London

In London fiel der Regen lotrecht vom Himmel, wie mit dem Lineal gezogen. Ein dichter Vorhang aus Wasser legte sich über die Stadt, und mit ihm die Düsternis eines wolkenverhangenen Nachmittags. Das Wetter konnte sich nicht entscheiden, ob es noch dem Sommer Tribut zollen oder sich bereits in den Herbst ergeben sollte, so war es schwülwarm, windstill und äußerst nass.

In den schmutzigen Straßen von Limehouse verwandelte sich der Alltagsstaub innerhalb kürzester Zeit in cremigen Schlamm, der, verdünnt vom Regen, gemächlich bergab in Richtung Themse floss. Am Ufer lag Ropemakers Fields, daneben der Limehouse Causeway, welcher ein Stück weiter östlich dann Pennyfields hieß. Doktor Pebsworth bog in die Trinidad Street ein und stand mitten in Chinatown. Praktisch gelegen an den Docks gab es hier alles, was das Herz eines chinesischen Matrosen begehrte: Bordelle, Essen, Unterkünfte sowie die Wohnungen der Seefahrerfamilien. Das allgegenwärtige Aroma von Fäkalien und Garküchen zusammen mit dem speziellen, leicht erdigen Geruch, der rund um die Uhr aus den Opiumhöhlen drang, hatte sich in den prasselnden Wassermassen weitgehend aufgelöst, was Doktor Pebsworth dankbar zur Kenntnis nahm. Weniger glücklich war er allerdings über die Tatsache, dass seine Schuhe bereits kurz nachdem er die Kutsche verlassen hatte, völlig durchweicht waren. Ein unangenehmes Gefühl von schmutziger Nässe durchdrang seine Socken, schlüpfte zwischen jede Zehe. Er beschloss, sein heiß geliebtes Dampfbad im Sebastian Club aufzusuchen, sobald er hier fertig war. Der Gedanke zauberte ein kleines Lächeln auf seine Lippen.

Versonnen strich sich Doktor Pebsworth das Wasser aus dem Schnurrbart. Vor dieser Belohnung lag allerdings noch ein gutes Stück Arbeit. Er seufzte und trat durch die Tür eines winzigen Ladens. Sofort wurde er von einem intensiven Kräutergeruch umhüllt, ein paar davon konnte er identifizieren, Salbei und Myrrhe, der Großteil verschwamm jedoch zu einem exotischen Potpourri.

Darauf bedacht, in dem überfüllten Raum nichts umzuwerfen, balancierte der Doktor seine Leibesfülle überraschend elegant durch den Laden bis hin zu einem Tresen, hinter dem ein alter Chinese stand.

»Wallace, mein Lieber! Was treibt dich bei diesem schrecklichen Wetter aus dem Haus? Und noch dazu durch die halbe Stadt bis an meine Gestade?«, fragte ihn der Mann in allerbestem Englisch, in dem sogar ein leichter Upperclass-Akzent mitschwang. Er war klein und mager und trug einen Changshan, eine chinesische Tunika, in dunklem Blau mit Stehkragen, die ihm bis zu den Knöcheln reichte. Sowohl die weißen Augenbrauen als auch sein ebensolcher Bart waren auffallend buschig und wippten mit, wenn er sprach. Das verbleibende Haar hinter seiner Stirnglatze hatte er zu einem langen Zopf geflochten. Beim Lächeln verschwanden die mandelförmigen Augen fast gänzlich in einem Fächer aus Fältchen. Die guten Zähne überraschten, passten sie doch wenig zum Eindruck eines alten Mannes und weckten den Verdacht, dass der Chinese eventuell jünger war, als sein greisenhaftes Äußeres vermuten ließ.

Doktor Pebsworth nahm grüßend den Hut ab, darauf bedacht, dass dabei möglichst wenig Wasser auf den Boden tröpfelte.

»Guten Tag, Albert. Es tut mir leid, unangemeldet bei dir hereinzuplatzen, aber ich brauche deine Hilfe.«

Mit einer einladenden Geste und ohne weitere Nachfragen wies Albert auf den Perlenvorhang, der den Durchgang zum Hinterzimmer abschirmte. Dann sperrte er rasch die Ladentür ab, bevor er sich zum Doktor gesellte. Der Raum, in dem sie sich nun befanden, war ebenfalls winzig und mit allerlei Möbeln vollgestellt. Eine komplette Wand wurde von einem riesigen asiatischen Arzneischrank aus lackiertem Holz beansprucht, dessen unzählige Fächer und Türchen Doktor Pebsworth neugierig beäugte. Am liebsten hätte er sie alle der Reihe nach geöffnet und hineingesehen. In einer Ecke stand ein kleiner Ofen, auf dem Wasser kochte. Dann gab es eine schmale Liege und ein Tischchen mit zwei Stühlen.

»Ich wollte mir gerade einen Tee machen«, sagte Albert. »Darf ich dir auch einen anbieten? Nimm doch Platz.«

»Sehr gerne.« Ein wenig skeptisch testete Doktor Pebsworth das zierlich wirkende Sitzmöbel, bevor er sich vollständig darauf niederließ. Glücklicherweise stellte es sich als so robust wie bequem heraus. Freudig streckte der Doktor die Hand nach dem angebotenen henkellosen Teebecher aus Porzellan aus, den der Chinese ihm hinhielt.

Selbstredend hieß Albert nicht wirklich Albert, sondern eigentlich Kuo Shixin, aber während seiner Zeit an der Universität hatte ihm seine Verehrung für den Gemahl der Königin Victoria diesen Spitznamen eingebracht. Der Doktor und Albert hatten gemeinsam Medizin studiert. Zu Anfang des ersten Semesters hatte Albert kaum ein Wort Englisch gesprochen, sich jedoch als außerordentlich schneller Lerner erwiesen. Seine Andersartigkeit, was Aussehen und Herkunft betraf, und die Hochbegabung von Pebsworth auf dem Gebiet der Medizin hatten beide zu Außenseitern gemacht und waren der Grundstein für eine tiefe Freundschaft gewesen. Nach Abschluss des Studiums war Albert in seine Heimat zurückgekehrt, um sich in traditioneller chinesischer Heilkunde ausbilden zu lassen, und erst Jahre später wieder nach London gekommen.

»Wie ist es dir ergangen, seitdem du deine Praxis in der Harley Street übergeben hast?«, fragte Doktor Pebsworth.

Albert ließ sich ihm gegenüber nieder. »Wunderbar! Sieht man mir das nicht an?« Er zwinkerte schelmisch. »Nein, ernsthaft, mir wurde alles zu viel. Unsere alte Heilkunde, gepaart mit eurem europäischen Wissen, hat mir neben zahllosen Patienten ein gutes Auskommen beschert. Glücklicherweise war mein Sohn so weit, dass er übernehmen konnte, und ich durfte mich zurückziehen.«

»Aber nicht auf dein Altenteil«, Pebsworth wies um sich, »wie es scheint.«

»Damit mir nicht langweilig wird, verkaufe ich ein paar Kräuter und Tinkturen. Alles ganz traditionell chinesisch – was derzeit sehr gefragt ist in London. Nicht nur unter meinen Landsleuten, auch die Engländer wissen die Mittelchen zu schätzen.«

»Das glaube ich wohl.«

Albert nippte an seinem Tee. »Genug von mir. Was kann ich für dich tun? Krank siehst du nicht aus. Also bist du wahrscheinlich hier, weil du Informationen brauchst, nicht wahr?«

Der wohlschmeckende Tee hatte Doktor Pebsworth die nassen Füße vergessen lassen. Er fühlte sich gut in Alberts kleinem exotischem Reich. Vielleicht sollte er ihn öfter besuchen, um die alte Freundschaft wieder ein wenig zu beleben.

»Du triffst den Nagel auf den Kopf. Bei den vielen Menschen, mit denen du täglich zu tun hast, dachte ich mir, du könntest mir möglicherweise Näheres über den Brand in diesem Teekontor erzählen, von dem die Times berichtete.«

»Soso. Daher weht der Wind.« Mit nachdenklichem Blick lehnte sich Albert zurück und schob die Hände in seine weiten Ärmel, sodass es aussah, als trüge er einen Muff.

»Du bist wohl noch immer in diesem Ermittlerzirkel tätig, was? Dann lass dir gesagt sein, dass man sich besser nicht in die Sache einmischt. Der englische Löwe kann zwar laut brüllen, doch der chinesische Drache speit Feuer. Er ruht bisweilen, lässt sich aber niemals zähmen. Das zu glauben, wäre fatal.«

»Albert, ich bin es, dein alter Freund Wallace. Du musst

bei mir nicht den geheimnisvollen Heiler spielen. Für ein offenes Wort bin ich dir dagegen mehr als verbunden.«

»Also gut. ›Teekontor‹ ist ein hochtrabender Ausdruck für das Rattennest, das abgebrannt ist. ›Schmugglerhöhle‹ würde es besser treffen. Der Tee war nur Fassade. Meines Wissens verdiente der Eigentümer sein Geld eigentlich mit Opiumschmuggel und der Einfuhr von gestohlenen Schätzen aus China, die hierzulande als Kunst verkauft wurden.«

»Verstehe.«

»Um dieses sogenannte Kontor ist es nicht schade. Genauso wenig wie um die beiden Leute, die gleich mit verbrannt sind. Yang Cai, der Besitzer, den alle nur ›Laoshu‹ nannten – was passenderweise ›Ratte‹ bedeutet – und sein Handlanger. Angeblich kamen sie dabei um, als sie versuchten, den Brand zu löschen. Jeder hier weiß, dass dem nicht so war.«

Interessiert hob Doktor Pebsworth die Augenbrauen, und Albert fuhr fort: »Es wird gemunkelt, dass Laoshu zu frech wurde, sich zu groß fühlte. Vielleicht hat er einmal zu oft jemanden über den Tisch gezogen, ist an den Falschen geraten, und deshalb hat man ihn und seinen ersten Mann kaltgestellt. Soviel ich weiß, hat ein chinesisches Handelshaus das Grundstück gekauft, auf dem das abgebrannte Kontor stand, und baut dort schon ein neues ...«

»Wie überaus zügig!«

»Nicht wahr?«

Nachdem die beiden älteren Herren noch eine Weile über dies und das geplaudert und sich gegenseitig das Versprechen abgenommen hatten, einander künftig wieder öfter zu treffen, machte sich der Doktor auf den Weg nach Mayfair.

»Das, was ich über den Löwen und den Drachen gesagt habe«, meinte Albert zum Abschied, »vergiss das nicht, Wallace.«

Wie mit Athena Christoforou, der Witwe des verblichenen Ares Christoforou, vereinbart, traf Doktor Pebsworth pünktlich um siebzehn Uhr ein und wurde direkt vom Hausdiener nach oben in die privaten Räume geführt.

Erweckten die unteren Salons der Stadtvilla einen gediegen britischen Eindruck, waren Mrs Christoforous Zimmer in einer fremdartig anmutenden dunklen Opulenz ausgestattet, die an Schwülstigkeit grenzte. Viel ornamentales Blattgold, zahlreiche Vasen und Möbelstücke im typisch altgriechischen Stil verwiesen auf die Herkunft der Hausherrin. Der Doktor konnte nicht beurteilen, ob es sich dabei um Repliken oder antike Originale handelte, vermutete aber Letzteres.

»Ich danke Ihnen vielmals, dass Sie Doktor Aristides vertreten«, begrüßte ihn Mrs Christoforou von ihrem Bett aus. Sie war eine dralle Frau Mitte vierzig mit dunklen Locken ohne einen Anflug von Grau darin und einem ausladenden Busen, der nur mangelhaft von einem nachlässig geknoteten Morgenmantel im Zaum gehalten wurde. »Nicht auszudenken, was ich ohne mein Tonic machen sollte!«

Tränen traten in ihre runden braunen Augen, und sie griff nach einem Taschentuch.

»Dafür bin ich ja da, gnädige Frau.«

»Ich verstehe nicht, dass Doktor Aristides genau zum jetzigen Zeitpunkt verreisen musste!«

»Vermutlich hatte er dies schon länger geplant. Aber er kontaktierte mich umgehend, als er vom bedauerlichen Unfall Ihres Mannes erfuhr, und bat mich, ihn zu vertreten. In seiner fürsorglichen Art wusste er, dass Sie medizinischen Beistand brauchen. Er meinte, Sie wären von einer äußerst zarten Konstitution, und ich solle mich gut um Sie kümmern.« Das stimmte nicht einmal annähernd. Doktor Pebsworth hatte dem Kollegen eine Reise nach Karlsbad spendiert – gesponsert vom Sebastian Club, in dem beide Mitglieder waren –, wo er einen Kongress für Entomologie besuchen durfte. Die Insektenkunde war Doktor Aristides' Steckenpferd, sodass er dieses Angebot unmöglich ausschlagen konnte. Zumal Doktor Pebsworth ihm versichert hatte, sich während seiner Abwesenheit für eventuelle Notfälle zur Verfügung zu halten.

Geschmeichelt ließ Mrs Christoforou den Blick sinken, bevor sie Doktor Pebsworth mit einem hilflosen Augenaufschlag darum bat, das Tonic stärker als gewöhnlich anzumischen, weil sie großen Beistands bedurfte.

Ihre Aussprache war griechisch gefärbt, und für einen Moment fragte sich Doktor Pebsworth, ob sie sich wohlfühlte in einem Land, in dem so ziemlich alles konträr zu ihren mediterranen Wurzeln war. Oder ob sie sich hier wie in einem goldenen Käfig vorkam, in dem sie nur ihrem Mann zuliebe saß und aus dem sie nach dessen Tod nun flugs flüchten würde.

»Ich nehme an, Sie haben von der Tragödie gehört. Wahrscheinlich spricht ganz London darüber«, hauchte sie, woraufhin der Doktor lediglich diskret nickte.

»Wissen Sie auch, mit wem mein Gatte zusammen war?«

»Mit seiner«, er zögerte, »Assistentin?«

»Assistentin?« Mit Verachtung spie Mrs Christoforou das Wort hin. »›Geliebte‹ trifft es wohl besser. Oder wie würden Sie eine Varietétänzerin bezeichnen, mit der Ares sich jeden Mittwochabend zum Stelldichein traf?«

Peinlich berührt suchte der Doktor nach einer Antwort. Es war ihm unangenehm, dass Mrs Christoforou derart ungeniert über die Sache sprach. Andererseits war er genau aus diesem Grund hier – um sie aus der Reserve zu locken und Informationen zu sammeln. Dabei musste man die Gute nicht einmal locken, sie rannte ihm mit fliegenden Fahnen entgegen.

»Ich meine, die Dame hieß Mademoiselle Bellefleur?«

»Pah, das ist nie und nimmer ihr richtiger Name!« Mrs Christoforou brach in Tränen aus. »Ihr wurde kein Haar gekrümmt, sie überstand den Unfall unbeschadet, während mein armer Ares ...« Aufschluchzend presste sie sich das Taschentuch vor den Mund.

Doktor Pebsworth hatte derweil im Tonic gerührt, das

Pulver war längst aufgelöst, also reichte er es seiner Patientin.

Mit gierigen Schlucken trank Mrs Christoforou das Glas in einem Zug leer, schniefte und sank dann ermattet zurück in ihre Kissen.

»Ich danke Ihnen, Herr Doktor. Sie sind ein Engel.«

»Konnte Inspektor Woodard Ihnen denn schon Ermittlungserfolge vermelden?«, fragte er vorsichtig.

»Nicht einmal ansatzweise. Alles, was ich weiß, ist, dass mein Mann beim Überqueren der Straße von einem dieser neuen Automobile erfasst wurde und meterweit durch die Luft flog. Die kleine Kurtisane, die bei ihm war, stand wohl mit verdutztem Blick auf dem Bürgersteig und fiel in Ohnmacht. Und jetzt ist sie verschwunden.«

Das war neu. »Wie bitte?«

»Nun ja, ihr Gönner lebt nicht mehr, also wird sie sich nach einem neuen umsehen müssen.«

»Aber wieso kann Inspektor Woodard sie nicht ausfindig machen?«

Mrs Christoforou zuckte die runden Schultern und machte eine wegwerfende Handbewegung. »Das ist mir völlig einerlei. Ich habe meinen Mann verloren. Denken Sie, da interessiert es mich, wie es seiner Geliebten geht?«

»Natürlich nicht. Verzeihen Sie diese unsensible Frage, Gnädigste.«

Mit reichlich Verspätung durfte der Doktor endlich zum angenehmen Teil des Tages übergehen. Die Sonne ging unter, als er die Tür zum Dampfbad im Sebastian Club öffnete und beglückt in die feuchtheißen Schwaden eintauchte. Vorher hatte er noch ein Telegramm an Professor Brown geschickt. Kurz rechnete er im Kopf aus, wo seine Kollegen sich gerade befinden mochten. Vermutlich waren sie mittlerweile in Colombo angekommen. Doktor Pebsworth war heilfroh, die anstrengende Reise nicht unternehmen zu müssen. Viel lieber hielt er daheim die Stellung. Darüber hinaus versäumte der Professor es nicht, ihn mit Arbeitsaufträgen einzudecken. Mit an Sicherheit grenzender Wahrscheinlichkeit würde der Laufbursche aus dem Telegrafenamt bald wieder bei ihm vor der Tür stehen.

Hongkong, British China

Die Fahrt über das Rote Meer nach Colombo war so heiß gewesen, dass Freddie zusammen mit einem Großteil der Passagiere ihr Nachtlager auf Deck aufgeschlagen hatte, um nicht in der Hitze zu verschmachten. Der überwältigend schöne Sternenhimmel hatte ihr dabei die Abende versüßt, daran würde sie sich immer erinnern.

In Ceylon hatten sie glücklicherweise ihren Anschlussdampfer erreicht, sodass die Reise ohne Verzögerung weiterging. Von der SS Victoria stiegen die Gentlemen um auf die SS Oriental, ebenfalls ein Schiff der P&O-Linie, ein neueres, geräumigeres mit einem weitaus besseren Koch.

Auch das Wetter auf der Überfahrt war ihnen hold gewesen, lediglich einmal hatte der Monsunregen sie heimgesucht. Freddie hätte die Reise genossen, wenn nicht ein Problem an ihr genagt hätte, das immer dringlicher wurde, je näher sie ihrem Ziel kamen.

Es war schließlich Professor Brown, der es eines Abends beim Essen ansprach, mit einer Stimme, als ginge es um das Ende der Welt.

»Gentlemen«, begann er, »wir müssen uns mit einem Thema befassen, welches ich nur sehr ungern diskutiere, dennoch ist es unumgänglich.«

Freddie wusste, was kommen würde, es war nicht schwer zu erraten. Ihr Steak schmeckte ihr plötzlich nicht mehr, daher legte sie das Besteck weg und unterdrückte ein Seufzen.

»Wenn wir Hongkong erreichen«, fuhr der Professor fort, »werden wir im Haus von Lord Philips Schwester wohnen.

Sie erwartet ihre Nichte Frederique und keinen Freddie, und auch die Geschichte mit dem Zwillingsbruder ist in diesem Fall sinnlos.«

Freddie hörte, wie ihr Onkel vernehmlich seinen letzten Bissen hinunterschluckte. »Wir können Persephone unter keinen Umständen den jungen Herrn Freddie präsentieren, sie würde einen Herzanfall bekommen oder mich lynchen. Zudem wissen alle in ihrem Bekanntenkreis, dass sie eine Nichte hat und keinen Neffen.«

»Dann bleibt als einzige Alternative, dass Sie in ein Kleid schlüpfen, Mister Westbrook«, sagte Professor Brown zu Freddie, dabei merkte er anscheinend nicht, wie abstrus der Satz klang. Das Thema war ihm sichtlich unangenehm.

Sie wollte protestieren, aber Lord Philip brachte sie mit einem Blick zum Schweigen. Der Professor hatte noch nicht alles gesagt.

»Wir werden in England niemals über diesen Umstand sprechen«, fuhr er fort. »In den Statuten unseres Clubs steht klar geregelt, dass es keine weiblichen Mitglieder geben darf. Dass wir über Mister Westbrooks wahres Geschlecht diskret Stillschweigen bewahren, muss zu Hause um jeden Preis fortgesetzt werden, sind wir uns da einig?« Er blickte in die Runde, und alle stimmten ihm zu.

Als er sich nach dem Dinner zurückzog, folgte ihm Freddie.

»Auf ein Wort, Professor«, bat sie, bevor er seine Kabinentür aufschloss. Mit fragend hochgezogenen, buschig weißen Augenbrauen sah er sie an.

»Ich möchte ein Mann bleiben.«

Er lächelte. »Wissen Sie, ich gehöre einer älteren Generation an und tue mich mit manch moderner Errungenschaft schwer. Dennoch halte ich es für gesichert zu behaupten, dass die englischen Herrenclubs auch in hundert Jahren noch keine Frauen aufnehmen werden. Was ich über diesen Umstand im Allgemeinen denke, sei dahingestellt. Im Speziellen, also in Ihrem Fall, ist das inakzeptabel, daher die Scharade. Mit der wir uns auf sehr dünnem Eis bewegen, was den Ruf und die Glaubwürdigkeit des Sebastian Club angeht. Mir ist daran gelegen, jeglichen Skandal zu vermeiden. Deswegen bitte ich Sie, sich zu fügen und als Frau an Land zu gehen.«

»Aber wie soll ich dann ermitteln? Wie helfen?«

»Mit Ihren Augen, Ihren Ohren und Ihrer Intelligenz. Egal, welche Kleidung Sie tragen, Sie werden immer ein wichtiges Mitglied unserer Ermittlerriege sein, Mister Westbrook.« Damit drückte er sanft ihre Hand und verschwand in seiner Kabine.

Freddie dachte lange über die Worte des Professors nach und kam zu dem Schluss, ihm Folge zu leisten.

Am Abend vor ihrer Ankunft in Hongkong machte Freddie mit Lord Philip nach dem Dinner einen Spaziergang an Deck.

»Da haben wir mehr Glück als dazumal Miss Bly«, stellte er fest.

»Wie meinst du das?«

»Nellie Bly, die rasende Reporterin, wurde bei ihrer rekordträchtigen Weltumrundung in Colombo fünf Tage aufgehalten, wir hingegen konnten umgehend weiterreisen. Was praktisch ist, weil auch wir es eilig haben.«

»Ah«, machte Freddie, »diese Nellie Bly. Ich erinnere mich an ihre Ankunft in Hongkong. Damals war ich vierzehn. Ich hatte ihre Reise in den Zeitungen verfolgt, es war aufregend. Eine Frau, die im Wettlauf gegen die Zeit die Welt umrundete. Was für ein Abenteuer.«

»Gegen die Zeit ist nicht ganz korrekt. Ich glaube, sie trat gegen eine andere junge Dame an, die für eine Konkurrenzzeitschrift arbeitete. Ihren Namen weiß ich leider nicht mehr.« Er zuckte bedauernd die Schultern. »Das Schicksal der Zweitplatzierten, nehme ich an.«

»Elizabeth Bisland«, bemerkte Freddie. »Ich erinnere mich nämlich auch noch an sie. Eine hübsche, dunkelhaarige Frau mit zarten Gesichtszügen. Drei Tage vor Miss Bly kam sie in Hongkong an. Sie war sehr freundlich, obwohl wesentlich weniger Gewese um sie gemacht wurde als um ihre Konkurrentin.«

»Es scheint, sie war dir sympathischer als Miss Bly?«

Freddie schüttelte den Kopf. »Kurze Eindrücke, mehr bekam ich von beiden nicht. Aber Nellie Bly benahm sich, als wäre sie unglaublich wichtig. Sie behandelte die Menschen hier herablassend, und ich hatte das Gefühl, als würde sie nicht nur die Chinesen verachten, sondern auch uns Briten, die wir in Hongkong lebten.«

Überrascht blieb Lord Philip stehen. »Was veranlasste dich zu dieser Annahme?«

»Tante Perry nahm mich an dem Abend mit ins Theater, an dem Miss Bly zugegen war. Der Amateur Dramatic Club spielte ›Ali Baba und die vierzig Räuber‹, und ich war aufgeregt, weil ich zum ersten Mal mitdurfte. Als Miss Bly hereinkam, applaudierten alle, und sie ließ sich feiern, als wäre sie die Königin persönlich. Ein paar Tage später sah ich sie noch einmal. Im Postamt auf der Queen's Road, inmitten einer Traube von Bewunderern. Während ich in der Schlange darauf wartete, an die Reihe zu kommen, hörte ich, wie sie sich darüber beschwerte, wie schmutzig Hongkong wäre und dass hier viel zu viele Menschen hausten, und die wären auch alle dreckig. Und sie hatte offenbar erst kürzlich erfahren, dass Miss Bisland ebenfalls unterwegs um die Welt war. Noch dazu mit einem substanziellen Vorsprung. Das hat ihre Laune nicht verbessert.«

»Aber am Ende hat Nellie Bly gewonnen.«

»Wie auch immer.« Freddie unterdrückte ein Gähnen.

»Bist du müde?«, fragte Lord Philip.

»Ja. Ich werde heute nicht an Deck schlafen, sondern in der Kabine, weil es regnen wird.«

»Wie kommst du darauf?« Überrascht blickte er hinauf in den Nachthimmel, der ihm freilich keine Auskunft gab.

»Wir sind in meinen Gefilden, Onkel Philip, schippern bereits durch chinesisches Gewässer in Küstennähe. Ich bin hier aufgewachsen und weiß, wie die Luft riecht, bevor es Regen gibt. Zhens Großmutter sagte immer, dann fangen die Felsen des Tai Ping Shan an zu duften.«

»Tai Ping Shan?«

»Der Berg des großen Friedens. Ein seltsamer Name für etwas, was auch gleichzeitig ein Elendsviertel mit trauriger Geschichte beherbergt.« Unwillkürlich erschauerte sie.

Lord Philip hatte einen verwunderten Gesichtsausdruck, nickte nur, fragte aber nicht näher nach. »Ich begleite dich zu deiner Kabine.«

Die beiden gingen weiter. Kurz bevor sie die Treppe zur ersten Klasse erreichten, nahm Freddie eine Bewegung aus dem Augenwinkel wahr.

»Warte.« Sie hielt ihren Onkel am Arm fest.

»Was ist?«

»Pst. Ich glaube, ich habe jemanden gesehen. Dort, bei den Rettungsbooten«, flüsterte sie.

»Ja und? Es ist schwül, bestimmt sind außer uns noch mehr Passagiere an Deck.«

»Nein, es ist Zhen.«

»Das kann nicht sein, der hat sich direkt nach dem Dinner hingelegt, weil er müde war.«

»Doch, er ist es«, beharrte Freddie und zog ihren Onkel mit sich in den Schatten des ersten Rettungsbootes. Sie konnten zwar nicht um die Kurve zum nächsten sehen, hören aber, wie zwei Männer auf Chinesisch sprachen. Nach ein paar Worten wurde es still, dann raschelte es, und es hörte sich an, als würde jemand an der Seite des Schiffs hinunterklettern. Weder Freddie noch ihr Onkel wagten es, den Kopf über die Reling zu strecken, beide verhielten sich ruhig. Kurz darauf kam Zhen zwischen den Booten hervor, blickte sich um und ging leise in Richtung Treppe davon.

»Siehst du, er war es«, wisperte Freddie ins Ohr ihres Onkels. Lord Philip stand langsam auf und vergewisserte sich, dass Zhen tatsächlich verschwunden war, bevor er hinunter ins Wasser sah. Freddie trat neben ihn.

»Nichts«, meinte er. »Aber ich höre Ruderschläge, die sich entfernen.«

»Wie schnell fährt die Oriental heute Nacht, Onkel Philip?«

»Ich weiß nicht genau, vielleicht acht Knoten? Zu schnell für ein Ruderboot auf jeden Fall.«

Wind kam auf und kündigte den Regen an. »Nicht für eines mit mehreren geübten Ruderern, die den Kurs unseres Schiffs kennen und von der Küste aus so in See stechen, dass sie die Strömung nutzen können.«

Eine Windbö erfasste Lord Philips Jackenschöße und ließ sie flattern.

»Warum trifft sich Zhen mit einem geheimnisvollen Mann an Bord, wenn wir morgen sowieso in Hongkong einlaufen?«, dachte er laut.

»Sollten wir ihn das fragen?«

Lord Philip schüttelte den Kopf. »Auf keinen Fall. Er weiß nicht, dass er beobachtet wurde. Mal sehen, ob er etwas erwähnt. Konntest du verstehen, was sie sprachen?«

»Ja. Der Unbekannte sagte: *Wenn du schneller sein willst als die schwarze Dschunke, musst du dich beeilen.* Und Zhen antwortete: *Was denkst du, was ich mache?* Er klang richtig wütend.«

»Das war alles?«

Sie nickte. Mittlerweile waren sie vor ihrer Kabinentür angekommen, und Freddie wünschte ihrem Onkel eine gute Nacht. Während der Regen auf das Dampfschiff herunterprasselte und es auf den Wellen schaukelte, lag sie in ihrem Bett und dachte nach. Schlaf fand sie erst spät.

Als die SS Oriental früh am nächsten Morgen in die Bucht von Hongkong einlief, war von dem nächtlichen Unwetter nichts mehr zu spüren. Die Sonne lachte vom Himmel und präsentierte British China in gleißendem Licht. Die

Gentlemen standen aufgereiht an Deck, The Honourable Frederique Westbrook neben Lord Philip Dabinott und Professor Brown, dann Liu Zhen und schließlich Crispin Fox. Die Gespräche um sie herum nahm Freddie nicht wirklich wahr, denn sie war derartig in den grandiosen Anblick versunken, dass ihr Herz wild pochte. Näher und näher kamen sie dem Hafen, bald würden ihre Füße festen Boden berühren, und dann war sie wieder zu Hause. Ein Lächeln breitete sich auf ihrem Gesicht aus, als wollte sie sich selbst Mut zusprechen. Der Anlass ihrer Reise war ein ernster, und Freddie schwor sich, überlegt und besonnen zu handeln, auf ihre Kollegen zu hören und dem Sebastian Club alle Ehre zu machen.

Victoria Harbour

Mit der Einfahrt in die Bucht von Hongkong wurde es Professor Brown endgültig bewusst, dass er im Begriff war, in eine wahrlich fremdartige Welt einzutauchen. Die Frage stellte sich, ob er bereit war, sich darauf einzulassen, oder ob er als Beobachter seine Distanz wahren sollte. Er hatte diese Reise nicht machen wollen, daran gab es nichts zu rütteln. Sogar die anderen hatten es bemerkt. Nun war er hier, wie in einem fremden Kosmos, der schon auf den ersten Blick einen unvergesslichen Eindruck hinterließ. Victoria Harbour war ein breiter Hafen in der Meerenge zwischen Hongkong Island und der Halbinsel Kowloon. In seiner Einfahrt tummelten sich Schiffe aus aller Herren Länder. Einige davon erkannte der Professor, schnittige Klipper, gepanzerte Kriegsschiffe, andere wiederum sahen so exotisch aus, dass er sich fragend an Zhen wandte.

Der gab bereitwillig Auskunft. »Das dort drüben ist eine Lorcha, ein Schiff mit europäischem Rumpf und chinesischer Takelage. Direkt daneben ist eine Dschunke, sehen Sie den Unterschied? Ihr Rumpf ist kastig, sie hat einen flachen Boden, fast senkrechte Seitenwände, und Bug und Heck sind hochgeschwungen. Auf beiden Seiten befinden sich mittschiffs zwei große Seitenschwerter, und ihre Segel sind rundum schwenkbar. Damit kann sie von ein bis zwei Mann navigiert werden und ist sehr wendig.« Er wies um sich, auf die grünen Berge, welche die Bucht umschlossen und nur von engen Wasserwegen durchschnitten waren. »Praktisch, um dort hindurchzumanövrieren und die zahllosen Inseln anzusteuern, die in teilweise tückischen Gewässern liegen.«

»Und diese vielen Boote da drüben?«, fragte Professor Brown. »So etwas habe ich noch nie gesehen.«

Zhen lächelte. »Das sind Sampans. Wohnboote.«

»Darauf leben Menschen?«

»Ganze Familien, zumeist. Ein Sampan ist flach und breit und wird mit einem Yuloh fortbewegt. Das ist das lange Ruder am Heck, das wie ein Fischschwanz hin- und herbewegt wird.«

Fasziniert betrachtete der Professor im Näherkommen die vielen Wohnboote mit ihren halbrunden Dächern, die meist nur mit Segeltuch bespannte Bambusgestelle waren, unter denen die Leute ihr Hab und Gut verstauten und schliefen.

Die Armada an unterschiedlichen Wassergefährten hatte ihn bisher vom Blick auf das Wesentliche abgelenkt, aber als sich die SS Oriental ihrer Anlegestelle auf Hongkong Island näherte, bestaunte der Professor die mehrstöckigen Gebäude im Hafen, die sich zu einer langen Front aneinanderreihten. Dahinter, an den Berghängen, standen weiße Villen mit Arkaden und Bogengängen in mehreren Reihen zwischen üppigem Grün, bis der Berg zu steil wurde. Im strahlenden Sonnenlicht erschien ihm alles unwirklich, wie eine Traumkulisse. Erst die Geräusche nach der Anlandung, der Lärm des Entladens, die fremdländischen Stimmen und die andersartig aussehenden Menschen brachten den Professor zurück in die Wirklichkeit. Er war froh, wieder festen Boden unter den Füßen zu haben, selbst wenn dieses Vergnügen wiederum nicht lange andauerte. Denn sobald die Gruppe nebst Gepäck am Kai stand, wurden sie von zahlreichen Sänftenträgern bedrängt, wie auch die anderen Passagiere der Oriental.

»Ich kümmere mich darum«, sagte Zhen und verhandelte mit den Trägern, wählte ein paar aus, schickte die restlichen weg und gab Anweisungen, wie die Koffer zu verladen waren. Dann bedeutete er Freddie, eine der Sänften zu besteigen. Professor Brown fiel auf, dass sie kein Wort gesprochen hatte, seitdem sie sich an Deck eingefunden hatte. Seltsam fremd wirkte sie in einem schlichten Reisekleid aus sandfarbenem Leinen mit passendem Hut und hochgestecktem Haar.

Ihm selbst waren die Tragestühle suspekt, wackelig sahen sie aus, mit langen Bambusstangen zu beiden Seiten und einem Stoffdach gegen die Sonne. Trotzdem stieg er ebenfalls ein und hielt sich erschrocken fest, als er angehoben wurde, die zwei Träger sich die Stangen auf die Schultern legten und alsbald in einen gleichmäßigen Trab verfielen. Die Männer hatten ihr Haar in der Mitte des Hinterkopfes zu einem Zopf geflochten, die vordere Hälfte ihres Schädels war glatt rasiert. Braune Beine steckten in knielangen Hosen, darüber trugen sie Hemden und weite, kastige Jacken. Es war Professor Brown peinlich, sich von ihnen tragen zu lassen, daran änderte auch die Tatsache nichts, dass dies anscheinend die gängige Art der Fortbewegung für Europäer und reiche Chinesen in Hongkong zu sein schien.

Vom Hafen aus ging es zunächst durch die Stadt. Neugierig sah er nach links und nach rechts, wie die breite Promenade überging in schmalere Straßen, in denen sich Lagerhaus an Warendepot reihte. Dahinter – der Weg stieg bereits an – schlossen sich enge Gassen an, die von hohen Häusern gesäumt waren. Deren zahlreiche Stockwerke quollen über von Menschen. Sie saßen auf den Balkonen, in den Hauseingängen und auf den Treppen. Es gab keine Wäscheleinen, die über die Straßen gespannt waren, sondern lange Stöcke, die aus den Häusern ragten und an denen die Hemdsärmel aufgefädelt waren, wie bei Vogelscheuchen. Sobald die im Hafen noch spürbare Brise nachließ, fühlte sich die Umgebung stickig an. Nach wenigen Minuten spürte der Professor, wie das Hemd feucht an seinem Rücken klebte. Erst als es steiler den Hang hinaufging, die Massenbehausungen einzelnen Häusern wichen und Bäume den Weg säumten, wurde die Luft wieder angenehmer. Weiter oben standen große weiße Villen mit mehrstöckigen Arkaden sowie herrlichen Gärten. Ganz offensichtlich lebten Hongkongs reichste Bürger in dieser Gegend.

»Hier wohnt meine Tante«, erklärte Freddie beim Aussteigen vor einer mannshohen Mauer, die sich entlang der Straße erstreckte und von einem Holztor unterbrochen wurde. Erst nachdem sie eingelassen worden waren, sah der Professor, dass es sich auch bei diesem Anwesen um ein ausgesprochen großzügiges handelte. Ein chinesischer Diener führte sie hinein in den Salon des Erdgeschosses, in dem sie von der Hausherrin erwartet wurden.

»Frederique!«, rief sie begeistert aus und schloss ihre Nichte in die Arme. Dann schob sie sie ein Stück von sich und sagte: »Gut siehst du aus. Das Leben in England scheint dir zu bekommen.« Danach wandte sie ihre Aufmerksamkeit ihrem Bruder zu, der sie auf beide Wangen küsste und anschließend ebenfalls von oben bis unten gemustert wurde. Zhen nickte sie lediglich grüßend zu, und schließlich wurde der Professor vorgestellt.

»Perry, das ist Professor Brown, der Vorsitzende des Sebastian Club und mein enger Freund. Professor, meine Schwester Lady Persephone Anstruther, die seit Jahren in Hongkong lebt und fester Bestandteil der britischen Gesellschaft hier ist.«

Wie sie voreinander standen, fiel dem Professor auf, dass Lady Persephone beinahe ebenso groß war wie er, mit breiten Schultern und einem lang gezogenen Gesicht. Mit ihrem grauen, hochgesteckten Haar wirkte sie wesentlich älter als Lord Philip, sie sah mehr wie seine Tante als wie seine Schwester aus. Im Gegensatz zu ihrem Bruder und Freddie waren Lady Persephones Augen nicht blau, sondern braun und passten gut zu den dunklen, markanten Brauen.

»Ich habe schon viel von Ihnen gehört«, sagte sie zu ihm, wobei Professor Brown nicht beurteilen konnte, ob es sich dabei um gute oder schlechte Dinge handelte, denn ihre Miene war absolut neutral, während sie sprach.

»Es freut mich, Sie kennenzulernen, Lady Persephone.

Ich danke Ihnen, dass Sie uns für die Dauer unseres Aufenthaltes in Ihrem Haus beherbergen.«

Jetzt lächelte sie ein wenig, was ihr sofort eine aparte Ausstrahlung verlieh. »Aber sicher, gerne. Ich habe von dem Missgeschick erfahren, das der armen Familie Hu widerfahren ist, und hoffe, Sie können weiterhelfen.«

»Und das ist Mister Fox«, brachte Lord Philip nun auch Crispin ins Spiel. »Er gehört zu den jüngeren Mitgliedern unseres Clubs und wird ebenfalls dabei helfen, Miss Hu zu finden.«

Lady Persephone unterzog Crispin einer eingehenden Musterung. Sie blickte zwischen ihm und Freddie hin und her, ein wenig argwöhnisch, und der Professor konnte sich vorstellen, dass sie sich wahrscheinlich fragte, ob Mister Fox nur ein Ermittler war wie die anderen oder womöglich Interesse an ihrer Nichte hegte. Schuld an derlei Vermutungen dürfte Crispins seliges Lächeln gewesen sein, mit dem er Freddie bedachte, seitdem sie in ihre Frauenkleider geschlüpft war, und das sich auf seinem Gesicht festgesetzt zu haben schien. Ein nicht gerade hilfreicher Umstand.

»Wenn Sie mir bitte folgen wollen«, richtete Lady Persephone das Wort an alle, »auf der Terrasse werden Erfrischungen serviert.« Und an einen Diener gewandt sagte sie: »Chang, littee chow-chow thingee an drinkee, chop-chop«, bevor sie vorausging und die Herren ihr folgten.

Victoria Peak

Freddie musste ein amüsiertes Grinsen unterdrücken, als sie Crispins entgleisten Gesichtsausdruck sah. Seine Reaktion auf Tante Perrys Anweisung an Chang war aber auch zu drollig.

»Pidgin English«, flüsterte sie ihm erklärend zu.

»Ich weiß«, zischte er zurück, während sie den anderen auf die Terrasse folgten. »Davon habe ich gehört. Doch wenn eine vornehme Dame von einer Sekunde auf die nächste unverständliche Worte von sich gibt, erstaunt das.«

»Tante Perry hat ihm gesagt, er soll rasch Häppchen und Getränke bringen.«

Nun lächelte auch Crispin. »Da kannst du mir jetzt viel erzählen.«

Als tatsächlich wenig später Tabletts mit Sandwiches, kalte Limonade und Champagner aufgetragen wurden, wirkte er beruhigt.

»Auf einen angenehmen und erfolgreichen Aufenthalt in Hongkong«, prostete Tante Perry ihren Gästen zu. Freddie fragte sich, wie wenig angenehm es wohl werden könnte, unter Zeitdruck eine entführte junge Frau zu finden, verwarf den Gedanken dann aber wieder und genoss den Champagner. Tante Perry freute sich sichtlich, ihren Bruder und ihre Nichte zu sehen, da wollte Freddie nicht von vornherein unken.

Wenig später wurden zwei weitere Gäste gemeldet, und Hu Yong und Liu Wen betraten die Terrasse. Zhen und sein Vater begrüßten einander herzlich, noch bevor die Vorstellung der Herren begann, und Freddie nutzte die

Gelegenheit, um die Neuankömmlinge zu mustern. Sie kannte Liu Wen seit Kindertagen. Zhens Vater hatte ihr stets Respekt abgenötigt. Nicht aufgrund seines Aussehens, der kleine Mann mit dem mittlerweile ergrauten, drahtigen Haar und dem runden Gesicht wirkte eher wie ein gutmütiger Onkel. Es war die Art und Weise, wie er sich hielt, immer aufrecht, und wie er sprach – mit einer tiefen, sonoren Stimme, jedes Wort überlegt, reduziert und ohne Geplapper. Hu Yong, Vater der entführten Hu Lien, überragte ihn um Haupteslänge. Er war ein dünner Mann mit schwarzem Zopf und prächtiger Kleidung, die keinen Zweifel an seinem hohen sozialen Status aufkommen ließ. Er wirkte fahrig, nervös, und Freddie fand ihn auf Anhieb unsympathisch. Waren es die eng stehenden Augen, die ihm eine unangenehme Ausstrahlung verliehen? Oder die Hängebacken und das Doppelkinn, die vermuten ließen, dass Hu Yong einmal fülliger gewesen war und viel Gewicht verloren hatte? In dem Moment, als sie dies dachte, schalt sie sich selber im Geiste – der Mann war wahrscheinlich außer sich vor Sorge um seine Tochter. Es stand ihr nicht zu, über ihn zu urteilen.

Zhen begegnete seinem künftigen Schwiegervater äußerst respektvoll. Er übersetzte für die beiden. Freddie wusste, dass zumindest Liu Wen passabel Englisch sprach und noch besser verstand, doch vor den britischen Gentlemen beschränkte er sich auf Chinesisch.

»Ich danke den Herren für ihr rasches Kommen«, sagte er gerade, Freddies Anwesenheit ignorierte er dabei geflissentlich, »und für Ihre Hilfe. Sobald Sie sich ausgeruht haben, würden Mister Hu und ich Ihnen gerne alles schildern, was sich zugetragen hat. Wir möchten nicht drängen, aber die Zeit ist nicht auf unserer Seite.«

Professor Brown nickte verständnisvoll. »Wir werden uns nur kurz frisch machen und dann umgehend an die Arbeit gehen. Wäre es möglich, dass wir den Ort besichtigen können, von dem Miss Hu entführt wurde?«

»Selbstverständlich. Aber was hoffen Sie dort jetzt noch zu finden?«

Der Professor zuckte die Schultern. »Es ist einfach unsere Angewohnheit, Tatorte zu inspizieren, egal wie weit das Verbrechen zurückliegt.«

Eine Weile später verließen die Herren des Sebastian Club zusammen mit den beiden Chinesen Tante Perrys Haus. Zurück blieb Freddie, die mit missmutigem Gesichtsausdruck am Fenster stand und ihnen hinterherblickte. Zhen drehte sich unauffällig zu ihr um und schenkte ihr einen mitfühlenden Blick.

Erst am Abend kamen Lord Philip, Crispin und der Professor wieder. Freddie hatte in der Zwischenzeit ihrer Tante vom Leben in London berichtet, dabei ihre Arbeit für den Sebastian Club natürlich unterschlagen, und sich auch zahlreiche Fragen über Crispin gefallen lassen müssen. Tante Perry vermutete, dass sich zwischen den beiden jungen Leuten eine Romanze anbahnte. Wie sie darauf kam, war Freddie allerdings schleierhaft, bemühte sie sich doch redlich, nicht diesen Anschein zu erwecken.

Nach dem Dinner, das ebenfalls draußen auf der Terrasse eingenommen wurde, zog sich Tante Perry zurück, während Freddie blieb.

»Und?«, konnte sie sich nicht länger beherrschen.

Es schien eine Ewigkeit zu dauern, bis der Professor seine Pfeife gestopft hatte, erst danach antwortete er.

»Wie wir bereits wissen, wurde Miss Hu aus dem elterlichen Garten entführt. Wir haben ihn uns angesehen, er ist nicht nur wunderschön, sondern abgeschottet wie eine Festung. Lediglich vom Haus aus gelangt man hinein, und das hintere Ende fällt steil zum Meer ab.«

»Wie hat man Lien dann entführen können?«, fragte Freddie.

Lord Philip nahm ein Papierbriefchen aus seiner Jackentasche, faltete es auseinander und hielt es ihr hin. »Das haben wir zwischen den Ästen eines Baumes eingeklemmt gefunden. Zusammen mit Abriebspuren. Ganz in der Nähe der Klippe.«

»Fasern. Hanf? Von einem Seil?«

»Vermutlich. Wir glauben, der Entführer verschaffte sich von der Seeseite her Zutritt. Das ist die einzige Möglichkeit; ins Haus wäre er niemals unbemerkt gelangt, und erst recht nicht wieder hinaus mit Lien.«

Freddie war zwar noch nicht in der Villa der Familie Hu gewesen, aber sie wusste, wo sie lag. Sie kannte das hügelige Gelände, die schroffen Felsen und die See.

Sie nickte anerkennend. »Da ging jemand ein hohes Risiko ein, sich dem Grundstück auf dem Wasser zu nähern. Jemand, der nicht nur gut klettern konnte, sondern auch hervorragend zu navigieren wusste. Jemand, der sich hier sehr gut auskennt. Mindestens drei Personen waren beteiligt. Der Bergsteiger, der Bootsmann und eine helfende Hand. Wenn ich raten müsste, würde ich sagen, die Entführer sind unter den Tanka zu suchen.«

»Das meinte Zhen ebenfalls«, warf der Professor ein. »Allerdings zeigte er sich nicht allzu zuversichtlich, was das Finden derselben angeht.«

»Weshalb?«, fragte Crispin. Der Abend war mild, eine leichte Brise brachte das Aroma von Jasminblüten und ließ die Kerzen auf dem Tisch flackern. Freddie nahm an, dass er sich in diesem warmen Klima durchaus wohlfühlte, denn er hatte das Jackett abgelegt, die Ärmel seines Hemdes hochgekrempelt und störte sich augenscheinlich nicht daran, dass sich sein Haar aufgrund der hohen Luftfeuchtigkeit kräuselte und ihm in die Stirn fiel. Alles in allem wirkte Crispin ein wenig wie ein Abenteurer, fand sie.

Auch Freddie wurde es warm, daher schob sie ihre Stola von den Schultern. »Erinnerst du dich an die vielen kleinen Boote im Hafen?«

»Die Sampans?«

»Richtig. Die Tanka sind Bootsbewohner, so lautet die

offizielle Bezeichnung für sie. Ursprünglich stammen sie aus dem Süden; woher genau, weiß keiner mehr so recht. Sie werden auf ihren Booten geboren, sie leben und sie sterben darauf. Niemand kennt die Gewässer um Hongkong besser als sie. Es gibt schwimmende Märkte, verschlungene Handelsstraßen durch die Inseln, eine zweite Welt auf dem Wasser, in der die Tanka zu Hause sind. Falls einer oder mehrere von ihnen Lien entführt haben, werden sie sie nach Aberdeen gebracht haben.«

»Ist das nicht etwas weit?«, warf Crispin ein.

Freddie schüttelte den Kopf. »Nicht nach Schottland. Auf der Südseite von Hongkong Island liegt der Aberdeen Harbour. Dort leben so viele Tanka, dass man vor lauter Booten das Wasser kaum mehr sieht.«

»Wie sollen wir dann ein paar Männer finden, von denen wir nicht einmal eine Beschreibung haben und nur annehmen, dass sie existieren?«, fragte Crispin.

»Überhaupt nicht«, warf der Professor ein. »Wir suchen ein reiches chinesisches Mädchen in einer Welt von armen Leuten. Das könnte machbar sein. Zudem sollten wir nicht außer Acht lassen, dass Mister Liu diesen Wu Bai für verantwortlich hält.«

Freddie fand die Zuversicht von Professor Brown zwar motivierend, aber er kannte Aberdeen Harbour nicht. Es würde schwierig werden, Informationen zu bekommen. Wahrscheinlich unmöglich für fremde Teufel, wie die Europäer und vor allem die Briten noch immer gerne hinter vorgehaltener Hand genannt wurden.

Später in ihrem Zimmer, als es im Haus still geworden war und nur der Wind draußen leise in den Bäumen raschelte, konnte Freddie nicht schlafen.

Weshalb war sie eigentlich um die halbe Welt gereist? Um hübsch angezogen vor eine Tasse Tee zu sitzen und auf die Rückkehr ihrer Kollegen von deren Ermittlungsstreifzügen zu warten? Weder ihr Onkel noch der Professor oder Crispin hatten auch nur den Hauch einer Ahnung, wie die Uhren in Hongkong tickten. Freddie hatte fest damit gerechnet, sich aktiv an den Untersuchungen beteiligen zu dürfen.

Ein leises Klopfen ließ sie hochschrecken.

»Zhen, was machst du hier?« Nervös warf sie einen Blick hinunter in den Garten, nachdem sie ihm geholfen hatte, durch das weit offen stehende Fenster einzusteigen.

»Bist du im Bilde, was heute gemacht und besprochen wurde?«, fragte er knapp. Er war außer Atem, als ob er gelaufen wäre, dabei lag sein Elternhaus gleich nebenan. Freddie nickte.

»Dann los, wir haben keine Zeit zu verlieren. Zieh dich um.«

Verständnislos starrte sie ihn an.

»Sie haben dir doch erzählt, dass Lien wahrscheinlich bei den Tanka-Leuten ist, oder?«

»Ja. Mein Onkel und die anderen wollen morgen früh nach Aberdeen fahren und sich umsehen.«

Zhen verdrehte die Augen. »Wir wissen beide, was für ein sinnloses Unterfangen das werden wird. Reine Zeitverschwendung. Wenn wir Lien retten wollen, haben wir keine Zeit zu verlieren. Wu Bai hat sie.«

Erst jetzt bemerkte Freddie, dass Zhen einen Beutel dabeihatte, den er ihr nun hinhielt. »Ich nehme an, Lady Persephone hat alle deine Verkleidungen entsorgt?«

»Das habe ich selbst vor meiner Abreise nach London erledigt.«

»Deswegen habe ich dir Männerkleidung mitgebracht. Wirst du mitkommen und mir helfen?«

Während er noch sprach, zog Freddie ein Paar weite Hosen und einen schlichten Changshan aus der Tasche. Sie wollte protestieren, ihm sagen, dass sie sich unmöglich verkleiden und des Nachts ausbüxen konnte. Aber dann blickte sie in seine sorgenvollen Augen und nahm die Dose mit brauner Theaterschminke, die er ihr hinhielt. Er hatte an alles gedacht. Freddie trat hinter einen mit chinesischen Schriftzeichen und einer Gartenszene verzierten Paravent und zog sich um. Danach schminkte sie ihre Haut dunkler, versteckte ihr Haar unter einem Tuch und setzte einen Strohhut darüber, den sie so tief ins Gesicht zog, dass ihre Augen unter der Krempe verschwanden. Nachts in Aberdeen würde sowieso niemand zweimal hinsehen, besonders nicht, da Freddie die Landessprache perfekt beherrschte und ebenso chinesisch klang wie die Einheimischen. Als sie einen letzten Blick in den Spiegel warf, breitete sich ein wohlbekanntes Kribbeln in ihr aus. Eine erwartungsvolle Spannung, nicht unähnlich der Erregung, die ein Jäger verspürte, bevor er auf die Pirsch ging.

Behände folgte sie Zhen durchs Fenster hinaus auf das Dach der Veranda und von dort weiter durch den Garten bis zur Straße. Alte Pfade, vielfach heimlich beschritten während ihrer Jugend.

Der Weg hinüber nach Aberdeen, auf die andere Seite der Insel, war lang. Mit einer Rikscha ging es vorbei am Rand von Happy Valley quer über Hongkong Island, bergauf und bergab, bis sie endlich ihr Ziel erreichten. Mittlerweile war es spät nachts. Auf den unzähligen Hausbooten brannten nur noch vereinzelt Laternen, aber in den Spelunken herrschte reger Betrieb. Freddie wurde von der Intensität des Hafengestanks überrascht. Sie hatte fast vergessen, wie schmutzig das Viertel war. Zhen hielt ihr eines der beiden Schmetterlingsmesser hin, die er stets bei sich trug. Wortlos nahm sie es an sich und steckte es in ihren Gürtel. Sie befanden sich in einer gefährlichen Gegend, da war es besser, sich im Ernstfall verteidigen zu können. Zielsicher bahnte sich Zhen seinen Weg durch dunkle Gassen bis hin zur größten Wirtschaft im Hafen. Das Xiao Gou Inn war ein mehrstöckiges Gebäude, das neben einer Garküche und einer Schänke im Erdgeschoss auch Stundenzimmer im Obergeschoss hatte, und wenn Freddie ihre Nase nicht trog, irgendwo im Keller ein paar Opiumzimmer. Kein Ort für eine junge Dame, gewiss nicht. Trotzdem folgte sie Zhen unerschrocken hinein in den Schankraum. Die wenigen weiblichen Wesen, die sich dort aufhielten, waren allesamt Freudenmädchen, schäbig, mager und grell geschminkt, ansonsten drängte sich die rein männliche Klientel um niedrige Tische. Es befand sich nicht ein einziger Europäer darunter.

Nicht auszudenken, was geschehen könnte, falls ihre Tarnung aufflog. Besser, sie verdrängte den Gedanken.

Die beiden mischten sich unter die Gäste, verbrachten eine Weile nur mit Zuhören. Bis ein Name Freddie aufhorchen ließ. Wu Bai. Gemurmelt, von dem Mann neben ihr zu seinem Gesprächspartner und kaum hörbar im Stimmengewirr, aber sie war sich sicher.

Zhen stellte einen Becher vor sie hin.

»Was ist das?«, fragte Freddie irritiert, weil sie sich weiterhin auf das Geplauder ihres Nebenmannes konzentrieren wollte.

»Baijiu.« Zhen prostete ihr zu, und sie trank tapfer, ohne das Gefäß einer genauen Inspektion zu unterziehen. So sah sie wenigstens nicht, wie schmutzig es war. Der Hirseschnaps brannte in ihrer Kehle, aber Freddie war froh, dass Zhen sich für den hochprozentigen Alkohol entschieden hatte und nicht für Choujiu, einen milchig-trüben Reiswein, oder billigen europäischen Branntwein. Die Wahrscheinlichkeit, den Schnaps unbeschadet zu überstehen, war im Vergleich zu den anderen Alternativen ganz gut. Trotzdem verlangte es sie nicht nach einem zweiten. Daher beäugte sie Zhen misstrauisch, als er ihr aus einem Krug nachgoss. Freddie stieß beim Trinken gewollt ungeschickt gegen ihren Sitznachbarn, entschuldigte sich höflich und bot ihr Getränk als Wiedergutmachung für erlittene Unbill an. Und schon waren sie im Gespräch. Es war einfach, sich mit Zhen auch ohne Worte zu verständigen. Ihre jahrelange enge Verbundenheit gestattete es ihnen zu erspüren, was der andere vorhatte.

»Ich habe gehört, Wu Bai sucht neue Leute«, behauptete Freddie forsch.

»Ach ja? Wer erzählt denn so was?« Saurer Atem schlug

ihr entgegen, als ihr der Mann den leeren Becher hinhielt, mit einer unausgesprochenen Aufforderung, ihm nachzugießen.

»Ein Kerl im Hafen, ich kenne ihn nicht. Mein Freund und ich hier suchen Arbeit. Also, wenn es nicht stimmt, lassen wir dich in Ruhe und setzen uns woanders hin.« Damit griff sie nach dem Krug mit Baijiu und schickte sich an aufzustehen.

»Nicht so hastig«, warf der Mann rasch ein. Er trank den Schnaps aus und hielt Freddie den Becher erneut hin. »Man wird ja wohl noch fragen dürfen. Immerhin kann Wu Bai nicht Hinz und Kunz gebrauchen.«

Zhen schob die Hand mit dem Becher beiseite. »Und wir erwarten eine Antwort, wenn wir unseren Schnaps teilen sollen. Zu verschenken haben wir nämlich nichts. Also, sucht er nun Leute oder nicht?«

»Kann schon sein«, lallte der Betrunkene. »Was könnt ihr denn? Und sag jetzt nicht Boot fahren, weil das kann hier jeder.«

»Ich habe mal im Central Market gearbeitet«, sagte Zhen, »als Kuli im Kontor von Liu Wen. Außerdem weiß ich mit einem Messer umzugehen und kenne eine Menge Leute in der Stadt.«

»Und ich spreche die Sprache der fremden Teufel und bin einmal um die Welt gereist.«

Freddies Gegenüber kniff die Augen zusammen. »Welche Sprache meinst du?«

Sie zuckte gleichgültig die Schultern. »Such dir eine aus. Englisch, Französisch, Spanisch ...«

Nun breitete sich ein Grinsen auf dem Gesicht des Mannes aus, das eine Reihe windschiefer gelber Zähne entblößte und seine kleinen Augen in einem Fächer aus Falten beinahe verschwinden ließ. Eine weitere Welle sauren Atems traf Freddie. »Na, dann sieht es gut für euch aus.«

Tumult entstand an der Eingangstüre, als eine Gruppe zerlumpt aussehender Gestalten eintrat. Die Anwesenden machten respektvoll Platz und ließen die Neuankömmlinge durch, die sich nicht mit Reiswein oder Hirseschnaps aufhielten, sondern hinüber in die Garküche gingen. Längst gab es dort nichts mehr zu essen, doch auf einen Wink des Wirts hin wieselte ein kleiner, dicker Mann hinter den Leuten her und verbeugte sich, während er sprach, unterwürfig vor ihnen. Dann verschwanden alle aus Freddies Blickfeld.

»Scheint heute euer Glückstag zu sein.« Ihr Sitznachbar wirkte mit einem Mal viel weniger betrunken. Er erhob sich, rülpste und zog seine Hose hoch. »Wu Bai ist eben gekommen. Wenn ihr wirklich Arbeit sucht, wäre jetzt ein guter Zeitpunkt, ihn darum zu bitten. Er lässt sich gerade was kochen, da ist er meistens gut gelaunt.«

Freddies Herz begann wild zu pochen. Eigentlich hatten sie sich nur umhören wollen. Wu Bai persönlich zu treffen, hatte sie nicht erwartet. Aber sie konnten keinen Rückzieher machen, diese Gelegenheit würde sich kein zweites Mal bieten. Rasch sah sie zu Zhen, der fragend die Augenbrauen hochzog. Sie nickte ihm zu, und beide folgten sie ihrem neuen Freund hinüber in die Garküche.

Es war ein kleiner Raum, in dessen Mitte ein hoher, runder Holztisch stand, mit einer umlaufenden Sitzbank. Mehrere Männer saßen darauf, die Beine bis unters Kinn angezogen. Anscheinend hatte der Koch in aller Eile eine Schüssel Reis serviert, und nun hantierte er am Herd mit Pfannen und Töpfen. Der Geruch nach scharfen Gewürzen breitete sich aus und kaschierte die abgestandene Luft. Minutenlang verharrten Freddie und Zhen etwas abseits, während ihr unbekannter Freund mit den Männern am Tisch palaverte. Zwischendurch sahen alle zu ihnen herüber, dann wendeten sie sich wieder ab. Erst als der Koch das Essen serviert und sich die Männer davon genommen hatten, kehrte Ruhe ein. Sie balancierten die Schalen auf ihren Knien und schaufelten sich Reis und Gemüse in rascher Abfolge mit Essstäbchen in den Mund. Augenscheinlich hatten sie mächtig Hunger. Freddie wurde langsam ungeduldig. Endlich winkte ihnen der Mann mit den schiefen gelben Zähnen zu, und sie durften an den Tisch treten. Zahlreiche Augenpaare richteten sich auf sie. Freddie war froh, dass die Kerze auf dem Tisch nur ihre unmittelbare Umgebung erhellte. Sie bemühte sich darum, am Rand des Lichtscheins zu bleiben.

»Ihr sucht also Arbeit«, sprach sie ein junger Mann an. Freddie schätzte ihn auf Mitte zwanzig. Er hatte ein attraktives Gesicht mit geraden Augenbrauen, markanten Wangenknochen und einer schmalen Nase. »Wieso bei mir?«

Zhen sog hörbar die Luft ein. Offenbar war auch er vom jugendlichen Aussehen des aufstrebenden Konkurrenten überrascht.

»Weil bei dir am meisten zu holen ist«, sagte Freddie schnell.

Wu Bai lachte laut auf. »Wie kommst du darauf?«

»Na, weil alle anderen fett und satt geworden sind. Zum Beispiel Liu Wen. Mein Freund hier hat für ihn gearbeitet. Er bezahlt wenig, behandelt seine Leute schlecht, und dafür erwartet er vollen Einsatz.«

Zhen nickte zur Bekräftigung. »Tagein, tagaus musste ich in seinem Kontor Waren verladen. Rauf auf die Schiffe, runter von den Schiffen, hierhin, dahin. Für einen Hungerlohn. Ich will mir nicht den Rücken bucklig arbeiten, sondern etwas erleben.«

»Richtig«, übernahm Freddie wieder. »Deshalb kommen wir zu dir. Du bist jung und willst was erreichen. Genau wie wir. Gib uns eine Chance, du wirst es nicht bereuen.«

Langsam stellte Wu Bai seine Schale auf dem Tisch ab. »Komm näher«, sagte er zu Freddie. »Mehr ins Licht.«

Zögerlich trat sie vor.

»Noch näher, damit ich dein Gesicht sehen kann.«

Bevor einer von Wu Bais Männern ihr den Hut vom Kopf reißen konnte, schob sie ihn lieber selbst ein wenig zurück. Wenn sie nicht auffliegen wollten, musste sie dieses Risiko eingehen.

»Deine Augen sind blau«, stellte Wu Bai fest. »Und rund.«

»Na und? Mein Vater muss wohl einer der fremden Teufel gewesen sein.« Freddie versuchte, so viel Verachtung wie möglich in ihre Worte zu legen. »Wer er war, weiß ich nicht. Meine Mutter stammte jedenfalls aus Hongkong, aber sie starb bei meiner Geburt, also kann ich dir nicht sagen, welcher Europäer sie entehrt hat. Ich bin, wie ich bin.« Damit schob sie sich ihren Hut wieder ins Gesicht und trat einen Schritt zurück.

Wu Bai nickte. »Niemand kann etwas für seine Herkunft. Sieh mich an. Jahrelang wurde ich verachtet, weil ich auf einem winzigen Sampan zur Welt kam, bettelarm. Und jetzt bin ich dabei, mir einen Namen als Händler zu machen. Als einer von den wirklich großen Händlern.«

»Deswegen kommen wir zu dir.«

»Mein Freund hier«, er deutete auf den Mann mit dem sauren Atem, »erzählt mir, du sprichst die Sprache der Engländer?«

»Sehr gut sogar.«

»Und du«, er deutete auf Zhen, »kannst mit Waffen umgehen?«

Zhen nickte.

»Also schön. Kommt morgen bei Sonnenuntergang hierher. Es gibt Ware zu verladen.« Er sah kurz zu Zhen. »Keine Sorge, du musst nichts Schweres tragen. Ich spreche nicht von Tee oder Seide, sondern von etwas viel Wertvollerem.«

Der Rückweg dauerte wiederum eine halbe Ewigkeit. Die Nachtluft im Hafen von Aberdeen war durchgehend stinkend und schwül, aber sobald sie sich den Hängen des Victoria Peak näherten, wurde sie erträglicher. Freddie atmete tief durch, um den Hafenmief aus ihren Lungen zu vertreiben.

»Das ging ziemlich leicht«, merkte sie an, während die Rikscha um eine Serpentinenkurve gezogen wurde. »Warum hattest du dich nicht längst in Aberdeen umgehört?«

Zhen warf ihr einen verständnislosen Seitenblick zu. »Ich verstehe nicht, was du meinst. Wir haben die Fasern des

Bootstaues erst heute gefunden. Ich war vorher noch nie in Hu Yongs Garten. Er ist ein Eigenbrötler, geht nicht viel raus und lädt niemanden zu sich ein. Seine Frau und Lien leben abgeschottet hinter den Mauern der Villa. Nachdem sie verschwand, haben zunächst Hu Yongs Leute das Grundstück durchsucht. Ich wurde zügig nach London geschickt, daher konnte ich vor Ort nichts ausrichten, schon vergessen?«

»Natürlich nicht. Doch du hast uns bereits im Zug nach Brindisi von Wu Bai erzählt. Wäre es da nicht naheliegend gewesen, in Aberdeen eure Fühler auszustrecken? Die Fasern, die heute gefunden wurden, bestätigen lediglich einen Verdacht, bringen aber eigentlich keine neuen Erkenntnisse.«

Er zuckte die Schultern. »Ich nehme an, dass das längst gemacht wurde und Hu Yongs Männer einfach weniger Glück hatten als wir.«

Freddie kaute auf ihrer Unterlippe. Sie dachte an ihren Onkel und dass sie ihm versprochen hatte, Zhen nicht mit dem geheimnisvollen Besucher auf der SS Oriental zu konfrontieren. Seit dieser Beobachtung nagte das Misstrauen an ihr. Vielleicht gab es eine einleuchtende Erklärung dafür – ein Bote seines Vaters zum Beispiel, der ihm die neuesten Informationen im Entführungsfall brachte, bevor er an Land ging. Aber warum dann die Heimlichkeiten? Ein Telegramm hätte denselben Zweck erfüllt.

»Was ist los?«, fragte Zhen besorgt. »Zweifelst du an mir?«

Sie schüttelte den Kopf. »Natürlich nicht. Ich wäge nur alle Möglichkeiten ab.«

»Du hast dich verändert, Freddie.«

»Das Gleiche könnte ich über dich sagen.«

Sie hatten ihr Ziel erreicht und stiegen aus der Rikscha. Nachdem das Gefährt mitsamt Fahrer um die nächste Kurve verschwunden war, wollte Freddie auf die Mauer und zurück auf das Grundstück ihrer Tante klettern, aber Zhen hielt sie am Arm fest. Sanft schob er sie in eine dunkle Nische hinter einen dicken Baum neben dem Tor. Er legte einen Finger auf seine Lippen. Von unten näherte sich die Rikscha erneut. Offensichtlich war der Fahrer von zwei betrunkenen Engländern aufgehalten worden, die sich nun von ihm den Berg hinauf zu ihren Häusern ziehen ließen. Erst als keine Schritte mehr zu hören waren, rückte Zhen ein wenig von Freddie ab, stand aber noch immer recht nahe bei ihr.

»Wir müssen aufpassen, dass uns niemand sieht«, flüsterte er ihr zu. »Man weiß nie ...«

Sie nickte. »Es ist spät. Ich gehe jetzt hinein, damit ich wenigstens ein paar Stunden Schlaf bekomme, bevor die Sonne aufgeht.«

»Danke, dass du mitgekommen bist.«

»Gerne. Und es hat sich ja gelohnt, nicht wahr? Kommst du morgen früh vorbei?«

»Ja.« Er strich mit einem Finger über Freddies Wange. »Und nun sieh zu, dass du die Schminke wieder abbekommst. Die Kleider kannst du behalten, vielleicht brauchst du sie ein weiteres Mal.«

Queen's Road Central

Nach dem Frühstück bat Freddie die Herren um eine Unterredung im Lesezimmer ihrer Tante. Es eine Bibliothek zu nennen, wäre übertrieben gewesen, befanden sich doch lediglich zwei Regale voller Bücher darin, nebst einem Schreibtisch, einer Ottomane und zahlreichen Grünpflanzen.

Während der Professor sich auf dem Schreibtischstuhl niederließ, machte es sich Lord Philip auf der Sitzbank bequem, und Crispin stand, ein wenig unschlüssig auf den Absätzen wippend, neben einem Farn. Sobald Zhen den Raum betreten hatte, schloss Freddie nicht nur die Tür, sondern auch das Fenster, was bei ihrem Onkel für verwundert hochgezogene Augenbrauen sorgte.

»Ich weiß, Sie wollten heute in den Hafen von Aberdeen fahren, aber das wird nicht notwendig sein. Freddie und ich waren gestern Nacht dort und haben Wu Bai aufgespürt.« Ohne Vorwarnung ließ Zhen die Bombe platzen, was Freddie taktisch nicht gerade klug fand. Sie schloss kurz die Augen, um sich für die Standpauke ihres Onkels zu wappnen.

»Wie bitte?«, polterte er prompt los. »Was soll das heißen? Hast du dich heimlich hinausgeschlichen, Frederique? Mitten in der Nacht? Und dich in einer gefährlichen Gegend herumgetrieben? Bist du von allen guten Geistern verlassen?«

Professor Brown hob die Hand, was Lord Philip verstummen ließ. »Warten Sie«, sagte er. »Wollen wir uns zunächst anhören, was sie zu sagen haben, bevor wir die beiden ausschimpfen, weil sie sich wie zwei ungezogene Kinder benommen haben.«

Aus dem Augenwinkel sah Freddie, dass Crispin eher schlecht als recht versuchte, ein Grinsen zu unterdrücken. Langsam wurde sie wütend. Seitdem sie ihre Männerkleidung abgelegt und sich in eine junge Dame zurückverwandelt hatte, nahm sie anscheinend niemand mehr ernst.

»Obwohl ich eine Frau bin«, richtete sie das Wort mit Nachdruck in der Stimme an die Herren, »und daher unverständlicherweise von sämtlichen Aktivitäten ausgeschlossen, die unsere Ermittlungen weiterbringen könnten, verfüge ich über Vorteile, die bisher von allen geflissentlich ignoriert wurden – ich bin hier aufgewachsen, ortskundig und spreche die Landessprache. Einzig meinem Freund Zhen scheint dies bewusst zu sein, denn er bat mich gestern um Unterstützung, die ich ihm gerne gewährte. Immerhin geht es um nicht mehr und nicht weniger als um das Leben seiner Verlobten.« Sie blickte in die Runde, niemand hatte etwas einzuwenden. »Selbstverständlich habe ich mich verkleidet, bevor wir das Haus verließen und nach Aberdeen fuhren, alles andere wäre unsinnig. Im Xiao Gou Inn fiel Wu Bais Name, wir hakten nach ...«

»... und hatten Glück«, übernahm Zhen. »Er tauchte höchstpersönlich dort auf, und Freddie und ich heuerten bei ihm an. Heute Nacht braucht er uns zum Verladen von etwas sehr Wertvollem.«

»Könnte das Miss Hu sein?«, wollte Crispin wissen.

»Möglicherweise. Wu Bai sagte, es handle sich weder um Tee noch um Seide.«

»Aber wir haben einen Fuß in Wu Bais Organisation, genauer gesagt zwei.« In der Stimme des Professors schwang Anerkennung mit.

»Es kommt nicht infrage, dass meine Nichte an dieser Aktion teilnimmt! Ich erlaube es nicht.« Lord Philip, sonst ein Paradebeispiel britischer Beherrschtheit, sprang auf und stemmte die Hände in die Hüften.

Eine wilde Diskussion brach los. Darüber, ob es vertretbar wäre, Zhen und Freddie einer nicht kalkulierbaren Gefahr auszusetzen. Oder ob die beiden einfach nicht auftauchen sollten. Wie man sonst an Informationen bezüglich Miss Hus Verbleib gelangen könnte. Was das beste Vorgehen wäre und dergleichen mehr. Zu Ergebnissen kamen die Herren spontan nicht.

Im Raum wurde es warm, dennoch schlug niemand vor, das Fenster wieder zu öffnen.

Hoffentlich hört Tante Perry nichts, dachte Freddie. Was für ein Durcheinander.

Als schließlich allen der Schweiß auf der Stirn stand, bestimmte der Professor, es für den Moment gut sein zu lassen. »So kommen wir nicht weiter. Am besten, wir machen eine Pause und reden später noch mal. Miss Westbrook, darf ich Sie bitten, mich zum Postamt zu begleiten? Ich weiß nicht, wo es sich befindet, und möchte ein Telegramm an Doktor Pebsworth schicken.«

Freddie nickte zustimmend.

»Und Sie beide«, er wies auf Lord Philip und Crispin, »gehen mit Mister Liu und lassen sich die Lokalitäten erklären.«

Etwas verständnislos zuckte Crispin die Schultern. »Was meinen Sie damit?«

»Damit meine ich, dass Miss Westbrook absolut recht hat, wenn sie sagt, dass wir uns nicht auskennen. Machen Sie sich mit der Geografie der Insel vertraut. Welche Stadtviertel gibt es, und welche Leute wohnen dort? Was für umliegende Inseln gibt es, was ist mit dem Festland? Sammeln Sie so viele Informationen wie möglich, die uns ein Agieren in Hongkong erleichtern. Theorie ist gut, Praxis besser – fahren Sie herum und sehen Sie sich alles an. Im richtigen Leben, nicht auf einer Karte. Immer mit dem Gedanken im Hinterkopf, dass wir ein entführtes Mädchen suchen.«

Lord Philip holte Luft, um etwas zu erwidern, aber Professor Brown schnitt ihm das Wort ab. »Keine Sorge, mein Lieber, ich werde gut auf Ihre Nichte achtgeben und mich von ihr nicht zu leichtsinnigen Aktionen verführen lassen.« Er warf Freddie einen verschmitzten Blick zu. »Wir machen einfach einen Ausflug in die Stadt, mehr nicht.«

Wenig später stiegen Freddie, der Professor und Tante Perry in einen kleinen, offenen Pferdewagen, der von zwei mongolischen Ponys gezogen wurde. Die Hausherrin hatte darauf bestanden, die beiden zu begleiten, als sie von ihrem Vorhaben erfahren hatte.

»Wissen Sie, ich habe kaum Möglichkeiten, in netter Gesellschaft auszufahren, seitdem meine Nichte nicht mehr hier lebt.«

Innerlich verdrehte Freddie die Augen. Wie sie ihre Tante kannte, war nicht sie, sondern Professor Brown der Hauptanreiz für einen Besuch in der Stadt. Von ihren Freundinnen an der Seite eines stattlichen englischen Gentlemans gesehen zu werden, war eine Gelegenheit, die sie sich nicht entgehen lassen würde.

Nach der kurzen Fahrt bergab und durch enge Gassen bogen sie in die Ice House Street und von dort auf die Queen's Road Central, eine breite Straße parallel zum Hafen. Ursprünglich hatte sie einfach »Hauptstraße« geheißen, jetzt bekam sie, wie unzählige andere Dinge in Hongkong, durch ihre Umbenennung einen Bezug zur Königin von England. Zuerst hielten sie vor dem Hauptpostamt. Professor Brown telegrafierte derartig ausgiebig nach London, dass Freddie anfing, sich zu langweilen. Daher trat sie hinaus auf die Straße und blickte sich um, bis er fertig war. Zahlreiche Rikschas und Sänften, Lastenträger, Soldaten, Chinesen und Europäer sorgten für ein buntes Bild. Freddie konnte sich vorstellen, dass die Farbmischung aus gelben und roten Hosen, blauen Changshans, hellen Reisstrohhüten und Seidenfächern für das englische Auge gewöhnungsbedürftig war. Sie selbst erinnerte sich umgekehrt daran, dass sie die dezenten Töne der Londoner Mode anfangs ziemlich trübe gefunden hatte.

Die Queen's Road war beiderseits gesäumt von mehrstöckigen Steingebäuden mit Arkaden im Erdgeschoss, unter denen die Menschen im Schatten flanieren konnten. Dort befanden sich Tür an Tür chinesische Läden mit einem umfassenden Warenangebot. Seide, Gold, Elfenbeinschnitzereien oder Gemälde. Aufgrund des regen Andrangs liefen die Leute nicht nur im Schutz der Arkaden, sondern auch mitten auf der Straße und überall, wo es vorwärtsging. Ein lang gestrecktes weißes Haus an der Ecke zur Wyndham Street erregte die Aufmerksamkeit des Professors. »Ist das der Hong Kong Club?«, fragte er.

Tante Perry nickte. »Der Treffpunkt für britische Kaufleute und Beamte. Erwägen Sie hineinzugehen?« An ihrer Stimme hörte Freddie, dass ihre Tante dies missbilligen würde. Sie mochte den Club nicht. Für sie war er Sitz allen Lasters, wie sie oft betonte; es wurde gespielt, Geschäfte gemacht und so getan, als würde man sich kultiviert benehmen. Früher, als Onkel James noch gelebt hatte, war auch er im Club ein und aus gegangen. Über die durchzechten Nächte hatte sich Tante Perry sogar Jahre nach seinem Dahinscheiden immer noch aufgeregt.

»Nein, ich würde lieber ein wenig durch die Läden bummeln und anschließend zum Warenkontor der Familie Hu an den Hafen gehen, wenn es recht ist.«

»Gewiss. Dann werde ich den Kutscher anweisen, auf uns zu warten. Hier im Gedränge kommt er mit dem Wagen nicht vorwärts, da ist es besser, wir laufen zu Fuß.«

Mit einem entzückten Lächeln ergriff Tante Perry den galant angebotenen Arm des Professors und schritt neben ihm die Queen's Road hinunter, gelegentlich nach links und rechts grüßend, und Freddie kam sich ein wenig überflüssig vor, wie sie hinter ihnen drein marschierte. An einem Laden, der Tuschezeichnungen offerierte, machte Professor Brown Halt.

»Welch wundervolle Kunstwerke«, rief er begeistert aus.

»Nicht so offensichtlich«, raunte ihm Tante Perry von der

Seite zu. »Wenn Sie Ihre Begeisterung allzu deutlich zeigen, treibt das den Preis in die Höhe.«

Professor Brown deutete auf eine Zeichnung, die einen Kranich darstellte. Der Ladenbesitzer, ein Mann fortgeschrittenen Alters mit Bart und langem Haar, reichte sie ihm zur Begutachtung und zeigte ihm auch eine zweite zum Vergleich.

Die Augen des Professors blickten fasziniert zwischen den beiden Kunstwerken hin und her, es bereitete ihm sichtlich Freude, sie zu betrachten. Auf dem einen stand der Kranich auf einem Stein und sah zur Sonne hoch, auf dem anderen flog er mit weit aufgespannten Flügeln direkt auf die Sonne zu.

»Ich nehme dieses hier«, sagte er schließlich, und Tante Perry wandte sich mit einem »How muchee?« an den Verkäufer, der ihr daraufhin den Preis nannte.

»My no got one time pay so muchee!«, protestierte sie empört.

»Wie bitte?«, fragte der Professor nach.

Freddie trat vor und sprach den Ladenbesitzer auf Chinesisch an. Überrascht hellte sich sein Gesichtsausdruck auf. Nachdem sie sich mit dem Mann unterhalten hatte, teilte Freddie Professor Brown den endgültigen Kaufpreis mit, er bezahlte, und der Verkäufer nahm das Geld entgegen. Er wog die Münzen auf einer kleinen Waage ab und drückte ihnen dann mittels Hammer und Punze sein Zeichen auf, bevor er sie verstaute.

»Es war mehr als interessant, Miss Westbrook«, bemerkte der Professor beim Weitergehen, »Sie Chinesisch sprechen zu hören. Sie sind eine vielschichtige Persönlichkeit. Ich bin gespannt, welche Talente noch unter Ihrer wohlerzogenen Oberfläche schlummern. Wären Sie wohl so freundlich, mich über den Gesprächsinhalt aufzuklären?«

»Genau genommen habe ich Kantonesisch mit dem Mann geredet.«

»Und ich wünschte wirklich, du würdest das lassen«,

unterbrach sie Tante Perry. »Von wegen wohlerzogen. Es ziemt sich nicht für eine junge Lady, wie die Einheimischen zu palavern. Dafür gibt es Pidgin.«

»Was für meine Ohren ebenso unverständlich klingt wie Chinesisch«, gab der Professor zu.

Freddie musste lachen. »Sie Armer. Also gut. Nachdem Sie die Zeichnung ausgewählt hatten, fragte meine Tante nach dem Preis und teilte dem bedauernswerten Verkäufer mit, dass sie noch nie derartig viel bezahlt hätte. Ich wollte wissen, ob er der Künstler dieser wirklich außergewöhnlich schönen Arbeiten wäre, und er meinte, sie stammten von seinem Sohn, dem ich daraufhin großes Talent bescheinigte. Wir einigten uns dann auf eine Summe, die für alle Beteiligten in Ordnung sein dürfte.«

»Was sagte er am Ende, als wir hinausgingen?«

»Ah, das ist Ihnen aufgefallen? Er bemerkte, es wäre interessant, dass Sie sich für den richtigen Kranich entschieden haben, obwohl Sie völlig ahnungslos sind.«

Der Professor blieb mitten im Gewühl stehen und sah Freddie perplex an. »Wie meinte er das?«

»Der Kranich hat viele Bedeutungen in der chinesischen Symbolik. Das Bild mit dem fliegenden Vogel steht für das Streben nach sozialem Aufstieg. Es hätte nicht zu Ihnen gepasst, denn Sie sind ein angesehener Mann und haben das nicht nötig.«

»Und das, welches ich gewählt habe?«

»Das beinhaltet einen völlig anderen Sinn.«

»Nämlich?«

»Es steht für eine wichtige Autorität, die alles sieht.«

Professor Brown lachte laut auf. »Sie scherzen!«

»Mitnichten. Und ich stimme dem Verkäufer zu. Es ist in der Tat interessant, wie Sie sich entschieden haben.«

Sie gingen weiter und erreichten nach ein paar Minuten den Central Market. Das direkt am Wasser gelegene, prächtige Gebäude war erst in diesem Jahr fertiggestellt worden.

»Sowohl die Familie Hu als auch die Familie Liu schlagen hier ihre Waren um. Früher hatten sie eigene Warenhäuser, weil der alte Central Market zu schäbig war. Das hier ist natürlich wesentlich praktischer und repräsentativer in seiner kolonialbritischen Schönheit«, erklärte Freddie. Tante Persephone verdrehte die Augen und gestikulierte stumm mit ihrem Sonnenschirm, den sie im Gewühl der Menschen zusammengeklappt hatte, um besser voranzukommen. Sie trug ja auch noch einen breitkrempigen Hut, der sie vor der Sonne schützte, und war peinlich darauf bedacht, im Schatten zu bleiben. Offensichtlich wollte sie etwas einwenden, überlegte es sich dann aber anders.

Freddie und der Professor sahen an der Fassade aus rotem und weißem Stein hoch. Alles wirkte sehr geometrisch. Zwei Stockwerke mit halbrunden Bögen, dreieckigen Dächern und einem rechteckigen Turm in der Mitte erweckten den Eindruck, als wäre das Gebäude mit Bauklötzen konstruiert worden. Fürs Auge gefällig und ansprechend, dazu aus edlen Materialien gebaut, hätte der Central Market auch in London stehen können.

»Das klingt etwas bitter, wie Sie das sagen, Miss Westbrook.«

»Ihnen entgeht wirklich nichts.«

»Wenig. Ich gebe mir Mühe. Ich muss doch meinem Kranichbild gerecht werden.«

Sie schenkte ihm ein schiefes Lächeln, erklärte sich jedoch nicht näher. Das wäre ihr ohnehin schwergefallen. Zu viel war in Hongkong geschehen, bevor Freddie nach London zurückgeschickt worden war. Und während ihrer Abwesenheit war eine Menge passiert, mit dem sie sich selbst erst langsam anfreunden musste.

»Weiß Mister Hu, dass Sie kommen?«, fragte Tante Persephone den Professor. Der schüttelte den Kopf.

»Ich dachte, wir tauchen einfach auf. Um einen möglichst authentischen Eindruck zu gewinnen.«

Tante Perry stieß ein kurzes Lachen aus. »Na. Authentischer als da drin geht es kaum. Ich für meinen Teil werde im Hongkong Hotel warten. Es ist Zeit für einen Tee, und den möchte ich gerne in gepflegter Umgebung zu mir nehmen.«

Central Market

Im Gegensatz zu den überfüllten Straßen, auf denen jeder zusehen musste, wie er vorankam, herrschte im Inneren des Central Market Chaos mit System. Zuerst kamen die kleinen Verkaufsstände mit Waren für den täglichen Gebrauch. Im Erdgeschoss erstreckte sich eine Reihe Holztische durch die Halle, an welchen Händler Lebensmittel feilboten. Darüber, im ersten Stock, gab es zu beiden Seiten eines Mittelgangs Kubikel mit Läden unterschiedlichster Art. Auch diese Etage ließen Freddie und der staunende Professor hinter sich. Sie betraten einen weiteren Trakt im Seitenteil des riesigen Komplexes, zu dem die normalen Einkäufer keinen Zutritt hatten, eine zweistöckige Lagerhalle.

»Das ist aber reichlich geräumig«, merkte Professor Brown an.

»Die Familie Hu ist Großhändler.«

»Das sieht man.«

An einem Stehpult neben dem Eingangstor stand ein junger Chinese. »Kann ich den Herrschaften helfen?«, fragte er in bestem Englisch.

»Wir würden gerne mit Mister Hu sprechen«, antwortete der Professor. »Bitte melden Sie Professor Brown und Miss Westbrook.«

Der junge Mann verschwand zwischen hohen Regalen. Es dauerte eine Weile, bis er wiederkam. »Wenn Sie mir bitte folgen wollen. Mister Hu ist im hinteren Teil, ich zeige Ihnen den Weg.«

»Was wird hier gelagert?«, fragte Professor Brown, während sie Regalreihe um Regalreihe abschritten.

»Tee, in erster Linie. Aber auch Seide, Gewürze und dergleichen. Mister Hu importiert Waren hauptsächlich aus Indien und vom chinesischen Festland, hier werden sie kurz zwischengelagert und dann weiter nach Europa verschifft, nach England größtenteils.«

Am Ende der Halle kam ein großes, halbrundes Fenster in Sicht, das sich über zwei Etagen erstreckte und von Sprossen unterteilt war, die aussahen wie Sonnenstrahlen. Davor stand Mister Hu zusammen mit einem Herrn.

»Professor Brown, Miss Westbrook. Was für eine Überraschung! Gestatten Sie mir vorzustellen, das ist Mister Wilson, er arbeitet für das Handelshaus Jardine, Matheson & Co.«

»Bitte verzeihen Sie unseren unangemeldeten Besuch, wir möchten auf keinen Fall stören.« Das Lächeln des Professors war herzlich, aber Freddie kannte ihn mittlerweile gut genug, um den schnellen Blick zu bemerken, mit dem er Mister Wilson taxierte. »Ich hätte lediglich ein paar Fragen an Sie, Mister Hu. Miss Westbrook und ich warten gerne, solange Sie beschäftigt sind.«

»Wie Sie wünschen. Es wird nicht mehr lange dauern. Hao!«, rief Mister Hu dem jungen Mann hinterher, der sie hergeführt hatte. »Bitte bring unsere Gäste in mein Büro und biete ihnen Tee an.«

Hao hatte sich bereits einige Meter entfernt, machte auf dem Absatz kehrt und kam zurück. Mit einer einladenden Handbewegung wies er in die entgegengesetzte Richtung, aus der sie gekommen waren, und nickte seinem Arbeitgeber zu.

»Es hat mich gefreut, Sie kennenzulernen«, sagte der Professor zu Mister Wilson, dann schickten er und Freddie sich an, Hao zu folgen. Sie waren noch keine fünf Meter weit gegangen, als ein ohrenbetäubender Knall durch das Warenlager schallte.

Freddie fuhr herum und sah, wie Mister Wilson sich an die Brust griff und zusammensackte. Auf seinem hellen Anzug breitete sich ein dunkelroter Fleck aus. Mit einem

Blick erfasste sie die Situation. Jemand hatte auf ihn geschossen. Von oben. Eine Holztreppe führte zu einer umlaufenden Galerie unter der Decke der Halle, wo sich weitere Lagerregale befanden. Sie war sich sicher, dass der Schütze von dort gefeuert haben musste. In der Stille, die dem Schuss folgte, hörte sie ein Geräusch. Ohne nachzudenken, raffte sie ihre Röcke und rannte die Treppe hinauf.

»Miss Westbrook! Nicht!«, rief Professor Brown ihr hinterher. Er hatte sich neben den am Boden liegenden Mister Wilson gekniet und seinen Puls gefühlt. Nun rappelte er sich hoch und eilte Freddie nach.

Die Stufen waren flach, Freddie nahm gleich zwei auf einmal. Oben war das Licht wesentlich schlechter als unten vor dem Fenster. Sie hastete durch das Halbdunkel in die Richtung, aus der sie das Geräusch gehört hatte, und wäre fast über den rauchenden Revolver gestolpert, der auf dem Boden lag. Auf das Geländer daneben, das die obere Etage sicherte, hatte jemand mit einem Messer ein Stück Papier geheftet.

Schwer atmend erreichte sie Professor Brown.

»Miss Westbrook«, stieß er hervor. »Kommen Sie sofort mit, es ist viel zu gefährlich hier!«

Sie schüttelte den Kopf. »Der Schütze ist längst über alle Berge.«

»Woher wollen Sie das wissen?«

»Weil ich ihn weglaufen sah, nur einen Schatten aus dem Augenwinkel. Er ging ein hohes Risiko ein. Unser Auftauchen kam für ihn sicher unerwartet, trotzdem führte er sein Vorhaben aus.« Sie deutete auf das Geländer. »Er muss gewusst haben, dass Mister Hu und Mister Wilson sich hier treffen würden. Das ist der perfekte Platz für ein freies Schussfeld. Anschließend entkam er durch die Tür dort hinten. Dafür musste er die Balustrade entlanglaufen. Die Waffe ließ er fallen. Was ist mit Mister Wilson?«

Professor Brown schüttelte den Kopf. »Tot. Die Kugel traf ihn direkt ins Herz.«

»Es stellt sich die Frage, ob er das geplante Opfer war oder ob eigentlich Mister Hu sterben sollte.«

»Wie kommen Sie darauf?«

»Wegen der Nachricht, die uns der Mörder hinterließ. Allerdings, wenn Sie sagen, es war ein Herzschuss, würde ich wohl annehmen, dass er sein gewolltes Ziel traf. Eigenartig.« Zusammen beugten sie sich über den Zettel, auf dem sich chinesische Schriftzeichen befanden.

»Da steht, dass der Untergang der Familie Hu begonnen hat. Und dass sich Hu Yong bald zu seiner Tochter in den Sumpf der Sünder gesellen wird.«

»Sumpf der Sünder?«

»Ich weiß nicht, was damit gemeint ist, klingt ziemlich theatralisch.« Freddie zog Notizbuch und Bleistift aus ihrer Handtasche und schrieb die Nachricht gewissenhaft ab. »Ich gehe davon aus, dass wir für die Polizei alles so lassen müssen, wie es ist?«

Professor Brown nickte.

Daraufhin fertigte sie eine rasche Skizze des Messers an.

»Was ist mit der Pistole?«, fragte der Professor. »Wollen Sie die nicht auch zeichnen?«

»Das ist nicht nötig. Dabei handelt es sich um einen Enfield-Revolver.« Ein Schaudern überlief sie kurz, und Freddie musste sich beherrschen, um das plötzliche Zittern ihrer Hände unter Kontrolle zu bekommen. »Erstaunlich, dass ein Engländer dadurch zu Tode gekommen ist. Normalerweise erschießen die Briten hier damit die Chinesen. Wenn sie ihnen nicht gerade die Köpfe abschlagen.«

Mit einem Mal wurde ihr schwindlig. Lag es an der stickigen Luft unter dem Dach der Lagerhalle? An dem Toten auf dem Boden? Rasch trat der Professor auf Freddie zu und nahm ihren Arm.

»Kommen Sie, wir gehen hinaus, und Sie setzen sich erst einmal. Am besten, keiner von uns beiden erzählt den anderen, dass Sie einem Todesschützen hinterhergelaufen sind.«

»Bin ich genau genommen nicht.«

»Lassen Sie uns dennoch darüber Stillschweigen bewahren. Sonst wird Ihr Onkel nie wieder erlauben, dass Sie und ich gemeinsam bummeln gehen.«

Es kostete die beiden einige Mühe, Tante Perry davon zu überzeugen, dass weder Freddie noch der Professor sich zu irgendeinem Zeitpunkt in Gefahr befunden hatten. Verständlicherweise war Lady Persephone außer sich vor Sorge, hatte sie doch vergeblich im Hongkong Hotel auf sie gewartet und sich dann widerstrebend in den Central Market begeben, wo sie erfahren musste, dass die Kolonialpolizei anwesend war und es einen Toten gegeben hatte.

Später saßen die Herren erneut bei geschlossenem Fenster im Lesezimmer beisammen, und Professor Brown berichtete alles.

Crispin goss Freddie Whisky ein.

»Etwas spät, Mister Fox, oder nicht?«, fragte sie scherzhaft, nahm das Glas jedoch gerne entgegen und trank einen Schluck. Das Brennen in ihrem Hals brachte sie endgültig zurück in den Augenblick. Sie befand sich in Sicherheit, im Anwesen ihrer Tante, und die schrecklichen Erlebnisse des Nachmittags rückten ein wenig von ihr ab. »Aber es hilft«, fügte sie hinzu und lächelte Crispin dankbar an.

»Künftig werde ich dabei sein, wenn du das Haus verlässt«, teilte ihr Lord Philip mit. Die Sorge stand ihm ins Gesicht geschrieben, und Freddie bedauerte es, ihm Kummer zu bereiten. Daher drückte sie seine Hand und nickte.

»Konnte jemand den Schützen erkennen?«, fragte Zhen.

»Nein. Ich sah lediglich eine rasche Bewegung oben unter dem Dach, weil ich hörte, wie er den Revolver fallen ließ, aber es ging alles viel zu schnell, und ich war zu weit weg. Der Professor und Mister Hu beugten sich augenblicklich über Mister Wilson, und Hao stand wie zur Salzsäule erstarrt da.«

»Hao?«

»Der Lagerist. Er sollte uns zum Büro begleiten, während Mister Hu noch mit seinem Gast beschäftigt war.«

Crispin sah Zhen an. »Das Opfer, dieser Mister Wilson, wer ist das?«

»Ein Taipan. Ein reicher westlicher Unternehmer. Er arbeitete für einen der größten Hongs in der Stadt, ich glaube für Jardine, Matheson & Co., und war dort ein ziemlich hohes Tier.«

»Das stimmt, Mister Hu sagte das.« Und an die anderen gewandt fügte Freddie hinzu: »Ein Hong ist ein großes Handelshaus.«

»Jardine, Matheson & Co. machen nicht nur mit der Familie Hu Geschäfte, sondern auch mit meinem Vater. Die kaufen Tee en gros für den englischen Markt. Wahrscheinlich war es ein ganz normaler Geschäftstermin, den die beiden hatten. Ich verstehe nicht, warum Mister Wilson ermordet wurde. Er war zwar ein wichtiger Mann bei Jardine, Matheson & Co., trotzdem ergibt die Sache keinen Sinn, weil er rein gar nichts mit Lien zu tun hatte.«

Zhen warf einen Blick auf die Skizze, die Freddie angefertigt hatte. »Das sieht aus wie ein Fischermesser, Massenware.«

»Würden die Tanka so was verwenden?«, fragte Crispin.

»Die Tanka und jeder andere, der vom Fischfang lebt oder angeln geht. Ich denke nicht, dass es uns zum Täter führt. Ebenso wenig wie der Revolver.«

Freddie stimmte ihm zu. »Die britische Armee verwendet die Marke Enfield, das heißt, jeder Soldat besitzt einen. Zieht man in Betracht, wie lange die Streitkräfte ihrer Majestät schon hier in Hongkong sind, kann man sich vorstellen, wie viele alte Enfield-Revolver auf dem Schwarzmarkt kursieren.«

»Miss Westbrook meinte, dass vielleicht nicht Mister Wilson, sondern Mister Hu das Ziel war. Besonders nach dem, was in der Nachricht des Mörders stand«, warf der Professor ein.

»Hm, ja, was soll die eigentlich bedeuten?« Zhen kratzte sich am Kinn. »Der Sumpf der Sünder. Ist das der Aufenthaltsort von Lien? Ist sie noch am Leben, oder heißt das, sie ist bereits tot?« Er sah müde aus. Freddie vermutete, dass Zhen seit ihrem Ausflug nach Aberdeen nicht mehr geschlafen hatte und durchgehend auf den Beinen war. Er hatte sich große Mühe gegeben, den Herren einen detaillierten Eindruck von Hongkong zu vermitteln, hatte Crispin ihr erzählt.

»Unser Treffen mit Wu Bai beginnt in wenigen Stunden«, gab sie zu bedenken.

»Auf keinen Fall!« Lord Philips Stimme klang schneidend. »Du wirst dich nicht ein weiteres Mal in Gefahr begeben.«

»Da stimme ich deinem Onkel zu«, fiel ihr nun auch Zhen in den Rücken? Freddie wollte protestieren, aber der Professor war ebenfalls auf seiner Seite. »Wir sind eine Gruppe von Ermittlern und gehen überlegt vor. Wir wägen Risiken ab. Und wir handeln vernünftig. Sie sind eine von uns und werden sich unseren Regeln beugen, Miss Westbrook. Es kommt nicht infrage, dass Sie sich heute Nacht mit jemandem treffen, den wir nicht nur der Entführung, sondern mittlerweile auch des Mordes verdächtigen.«

»Ich gehe alleine«, erklärte Zhen, »und sage Wu Bai, du bist abgesprungen. So etwas passiert sicher öfter.«

Lord Philip nickte. »Und Mister Fox und ich werden Ihnen in gebührendem Abstand folgen. Falls die Sache aus dem Ruder läuft, sind Sie nicht auf sich gestellt.«

Daya Bay

Der Mond stand wie ein Lampion über dem ruhig daliegenden Wasser, kein Lüftchen regte sich. Lord Philip hatte das Gefühl, jede einzelne seiner Haarwurzeln würde schwitzen. Er spürte, wie sich dünne Rinnsale ihren Weg vom Kopf über das Gesicht und den Hals hinunter bahnten. Das Hemd klebte ihm am Oberkörper, es war eine äußerst unangenehme Situation. Wie hatte es Freddie nur all die Jahre in diesem Klima ausgehalten? Sie musste sich vorgekommen sein wie in der Verbannung, das arme Kind. Kein Wunder, dass sie anfangs Schwierigkeiten gehabt hatte, sich in London einzugewöhnen, und ständig fror. Er kauerte neben Crispin hinter einem Strauch und beobachtete das Geschehen vor ihnen in der flachen Bucht. Mehrere Männer waren dabei, Boote zu beladen, Zhen einer davon. In der einfachen Kleidung eines Kulis sah er jünger aus als in seinem bestickten Changshan und den teuren Schuhen, die er für gewöhnlich trug, fand Philip.

»Was befindet sich in den Paketen?«, flüsterte Crispin ihm zu.

»Ich nehme an, etwas Illegales, sonst würden sie es nicht mitten in der Nacht an diesem gottverlassenen Ort verladen. Zhen wird es uns berichten. Allerdings gehen die Männer ein hohes Risiko ein, entdeckt zu werden. Das Mondlicht scheint ziemlich hell.«

»Wahrscheinlich müssen sie Termine halten. Welcher von ihnen, denken Sie, ist Wu Bai?«

»Schwer zu sagen. Zhen und Freddie beschrieben ihn als jung und gut aussehend. Ich kann mir allerdings kaum vorstellen, dass er persönlich beim Beladen mitschuftet.«

Nachdem die Ware auf drei Sampans verteilt worden war, gingen die Männer ebenfalls an Bord, und Lord Philip kam nicht umhin, die Eleganz und Lautlosigkeit, mit der die Boote durchs Wasser glitten, zu bewundern. Nach einer Weile verschluckte sie die Nacht.

»Und nun?«, fragte Crispin.

»Nun ist Zhen doch auf sich allein gestellt, mehr können wir nicht tun. Ich glaube nicht, dass seine Tarnung auffliegen wird. Solange er den Mund hält und die Arbeit verrichtet, kann eigentlich nichts schiefgehen. Lassen Sie uns zur Villa zurückfahren.«

Vorsichtig spähte er in alle Richtungen, um sich sicher zu sein, dass keiner der Männer verblieben war, dann machten sie sich auf den Weg in die Stadt. Es war ein Fußmarsch von einer halben Stunde, bis sie schweißgebadet die ersten Straßen erreichten.

»Ich vermute, mit ›zurückfahren‹ meinen Sie diese Dinger.« Crispin wies auf einige Sänften.

»In Ermangelung von Pferdekutschen oder Rikschas schlage ich vor, wir nehmen einfach, was wir kriegen können.« Er winkte die Träger heran. »Es ist mir zwar unangenehm, aber ich kann keinen Meter mehr in dieser Luftfeuchtigkeit laufen.« Erschöpft nickte Crispin und kletterte in eine der Sänften. Auch Lord Philip lehnte sich müde zurück und versuchte, sich nicht allzu sehr dafür zu schämen, dass er sich von zwei mageren Chinesen den Berg hinaufschleppen ließ, anstatt selber zu gehen.

Daheim konnten sie Freddie und dem Professor nur wenig berichten. Erst am nächsten Morgen erschien Zhen. Er sah völlig übernächtigt aus.

»Gottlob ist dir nichts passiert!«, rief Freddie aus. Lord Philip hatte den Eindruck, als wäre sie ihm am liebsten um den Hals gefallen, so erleichtert wirkte sie.

Lady Persephone besuchte eine Freundin in Kowloon City, daher hatten es sich die Ermittler auf der schattigen

Terrasse gemütlich gemacht. Um ungestört zu sein, schickten sie das Personal weg, nachdem das Frühstück abgeräumt worden war. Auf einem Beistelltisch standen eine große Kanne Kaffee sowie ein Krug Limonade.

Zhen setzte sich zu ihnen, und Freddie goss ihm eine Tasse des starken Gebräus ein.

»Also«, forderte sie ihn auf zu erzählen, »wohin seid ihr gefahren?«

»In die Daya Bay.«

Freddie, die eben von ihrer eigenen Tasse trinken wollte, stellte sie mit einem Klirren zurück auf die Untertasse. »Was befand sich in den Paketen?«, flüsterte sie.

»Opium.«

»Von wegen Händler. Dann sind Wu Bai und seine Männer Schmuggler?«, fragte Crispin. Freddie schüttelte den Kopf.

»Schlimmer. Sie sind Piraten.«

»Ich habe gehört, dass es in den Gewässern um Hongkong ein Piraterieproblem gibt. Aufgrund der vielen kleinen Inseln, Höhlen und versteckten Buchten und natürlich wegen des Überangebots an Ware.«

Zhen leerte rasch seinen Kaffee und fuhr sich mit der flachen Hand übers Gesicht, wie um die Müdigkeit wegzuwischen. »Es klingt sehr nüchtern betrachtet, wie Sie das so feststellen, Mister Fox. Für uns Bewohner stellen die Piraten allerdings eine große Bedrohung dar. Haben Sie zum Beispiel von der Namoa gehört?«

Crispin und auch Lord Philip ebenso wie der Professor schüttelten den Kopf. Freddie hingegen wirkte trotz der Hitze, als würde sie plötzlich frösteln. Während Zhen erzählte, glitt ihr Blick in die Ferne.

»Im Winter 1890 lief der Küstendampfer Namoa im Auftrag von Douglas, Laprait & Co. in Hongkong Harbour aus. An Bord befanden sich neben den Waren, die transportiert werden sollten, zahlreiche Europäer und Chinesen. Die Fahrt ging entlang der Küste nach Shantou, jedoch kam das Schiff nicht an. Weil sich mitten unter den Passagieren

Piraten befanden, die nicht nur die Ladung stahlen, sondern auch jeden einzelnen Fahrgast ausraubten. Zwei der Offiziere und mehrere Crewmitglieder wurden erschossen. Alle Europäer wurden in eine enge Kabine gepfercht, wo der Kapitän schließlich starb. Die Beute wurde auf Dschunken verladen und die Namoa sich selbst überlassen, nachdem die Piraten sie manövrierunfähig gemacht hatten.«

»Konnten sie gefasst werden?«, wollte Crispin wissen.

Freddie sah ihn an. »Ja, wenig später. Man köpfte sie vor den Toren von Kowloon City. In den Tageszeitungen gab es Bilder von der Hinrichtung, von denen ich noch immer Albträume bekomme. Eine Reihe blutender Körper, etwas weggerollt von ihnen die zugehörigen Köpfe. Ihre Augen blickten hinauf zum Himmel, als wollten sie Vögel beobachten.«

Lord Philip drückte beruhigend Freddies Schulter, aber sie hatte noch nicht zu Ende gesprochen.

»Was ich damit sagen will: Piraterie wird von der Kolonialpolizei mit der vollen Härte des Gesetzes verfolgt. Gnade gibt es nicht. Hätte ich gewusst, mit wem wir es zu tun haben, wäre ich dagegen gewesen, dass Zhen sich mit Wu Bai trifft. Seine Männer sind gefährlich, ja, aber hätte man sie entdeckt, wären sie allesamt hingerichtet worden, auch du.« Sie sah Zhen direkt an.

Der zuckte die Schultern. »Wir wussten es doch vorher nicht. Wir dachten, es wären nur Schmuggler.«

Crispin sah verwirrt von einem zum anderen. »Ehrlich gesagt verstehe ich immer noch nicht, warum ihr euch so sicher seid, dass es Piraten sind.«

»Wegen der Daya Bay«, erklärte Zhen. »Das ist eine berüchtigte Piratenbucht, jeder hier weiß das. Sobald dieser Name fällt, schrillen sämtliche Alarmglocken. Meine letzten Zweifel wurden ausgeräumt, als ich einen der Männer sagen hörte, die Ware stamme von der Chenghai. Das ist ein Handelsschiff, das vor ein paar Wochen gekapert und ausgeraubt wurde. Aber da war es schon zu spät, um abzuhauen. Ich musste mitmachen und hoffen, dass alles gut geht. Allerdings stehe ich künftig für derartige Exkursionen nicht mehr zur Verfügung. Zudem uns die Aktion keinen Schritt näher an Lien gebracht hat.«

»Vielleicht weil Wu Bai doch nichts mit der Entführung zu tun hat?«, gab Lord Philip zu bedenken.

Zhen ließ niedergeschlagen den Kopf sinken. »Mag sein. Möglicherweise haben wir auf das falsche Pferd gesetzt und wertvolle Zeit verloren.«

Stille senkte sich über die Ermittler. Plötzlich sprang Freddie von ihrem Stuhl auf, als hätte sie einen Geist gesehen.

»Pferd!«, rief sie aus. »Das ist es – Pferd!«

Sie griff nach der Landkarte von Hongkong Island auf dem Tisch, die Crispin ständig mit sich herumtrug, und rollte sie auf.

»Hier.« Mit dem Finger stieß sie auf ein Gebiet östlich des Victoria Peak und südlich der Stadt.

»Happy Valley«, las Lord Philip laut vor.

»Genau. Das Happy Valley beheimatet zwei sehr unterschiedliche Dinge, die Pferderennbahn von Hongkong – und Friedhöfe. Bevor man das Tal kultivierte, war es Sumpfland und das Gegenteil von happy. Die ersten britischen Soldaten waren dort stationiert, viele davon starben an Malaria.« Sie verstummte und blickte erwartungsvoll in die Runde.

Erneut wurde es still, und niemand sagte etwas, bis Freddie flüsterte: »Der Sumpf der Sünder.«

Professor Brown schlug so laut mit der flachen Hand auf den Tisch, dass alle zusammenzuckten. »Brillant, Miss Westbrook! Das ist unser erster richtiger Hinweis. Demnach könnte sich die entführte Miss Hu auf dem Friedhof in Happy Valley befinden.«

»Das Problem ist, es gibt da nicht nur einen Friedhof, sondern mehrere. Wie eine Parkanlage überziehen sie die Ausläufer des Tals. Mit unzähligen Gräbern – Engländer, Katholiken, Parsen und Juden ruhen dort. Aber kein einziger Chinese. Wo, glauben Sie, hält man sie versteckt? Falls sie überhaupt noch am Leben ist und nicht längst tot und verscharrt, dann finden wir sie niemals.« Zhen stützte die Arme auf den Tisch und barg sein Gesicht in den Händen.

Lord Philip hatte Zhen bisher für einen gefühlskontrollierten jungen Mann gehalten. Langsam schien die Tatsache, dass er seine Verlobte noch immer nicht gefunden hatte, ihren Tribut zu fordern. Er wirkte, als ob er jeden Moment zusammenbrechen könnte. Erschwerend kam hinzu, dass die Entführer lange nicht mehr von sich hatten hören lassen. Die Bitte um Aufschub der Lösegeldzahlung hatten sie ignoriert; es schien, als hätten sie jegliches Interesse verloren. Schlechte Voraussetzungen für einen guten Ausgang. Der Zettel heute war das erste Zeichen seit einer geraumen Weile. Für seinen Teil war Lord Philip davon überzeugt, dass Miss Hu in der Tat tot war. Vermutlich war sie das schon gewesen, bevor die Ermittler London verlassen hatten. Eine durch und durch blödsinnige Idee, Hilfe vom anderen Ende der Welt zu holen, aber wer war er, dass er sie hätte verweigern wollen.

»Mister Liu.« Die sonore Stimme des Professors riss Philip aus seinen Gedanken. »Ihr Vater und Mister Hu verfügen über ein großes Kontingent an Arbeitern. Warum trommeln Sie nicht einige Kulis zusammen, und wir fahren hinaus in dieses Happy Valley und durchsuchen systematisch die Friedhöfe? Besonders die Mausoleen und Grüfte. Und die frischen Gräber, fürchte ich. Das ist die einzige Möglichkeit, um Miss Westbrooks Vermutung nachzugehen.«

Happy Valley

Ein Tross von Arbeitern zog hinein in das breite, von sanften Hügeln gesäumte Tal, das Freddie stets mit gemischten Gefühlen betrat. Die Pferderennbahn beanspruchte als riesiges Oval beinahe die gesamte Ebene. Wenn hier im Februar die Rennen stattfanden, herrschte in ganz Hongkong Ausnahmezustand. Aus Mangel an Pferden wurden die Wettkämpfe von den auf der Insel gezüchteten mongolischen Ponys bestritten. Die Leute nahmen sich eine Auszeit, egal ob arm oder reich, und für drei Tage drehte sich alles nur ums Renngeschehen.

Am Rand, wo die saftig grünen Hänge anstiegen, schmiegten sich die Friedhöfe ins Gelände. Ihre üppige Bepflanzung konnte sich mit jedem Park messen, und die Menschen flanierten an den Wochenenden unter Bäumen und bewunderten Blumen und Sträucher. Freddies Onkel lag hier begraben, genauso wie einige Freunde der Familie. Trotz der Schönheit der Natur fühlte sich Freddie im Happy Valley stets ein wenig wehmütig. An diesem Tag freilich gab sie sich keinerlei nostalgischen Gedanken hin, sondern konzentrierte sich voll auf ihr Vorhaben. Sie mussten Lien finden. Freddie zweifelte keine Sekunde daran, dass das Mädchen hier irgendwo gefangen gehalten wurde.

Während die Kulis, die Mister Hu und Mister Liu abgestellt hatten, systematisch die Gräberreihen durchkämmten, stand sie neben Crispin unter einem Spider Tree und beobachtete alles.

»Wo liegen die britischen Gräber?«, fragte er.

Freddie zeigte ihm die Richtung an. »Wieso?«

»Ich denke, falls sie hier ist, dann im englischen Bereich.

Es ergäbe keinen Sinn, sie bei den Parsen oder Orthodoxen zu verstecken, der Entführer will ja, dass wir sie finden – glaube ich. Die wenigen Hinweise, die wir bisher erhielten, deuten darauf hin, dass er alles genau geplant hat. Als ob er ein geheimes Ziel verfolgen würde, das sich uns noch nicht offenbart.«

»Dann komm. Lassen wir die anderen weiter nach ihrem Plan vorgehen, und wir sehen uns drüben um.«

Sie marschierten vorbei an den letzten Ruhestätten der Parsen, frei stehende Steinsarkophage in ordentlichen Reihen mit einer kleinen Kapelle am Rand. Crispin runzelte besorgt die Stirn, als sie die ersten englischen Gräber erreichten.

»Hier hat sich in der letzten Zeit nichts verändert. Um die Grabsteine herum ist alles mit Gras zugewachsen, nichts wurde umgeschaufelt.«

»Weiter hinten gibt es ein paar Mausoleen.«

Er blickte von einem Grabstein auf, dessen Inschrift er gerade las, und nickte.

Sodann inspizierten sie ein kleines quadratisches Gebäude mit den Steinsärgen einer Familie namens Hoggs darin. Frische Blumen standen in einer Vase, und der Boden war sauber gefegt.

»Hier kümmert sich jemand regelmäßig«, stellte Freddie fest. Daneben gab es noch drei Mausoleen von reichen Kolonialfamilien, die allesamt in einem guten Zustand und ohne ungebetenen Gast waren.

Enttäuscht machten sie sich auf den Weg zu einer Baumgruppe, in deren Schatten weitere, etwas kleinere Grüfte standen.

Crispin wischte sich Schweißperlen von der Stirn.

»Schade, dass wir noch nichts gefunden haben«, sagte er. »Andererseits, wenn Miss Hu in einem der größeren Mausoleen versteckt gewesen wäre, hätte sie in der Hitze arg gelitten. Hier wiederum ist es schattiger, vielleicht haben wir da mehr Glück.«

Sie winkten einen der Kulis heran, damit er ihnen beim Öffnen der Steinsarkophage half. Freddie fragte sich, wie die Familie Hu es derartig kurzfristig geschafft hatte, eine Erlaubnis zum Inspizieren der Gräber zu bekommen. Möglicherweise gab es die auch gar nicht, und Hu Yong tat einfach unerlaubt, was er tun musste, um seine Tochter zu finden. Über diesen Sachverhalt wollte Freddie nicht genauer nachdenken, die Zeit drängte.

Es genügte, die Sarkophagdeckel ein wenig zur Seite zu schieben und durch den Spalt ins Innere zu spähen, doch hier blieb die Suche ebenfalls erfolglos. Sie schickten den Arbeiter wieder weg, denn es waren nur zwei frei stehende Strukturen übrig, eine davon mit rundem Grundriss, die andere rechteckig mit einem Mittelteil und kleinen Anbauten. Bereits im Näherkommen spürte Freddie, dass hier etwas nicht stimmte. Frische Blütenblätter lagen auf den Stufen des eckigen Mausoleums. Eine eigenartige Atmosphäre waberte in der Luft, wie eine elektrische Spannung, kurz bevor ein Gewitter losbricht. Freddie schwitzte plötzlich stärker und merkte, wie sich ihr Atem beschleunigte. Bildete sie es sich nur ein, oder waren tatsächlich sämtliche Vögel verstummt? Lediglich das Summen der Insekten war zu hören. Ein unangenehm monotones Surren. Neben ihr erschlug Crispin einen Moskito, bevor der ihn in den Hals stechen konnte. Als sie die wenigen Stufen zum Eingang der Gruft hinaufsteigen wollte, hielt Crispin Freddie am Arm fest.

»Warte«, flüsterte er. »Es ist kürzlich jemand hier gewesen.«

»Du meinst, wegen der Blütenblätter?«

»Und wegen des Staubes auf dem Boden. Siehst du? Die Tür wurde mehrfach geöffnet und wieder geschlossen, es sind Schleifspuren zu sehen. Wem gehört dieses Grab?«

Freddie las die Tafel an der Außenseite vor: »Hier ruht Captain Irwin Brownhill, 1st. Battalion of the King's Shropshire Light Infantry, geboren im Jahre des Herrn 1846 in

Shrewsbury, verstorben 1894 in Hongkong in Ausführung seiner Pflicht für Vaterland und Krone.«

»Er muss wohlhabend gewesen sein«, Crispin kratzte sich am Hals, wo sich zuvor die Mücke niedergelassen hatte, »um sich eine derartig repräsentative Grabstätte leisten zu können.«

»Vielleicht ist geplant, dass seine Familie ebenfalls später hier beigesetzt wird?«

»Möglich.« Er sog prüfend die Luft ein. »Riechst du das auch?«, fragte er. »Dieser Geruch stimmt mich nicht zuversichtlich.«

»Sollten wir auf die anderen warten?«

»Nein. Wir sehen zuerst nach.«

Vorsichtig drückte Crispin die schwere Holztüre ein Stück auf und spähte ins Innere des fensterlosen Mausoleums. Ein Schwall Fäulnis drang heraus, und Freddie, die neben Crispin stand, presste rasch ihr Taschentuch auf Mund und Nase.

Drinnen war es dunkel. Der einfallende Lichtkegel erhellte einen einsam in der Mitte des Raumes stehenden Steinsarkophag, in dem die sterblichen Überreste von Captain Brownhill ruhten. Freddie bezweifelte, dass der Gestank von ihm stammte. Erst als sie die schwer zu bewegende Tür vollständig aufgeschoben hatten, sahen sie die Gestalt, die auf einer behelfsmäßigen Pritsche auf dem Boden am Rand der Gruft lag.

»Oh mein Gott!«, rief Crispin aus und wollte hineinstürmen, doch dieses Mal hielt Freddie ihn fest. Sie reichte ihm ein zweites Taschentuch und bedeutete ihm, es ebenfalls vor Mund und Nase zu halten.

»Bleib stehen!« Ihre Stimme klang gedämpft durch den Stoff. »Du darfst dich ihr auf keinen Fall nähern.«

»Sieh sie dir an! Es ist Miss Hu. In einem absolut erbärmlichen Zustand, sie braucht sofort Hilfe.«

Freddies Hand krampfte sich fest um Crispins Arm, sie hinderte ihn daran, zu Lien zu laufen. Das bedauernswerte Geschöpf lag im Schmutz seiner Exkremente, zu krank, um sich zu bewegen, zu schwach, um auch nur nach dem Gefäß mit Wasser zu greifen, das neben der Pritsche stand, oder nach dem Teller mit verdorbenem Essen. Ihre wachsweiße Hautfarbe ließ keinen Zweifel zu, dass Lien mehr tot als lebendig war. Dunkelrot verkrustete, aufgeplatzte Lippen und eitrige Pusteln verliehen ihr ein erschreckend gruseliges Antlitz.

»Zhen!«, rief Freddie so laut sie konnte, »Onkel Philip! Mister Hu! Kommt rasch, wir haben sie gefunden!«

Ihr Griff wurde noch fester, als Crispin sich anschickte, ihre Hand zu lösen.

»Bleib hier, Crispin, ich bitte dich.«

»Wir müssen ihr helfen, Freddie.«

»Dafür ist es zu spät. Dem armen Mädchen kann niemand mehr helfen. Der Schwarze Tod wird sie holen.«

»Die Pest?« Nun war es Crispin, der sie mit sich die Stufen hinunter und weg vom Eingang zog und sich das Tuch noch fester vor die Nase presste. »Woher willst du das wissen?«

»Weil ich es viele Male gesehen habe. Wir alle hier kennen das Gesicht der Pest.«

Mister Hu und der Professor erreichten sie als Erstes, dicht gefolgt von Zhen und Lord Philip. Als er seine Tochter erblickte, stieß Mister Hu einen schmerzerfüllten Schrei aus, der Freddie durch und durch ging. Er sank auf die Knie und fing an zu schluchzen, näherte sich seinem Kind jedoch nicht.

»Bleib stehen!«, rief Freddie ihrem Onkel scharf zu, als er das Mausoleum betreten wollte.

Auch Zhen erfasste die Lage mit einem Blick. Er winkte einen der Arbeiter heran und befahl ihm, auf dem schnellsten Weg einen Arzt und mehrere Träger aus dem chinesischen Tung-Wah-Krankenhaus zu holen.

Besser wäre es gewesen, von vornherein ärztliches Personal bei ihrer Suche dabeizuhaben, kam es Freddie in den Sinn.

Zhen machte unentschlossen einen Schritt auf das Mausoleum zu, gleich darauf wieder drei zurück, und dann lief er nervös auf und ab. Schließlich blieb er stehen und wischte sich mit zitternden Fingern über die Stirn.

»Es ist die Beulenpest«, sagte er.

Mister Hu, noch immer auf dem Boden sitzend, nickte stumm.

»Ich dachte, es wäre vorbei«, bemerkte Freddie leise zu Zhen. »Vor unserer Abreise in London hatte ich dich extra gefragt, und du hattest mir versichert, es bestünde keine Gefahr mehr.«

»Das ist wahr. Den ganzen Sommer über war kein Ausbruch zu verzeichnen. Ich verstehe nicht ...«

»Sie ist in einem fortgeschrittenen Stadium. Jemand hat sie hierhergebracht, Wasser und Essen neben ihr abgestellt und sie ihrem Schicksal überlassen. Gut möglich, dass sie seit Tagen hier liegt. Das ist unmenschlich.« Plötzlich wurde es Freddie übel. Sie ging zur nächstgelegenen Bank und setzte sich. Sämtliche Arbeiter waren mittlerweile herübergekommen, standen im Halbkreis um die Gruft und reckten die Hälse. Mithilfe des Professors, der bisher kein Wort gesprochen hatte, erhob sich Mister Hu und gab den Kulis Anweisungen. Wenig später hatten sich außer den Detektiven und Liens Vater alle entfernt. Bis der Arzt mit seinem Personal eintraf, würde es noch eine Weile dauern.

Das Licht des Nachmittags war in eine sanfte Abenddämmerung übergegangen, als sie schließlich kamen. Freddie hoffte, dass die arme Lien in ihrem Zustand nicht mitbekam, was um sie herum geschah.

Der Arzt warf lediglich einen kurzen Blick auf die Kranke, bevor zwei Männer sie auf ihrer besudelten Bahre heraustrugen und zwei weitere das Innere des Mausoleums mit Kalkmilch und Bleiche reinigten. Die Essenschale und das Wassergefäß stopften sie in einen Sack, der später entsorgt werden würde. Lien wurde in eine geschlossene Sänfte gelegt und abtransportiert. Sodann betrat Zhen die Gruft und sah sich um. Aus der Ferne beobachtete Freddie, wie er alles genauestens inspizierte. Lord Philip und Professor Brown mussten Mister Hu auf dem Weg zurück stützen.

In Tante Persephones Haus schrubbte nicht nur Freddie ihren ganzen Körper von oben bis unten mit Wasser und Seife, auch die Herren wuschen sich, und es wurde Nacht, bis sich alle gebeutelt zu einer Besprechung trafen.

Tante Perry war außer sich. Völlig untypisch für sie, musste sie einen doppelten Whisky trinken, um sich einigermaßen zu beruhigen.

»Es war ausgestanden«, murmelte sie immer wieder vor sich hin. »Es war doch vorbei. Ich verstehe es nicht.« Ein ums andere Mal zog sie Freddie an ihre Brust und tätschelte sie, sämtliche Reserviertheit war von ihr abgefallen, und es schien, als stünde sie kurz vor einem Nervenzusammenbruch.

Erst die Stimme ihres Bruders veranlasste sie, sich zu beherrschen.

»Persephone. Persephone! Sprich mit mir. Was meinst du mit ›es war doch vorbei‹?«

»Die Pestepedemie. Sie war vorüber.« Tante Perry stellte das leere Glas auf den Tisch. »Ich muss mich hinlegen.« Sie wandte sich ab und verließ den Raum. Mittlerweile war es stockdunkel. Die Luft auf der Terrasse wäre angenehmer gewesen, aber keinen der Ermittler zog es nach draußen. Wie zu einer unausgesprochenen Verabredung hatten sich alle im großen Salon eingefunden, als bräuchten sie den Schutz des Hauses.

»Im Mai letzten Jahres brach die Pest in Hongkong aus«, erklärte Freddie den anderen, nachdem sich die Tür hinter Tante Perry geschlossen hatte.

»Ich habe darüber in der Times gelesen«, merkte der Professor an. »Gab es deswegen nicht sogar Unruhen in der Stadt?«

Sie nickte. »Alles begann im Tai-Ping-Shan-Viertel. Zuerst

vermuteten die Leute, dass es sich um Typhus handelte, und als klar wurde, dass es die Beulenpest war, hatten sich bereits Hunderte angesteckt. In Tai Ping Shang wohnen viele Tagelöhner, die für die großen Hongs arbeiten. Ein paar Taipans haben Massenbehausungen errichten lassen, in denen die Leute zusammengepfercht in Schmutz und Elend hausen. Bis Juli gab es über zweitausend Tote. Tante Perry und ich hielten uns von der Stadt fern, wie die meisten anderen Engländer auch. Hier oben auf dem Berg saßen wir wie Mäuse in der Falle, während unten die Seuche wütete und wir nichts tun konnten, als zu beten, dass wir verschont bleiben.«

»Setz dich doch«, forderte Lord Philip seine Nichte sanft auf. Er geleitete sie zu einem Polstersessel, weil er ihr wohl anmerkte, wie die Erinnerungen an das schreckliche Geschehen sie mitnahmen.

»Auf den Straßen stapelten sich die Leichen, es war unvorstellbar«, erzählte sie weiter. »Die Lage verschlimmerte sich täglich. Daher stellte die Kolonialpolizei Leute ab, die durch die Häuser gingen und nach Infizierten suchten, um sie in Krankenhäuser zu bringen. Die betroffenen Gebäude wurden von der Whitewash-Brigade gesäubert, viele hat man auch einfach abgerissen. Große Teile der Stadt wurden dabei zerstört. Erst als das Wetter kühler wurde, ging die Zahl der Erkrankten und Toten zurück, und die Situation entspannte sich ein wenig. Tante Perry schickte mich nicht nur nach London, weil ich in die Gesellschaft eingeführt werden sollte, sondern in erster Linie, da sie mich in Sicherheit wissen wollte. Deswegen ist sie so erschüttert. Es ist ein Schock für sie, dass ich mit genau derselben Gefahr konfrontiert wurde, derentwegen sie mich aus Hongkong weggeschickt hat.«

»Kann man Miss Hu heilen?«, fragte Crispin.

»Nein. Ich sagte dir bereits auf dem Friedhof, für sie kommt jede Hilfe zu spät. Im Krankenhaus können sie ihr Leiden vielleicht lindern, aber so oder so wird sie bald sterben.«

Freddie erhob sich. »Ich gehe hinüber zu Zhen. Kommen Sie mit?«, fragte sie den Professor.

»Ja. Wir gehen alle. So traurig diese Umstände auch sind, es gibt einiges, worüber wir sprechen müssen. Doch nicht mehr heute. Es ist spät, wir sind erschöpft und werden uns nun zu Bett begeben. Morgen sehen wir weiter.«

Whitechapel, London

Ein schöner Herbsttag mit frischem Wind und Sonne ließ auch das armseligste Elendsviertel weniger bedrückend erscheinen, fand Doktor Pebsworth, während er weit ausschritt, um über einen dampfenden Haufen Pferdeäpfel zu steigen.

»Guten Tag, Herr Doktor«, grüßte ihn eine zerlumpte Frau auf der Brick Lane höflich, und er erwiderte den Gruß ebenso respektvoll. Es gab kaum eine Gegend in London, in der Doktor Pebsworth keine Patienten hatte. Er unterschied nicht zwischen Arm und Reich, außer wenn es ums Bezahlen ging. Dann offerierte er seine Dienste gerne unentgeltlich jenen, die hilfsbedürftig waren, und verlangte dafür einen Aufschlag von den Vermögenden. Bisher hatte sich noch nie jemand darüber beschwert, im Gegenteil, der Doktor war ein angesehener Mann.

Leider war es schwierig, diesen Umstand dem dicken Glatzkopf am Ausschank von Cassius Arnholtz' Kaschemme klarzumachen. Der weigerte sich nämlich partout, seinen Arbeitgeber herbeizuholen.

»Dann trinke ich eben rasch ein Glas Ale, solange Sie nachdenken«, sagte er gutmütig, wischte mit seinem Taschentuch einen Schmutzfleck vom Tresen und stützte sich sodann gemütlich mit einem Ellenbogen auf.

»Ich denke nicht nach«, brummte der Wirt und schob dem Doktor sein Glas so schwungvoll zu, dass das Bier über den Rand schwappte.

Diplomatisch verkniff sich Doktor Pebsworth sowohl Grinsen als auch Erwiderung und sah dem Mann ein paar Minuten bei der Arbeit zu. Nachdem er schmutziges

Geschirr in die Küche getragen hatte, kam er mit einem Schmalzkringel zurück, den er mit wenigen Bissen verschlang. Danach bediente er sich am Zapfhahn und spülte seine Mahlzeit mit Bier hinunter. Schließlich wischte er sich mit dem Handrücken über den Mund und schloss gequält die Augen.

»Ulcus ventriculi«, konstatierte der Doktor.

»Was?« Der grobschlächtige Mann stemmte schwitzend und sichtlich schlecht gelaunt die Hände in die Hüften, und es war klar, dass er nicht zu Ratespielen aufgelegt war.

»Sodbrennen, Blähungen und der Schmerz treiben Ihnen den Schweiß aus allen Poren. Es tut genau hier weh, nicht wahr?« Geschwind beugte sich der Doktor über die Theke und pikte den Wirt mit dem Finger in den Bauch, was dieser mit einem Aufheulen quittierte.

»Sie entwickeln ein Magengeschwür, guter Mann.«

Doktor Pebsworth kramte in seiner Westentasche und zog eine Dose heraus, in der sich ein Stapel gefalteter Medikamentenbriefchen befand. »Geben Sie mir ein Glas Wasser, aber sauberes«, wies er sein Gegenüber an. Dann rührte er das Pulver aus einem der Briefchen ein und sagte: »Trinken Sie das, rasch. Das ist meine persönliche Spezialmischung. Ich leide gelegentlich unter denselben Beschwerden wie Sie. Wir sind ja auch mehr oder weniger vom gleichen Konstitutionstyp. Will sagen, wir haben einen ähnlichen Körperbau«, ging er auf den verwirrten Blick des Wirtes ein. Der schien mittlerweile seine Aggression gänzlich abgelegt zu haben und voll im Bann des Doktors zu sein. Folgsam trank er sein Glas leer, atmete ein und aus und nochmals ein und aus, und dann geschah etwas mit seinem Gesicht, das ihn wahrscheinlich selbst überraschte. Er fing an zu lächeln. Ein glückseliges Grinsen erhellte die grobschlächtigen Züge, und Doktor Pebsworth meinte sich vorstellen zu können, wie der Mann als kleiner Junge ausgesehen haben mochte.

»Viel besser.« Ein zufriedenes Seufzen entfuhr ihm. »Ich danke Ihnen.«

»Behalten Sie alle.« Doktor Pebsworth reichte ihm die Dose mit den Briefchen. »Ich kann mir wieder neue anmischen. Und sollten Sie Nachschub brauchen, wenden Sie sich an mich. Allerdings möchte ich Ihnen zu einer moderateren Lebensführung raten. Weniger Aufregung, weniger Alkohol, weniger fettiges Essen.« Er strich über seine eigene ausladende Körpermitte. »Aber wer bin ich, dass ich so etwas von einem anderen verlangen kann?«

»Wie, sagten Sie, war Ihr Name?«, wollte der Wirt wissen.

»Doktor Wallace Pebsworth. Ich bin Mitglied im Sebastian Club. Der Name meines Kollegen Lord Philip Dabinott müsste Ihrem Arbeitgeber geläufig sein. Vielleicht wäre es jetzt möglich, ein Wort mit ihm zu wechseln?«

Bedauernd schüttelte der Mann den Kopf. »Mister Arnholtz ist nicht hier. Aber wenn Sie möchten, können Sie mit seiner Frau reden.« Er beugte sich vertraulich über die Theke. »Ist sowieso besser, weil sie hier die Hosen anhat.«

»Das würde ich in der Tat sehr gerne.«

»Na, dann kommen Sie mal mit.«

Damit schritt er voran die Treppe in das obere Stockwerk hinauf und klopfte an die erste Tür, hinter der ein knappes »Herein!« ertönte.

Der Wirt betrat ein sauberes, geschmackvoll möbliertes Büro, das in krassem Gegensatz zur schmuddeligen Schänke und den Bordellräumen stand, und sagte: »Hier is'n Freund von dem Lord, der neulich hier war. Ein Doktor.«

Hinter dem Schreibtisch erhob sich eine schlanke, dunkelhaarige Frau mit veilchenblauen Augen und einem Kleid in exakt derselben Farbe. »Danke, Herbert«, sagte sie und schickte ihren Angestellten wieder nach unten. Dann kam sie auf Doktor Pebsworth zu. »Mein Name ist Annabel Arnholtz. Wie kann ich Ihnen helfen?«

Natürlich hatte sich der Doktor seine eigene Vorstellung von Mrs Arnholtz gemacht, jener Frau, die Lord Philip nicht nur bei der Klärung des letzten Falles geholfen, sondern ihn augenscheinlich schwer beeindruckt hatte. Ihr Mann, ein

Zuhälter und Kleinganove namens Cassius Arnholtz, war nach außen hin der Betreiber mehrerer Bordelle im East End und hatte seine Finger auch sonst in allerlei anderen Geschäften. In Wirklichkeit hielt Annabel die Fäden in der Hand, und ihre Ehe war eine reine Zweckgemeinschaft. Im Gegensatz zu ihrem rüpelhaften Gatten war sie kultiviert und intelligent. Lord Philip sprach voller Bewunderung über sie, selbst wenn ihm das nicht bewusst war, wie der Doktor vermutete.

»Sie wissen, dass meine Kollegen und ich uns mit der Aufklärung von Verbrechen beschäftigen. Aus diesem Grund weilen Lord Philip und einige weitere Gentlemen unseres Clubs derzeit in Hongkong.«

Sie riss die Augen auf. »In Hongkong?«, echote sie. Und wie zu sich selbst fügte sie hinzu: »Am anderen Ende der Welt.«

»Gewissermaßen. Was unseren Vorsitzenden nicht davon abhält, mich hier in London mit Arbeitsaufträgen einzudecken. Daher hatte ich gehofft, von Ihnen ein paar Informationen zu erhalten.«

Mrs Arnholtz bat den Doktor, auf einem Sessel Platz zu nehmen, der Teil einer Sitzgruppe am Fenster war. Sie bot ihm Tee an, den er dankend ablehnte.

»Informationen worüber?«, kam sie auf sein Anliegen zurück.

»In letzter Zeit gelangte eine immense Menge an Drogen aus Hongkong nach London und fand ihren Weg in die sogenannte bessere Gesellschaft. Wir wissen, dass es sich bei den Importeuren um Chinesen handelt, die neben Opium auch Tee und Kunstgegenstände im großen Stil umsetzen. Ich hatte gehofft, Sie könnten mir zwei Dinge sagen: Wer hier in der Stadt ist der Geschäftspartner der Chinesen, und wer steckt hinter dem Teekontor-Brand in Chinatown?«

»Warum denken Sie, dass ich diesbezüglich etwas weiß? Mein Mann betreibt ein paar bescheidene Freudenhäuser in Londons schmuddeligstem Viertel. Wie sollten wir da wissen, wo sich die reichen Damen und Herren mit Drogen eindecken? Ich fürchte, was das angeht, kann ich Ihnen nicht weiterhelfen. Was den Brand in Chinatown betrifft, darüber wird natürlich spekuliert, aber es fallen keine konkreten Namen.«

Sie stand auf, ging zu ihrem Schreibtisch und notierte etwas auf einem Zettel, den sie anschließend klein zusammenfaltete.

Auch der Doktor erhob sich.

»Es scheint, als hätten Sie den Weg ins East End umsonst gemacht. In dieser Angelegenheit kann ich leider nichts für Sie tun, ich bedaure.«

Sie reichte ihm die Hand, und als Doktor Pebsworth sie ergriff, spürte er, dass darin die Notiz lag. Er nahm sie mit einem stummen Nicken an sich und steckte sie ein. Sodann ging Mrs Arnholtz zur Tür und öffnete sie. Nicht nur sie, sondern auch der Doktor hörte, wie die Treppenstufen knarzten, und als sie auf den Flur hinausblickten, sahen sie einen großen Schatten im Durchgang zur Schänke verschwinden.

Auf dem Weg nach draußen passierte Doktor Pebsworth einen schwer atmenden Wirt, der hingebungsvoll ein Glas polierte, und verabschiedete sich mit einem fröhlichen »Schönen Tag noch, Herbert!«. Er deutete auf den Bauch des Mannes. »Essen Sie reichlich Zwieback und Kartoffeln, das hilft auch.«

Erst zu Hause in seinen eigenen vier Wänden holte er den Zettel hervor und las, was Mrs Arnholtz darauf geschrieben hatte: *Captain Roland Thurlow.*

Im Hong Kong Club, British China

Mit gemischten Gefühlen folgte Freddie den Herren in die ehrwürdigen Räume des Hong Kong Club. Sie hatte ein schlechtes Gewissen wegen Tante Perry. Als ein Bote am Morgen die Einladung zum Lunch im Club gebracht hatte, war sie sofort energisch aufgestanden und hatte gesagt: »Auf keinen Fall gehe ich mit, und du auch nicht, Frederique. Wir setzen keinen Fuß in diesen Sündenpfuhl.«

»Na, na, Persephone, meine Liebe, das scheint mir doch ein wenig harsch«, hatte Lord Philip versucht, sie zu beruhigen. »Wenn der örtliche Polizeichef uns alle kurzfristig einlädt, sollten wir ihn nicht vor den Kopf stoßen.«

»Selbst wenn seine Exzellenz der Gouverneur uns persönlich dort treffen wollte, würde ich mich verweigern.«

Innerlich hatte Freddie die Augen verdreht. Manchmal übertrieb Tante Perry ein wenig, sobald es um den Club ging.

»Was ist mit dir, Freddie, möchtest du uns begleiten?«, fragte Onkel Philip. Ohne ihre Tante anzublicken, nickte sie, dabei deren empörtes Schnauben bestmöglich ignorierend.

Diese Veranstaltung würde sie sich nicht entgehen lassen. Warum wurden die Besucher aus England just an jenem Tag in den Club gebeten, an dessen Vorabend sie ein im Sterben liegendes Entführungsopfer gefunden hatten?

Es war eine größere Mittagsveranstaltung in den Speiseräumen des Hong Kong Club, und die Gentlemen und Freddie wurden verschiedenen Herren vorgestellt. Die Vielzahl an Namen konnte sie sich nicht merken. Einen freilich schon, den von Captain Superintendent Francis Henry May. Der Polizeichef war ein jugendlich wirkender Mann Mitte dreißig, der attraktiv gewesen wäre, hätte er nicht leicht vorstehende kugelrunde Augen gehabt, die ihn trotz dekorierter Uniform, Pomadefrisur und Schnauzbart ein wenig einfältig wirken ließen.

»Lassen Sie sich nicht von seinem Äußeren täuschen«, warnte Professor Brown Freddie im Flüsterton. »Er mag harmlos aussehen, ist aber ein schlauer Kopf, der noch groß Karriere machen wird.«

May begrüßte Freddie galant und mit einem angenehmen irischen Akzent in der Stimme. Er plauderte eine Weile mit ihr und wandte sich dann dem Professor zu.

»Vielen Dank für die Einladung, Superintendent«, sagte der.

»Gerne. Bevor Sie wieder abreisen, wollte ich die Gelegenheit noch wahrnehmen, die berühmten Ermittler vom Sebastian Club persönlich kennenzulernen.«

Irritiert blickte Freddie ihn an und war gespannt, was der Professor darauf antworten würde.

»Das finde ich sehr freundlich von Ihnen. Selbst wenn es mich wundert, dass Sie hier in der Kolonie von unserer kleinen Nebentätigkeit gehört haben.«

»Sie sind zu bescheiden.«

»Mitnichten. Es bereitet uns Freude, die Behörden etwas zu entlasten. Vielleicht konnten wir auch Ihnen ein wenig Arbeit abnehmen, indem wir die bedauernswerte Miss Hu aufspürten? Die Polizei hier scheint immens beschäftigt zu sein, mir wäre nämlich nicht aufgefallen, dass sie im Fall Hu Lien ermittelte.«

Freddie hielt gespannt den Atem an. Ein Muskel im Gesicht des Superintendents zuckte, sein Lächeln wirkte plötzlich ein wenig bemüht.

»Wissen Sie, Professor, wir mischen uns ungern in die Angelegenheiten der Einheimischen ein. Mister Hu ist solvent genug, sich selbst um die Suche nach seiner Tochter zu bemühen. Was er augenscheinlich auch tat«, er wies auf die Herren. »Und unter uns gesagt – eine kleine Chinesin zwischen unzähligen anderen zu finden, damit verhält es sich beinahe wie mit der berühmten Nadel im Heuhaufen. Die sehen doch alle gleich aus.«

Lord Philip, der zugehört hatte, drückte Freddies Hand. Sie wusste, er wollte sie am Widersprechen hindern, und schwieg daher. Der Professor neigte ebenfalls lediglich stumm den Kopf. Nun wirkte sein Lächeln nicht mehr natürlich, wohingegen das des Polizeichefs wieder breiter wurde.

»Was ich Sie dringend fragen möchte«, kam er offenkundig direkt auf den Grund zu sprechen, weshalb er die Gentlemen eigentlich hatte sehen wollen, »ich habe gehört, das Entführungsopfer leidet an der Pest. Wie wurde die Sache gehandhabt?«

Professor Browns freundliches Gesicht gefror endgültig. »Da müssen Sie sich keine Sorgen machen. Niemand hat sie angefasst. Krankenhauspersonal wurde verständigt, und man hat sie abtransportiert. Die Seuche wird sich deswegen sicher nicht wieder verbreiten.«

»Nun ja, das sagt sich so leicht. Ich habe gehört, dass sie in ein chinesisches Krankenhaus gebracht wurde.«

»Ins Tung Wah. Das mag daran liegen, dass sie und ihre Familie Chinesen sind«, warf der Professor ironisch ein.

May schüttelte den Kopf. »Das wird wieder Probleme geben.« Er winkte einen Beamten heran, der bisher im Hintergrund gestanden hatte, und sagte zwar leise, aber doch so laut, dass die Detektive es hören konnten: »Sie liegt im Tung Wah. Warten Sie, bis sie tot ist, und entfernen Sie dann den Leichnam und entsorgen ihn vorschriftsmäßig. Und befragen Sie das Personal, wie verfahren wurde, wer sie angefasst hat, wer im selben Zimmer mit ihr war – Sie wissen schon.«

Mit einer zackigen Verbeugung verabschiedete sich der

Mann, und May wandte seine Aufmerksamkeit wieder den Herren und Freddie zu. »Die chinesischen Quacksalber haben im Allgemeinen keine Ahnung davon, wie mit derartigen Krankheiten umzugehen ist. Bleibt zu hoffen, dass sie seit dem letzten Ausbruch von uns lernten und die Sache nun gut abwickeln. Genießen Sie Ihren Lunch, es hat mich wirklich gefreut. Und gute Heimreise.« Damit ließ er sie stehen. Freddie sah ihren Onkel an.

»Da fehlen mir die Worte«, sagte er, während er May hinterherblickte, der sich in seiner schmucken Uniform einen Weg durch die Ansammlung von Gästen bahnte.

Beim Essen saß Freddie neben einem Mitarbeiter von Jardine, Matheson & Co., sein Name war Mister Kendrick.

Unweigerlich kam das Gespräch auf die Ermordung von Mister Wilson.

»Eine schreckliche Sache«, sagte sie. »Professor Brown und ich haben der Polizei alles erzählt, was wir sahen, aber es war wirklich nicht viel.«

»Machen Sie sich keine Sorgen, Miss Westbrook. Der Superintendent ist ein fähiger Mann. Er hat sämtliche verfügbaren Kräfte abgestellt, um den Mörder schnellstmöglich zur Strecke zu bringen. Wissen Sie, Mister Wilson war ein Verwandter des Firmengründers, jenes Taipans, dem Hongkong so viel Wohlstand zu verdanken hat.«

»Das erklärt einiges.«

»Wie bitte?« Mister Kendrick, ein kleiner Mann mit drahtigen roten Haaren, war erst vor ein paar Monaten aus Glasgow nach Asien gekommen, um seinen Posten in der Firma anzutreten. Er schob die Brille auf der Nase zurecht und blickte Freddie fragend an.

Gerade wurde die Suppe serviert, daher kam sie um eine Antwort herum und meinte lediglich lakonisch: »Ach, nichts.«

Sobald das Mittagessen vorüber war, zogen sich die Clubmitglieder in Räume zurück, die Frauen nicht zugänglich waren, und den Gästen reichte man rasch Kaffee auf der Veranda, bevor die Veranstaltung offiziell endete.

»Jetzt verstehe ich Tante Perry«, schimpfte Freddie auf dem Nachhauseweg. »So etwas Arrogantes, Borniertes und Rückständiges ist mir noch nie begegnet.«

»Sprechen Sie vom Club an sich oder vom werten Polizeichef?«, fragte Crispin.

»Von beiden. Es wundert mich, dass sie uns nach dem Abtragen der Teller nicht gleich mit abserviert und hinaus auf die Straße gesetzt haben.«

Freundlicherweise hatte Lady Persephone ihre Kutsche zur Verfügung gestellt, sodass die Herren und Freddie sich nicht in einer Sänftenprozession durch die Stadt tragen lassen mussten. Im dichten Verkehr auf der Queen's Road ging es zwar schleppend voran, doch das war Freddie egal. Hauptsache, sie musste nie wieder einen Fuß in diese Hochburg männlicher Ignoranz setzen.

»Ein Gutes hatte es«, merkte Crispin an. »Wir wissen jetzt, dass vonseiten der Kolonialpolizei keinerlei Anstrengungen unternommen wurden, um Miss Hu zu finden. Dafür suchen sie wohl gerade die gesamte Insel ab, um den Mörder von Mister Wilson aufzuspüren. Und der Superintendent hat sogar hier am Ende der Welt von uns gehört und will uns so schnell wie möglich wieder loswerden.«

»Da lobe ich mir unseren lieben Inspektor Woodard«, warf Freddie ein.

In Lady Persephones Haus angekommen, wartete bereits die nächste Nachricht auf die Ermittler. Sie wurden zur Familie Liu gebeten. Die hatten sie sowieso aufsuchen wollen.

Victoria Peak

Eines der wenigen Anwesen auf dem Victoria Peak, das nicht in britischer Hand lag, sondern Chinesen gehörte, war die Villa der Familie Liu, direkt neben der von Lady Persephone.

Im traditionellen Stil erbaut, umschlossen mehrere Gebäudetrakte einen schattigen Innenhof, in dem ein Brunnen ruhig vor sich hin plätscherte. Freddie, Professor Brown, Crispin, der sich interessiert umsah, und Lord Philip durchquerten ihn auf dem Weg in einen Wohnraum, wo sie von Zhen, Mister Liu sowie seiner Gattin empfangen wurden. Eine hohe Holzdecke überspannte den lang gestreckten Salon, der nur spärlich möbliert war, jedoch aufgrund opulenter Schnitzereien nicht spartanisch wirkte. Die wenigen Möbel waren passend zu den asiatischen Verzierungen gestaltet, zierliche Stühle, Holzbänke und schmale Abstelltische, allesamt entlang der Wände aufgestellt, sodass die Raummitte frei blieb. In lackierten Holzregalen standen exquisite Porzellanvasen und die Bronzestatue eines Kranichs. Die vorherrschenden Farben waren Schwarz und Gelb, mit roten Akzenten. Durch weit geöffnete zweiflüglige Türen zum Innenhof wehte eine frische Brise herein. Crispin atmete unauffällig durch, er mochte den Geruch von Räucherwerk nicht, der in der Luft lag.

»Wir erhielten soeben die Nachricht von Liens Tod«, sagte Zhen erschüttert. »Sie starb bereits auf dem Weg ins Krankenhaus, ohne das Bewusstsein wiederzuerlangen.«

»Dann darf ich Ihnen unser tief empfundenes Mitgefühl ausdrücken.« Professor Brown verneigte sich knapp vor der Familie. Mister Liu und seine Frau saßen nebeneinander und mit dem Rücken zur Wand auf zwei Stühlen mit prachtvoll geschnitzten Lehnen. Sie wirkten wie ein Königspaar im Thronsaal, fand Crispin. Beide trugen traditionelle chinesische Kleidung. Mrs Liu war eine wohlbeleibte Dame mit hoher Stirn und streng zurückgestecktem Haar. Ihre Gesichtszüge, volle Backen und fleischige, kleine Lippen, sahen wenig bemerkenswert aus, aber als Crispins Blick auf ihre Füße fiel, stockte ihm der Atem. Sie waren winzig wie die eines Kleinkindes, hatten die Form von zwei dreieckigen Keilen und steckten in aufwendig bestickten Seidenschühchen. Natürlich hatte er schon von Lotosfüßen gehört, doch sie vor sich zu sehen, schockierte ihn zutiefst, beinahe mehr noch als die Nachricht vom Tode Hu Liens. Wie groß mussten die Schmerzen wohl gewesen sein, die Mrs Liu als Mädchen hatte erdulden müssen, um ihre Füße in diese Abartigkeit zu zwingen? Nur mühsam gelang es ihm, seine Aufmerksamkeit auf das Gespräch zurückzulenken und die Hausherrin nicht anzustarren. Gerade erhob sie sich schwerfällig von ihrem Platz und sagte etwas auf Chinesisch zu Freddie, deren Antwort nicht begeistert ausfiel, so viel verstand Crispin, auch ohne der Landessprache mächtig zu sein.

Nach einem scharf gesprochenen Satz von Mrs Liu neigte Freddie einlenkend den Kopf und folgte der älteren Dame hinaus in den Innenhof und von dort in einen anderen Raum, den Crispin nicht einsehen konnte. Dabei bewegte sich Mrs Liu langsam, in kleinen, trippelnden Schritten vorwärts. Sie schwankte, und ihr Gang wirkte äußerst unsicher. Sicher hatte sie Schmerzen bei jedem Auftreten.

»Dann lassen Sie uns nun sprechen«, sagte Mister Liu, nachdem die Frauen außer Hörweite waren.

Die drei Gentlemen nahmen Platz, und Professor Brown richtete das Wort an den Hausherrn. »Meine Kollegen und ich sind auf Wunsch Ihrer Familie und der Familie Hu nach Hongkong gekommen, um Miss Hu zu finden. Das haben wir getan, so bedauerlich der Ausgang der Entführung auch ist. Ich hoffe, Sie halten mich nicht für gefühllos, wenn ich sage, es besteht Gesprächsbedarf über die Ereignisse.«

Mister Liu neigte den Kopf, und der Professor redete weiter.

»Aufgrund der fortgeschrittenen Erkrankung von Miss Hu, welche bedauerlicherweise zu ihrem Ableben führte, ist davon auszugehen, dass sie sich irgendwann im Zeitraum von vor sechs Tagen bis drei Wochen infizierte. Der Entführer wusste also seit dieser Zeit, dass die junge Dame sterben würde.«

»Nicht nur das«, warf Zhen ein. Sein Vater sagte etwas auf Chinesisch zu ihm, aber er schüttelte den Kopf.

»Nein«, antwortete er auf Englisch, »ich werde nicht schweigen. Meiner Ansicht nach wurde Lien absichtlich mit der Pest infiziert, und zwar von Wu Bai.«

Crispin sah zu Lord Philip, dessen Nasenflügel bei diesen Worten bebten, als würde er etwas erschnüffeln wollen. »Warum glauben Sie das?«, fragte er.

»Deswegen.« Zhen hielt ihm einen kleinen Gegenstand hin, den sich Lord Philip ansah, ohne ihn zu berühren.

»Nehmen Sie es ruhig, ich habe es gereinigt, nachdem ich es im Mausoleum fand. Es lag auf dem Sarkophag dieses Engländers, aber es ist eine Nachricht von Wu Bai, da bin ich mir absolut sicher.«

»Was ist das?«, fragte Crispin. Er stand auf und ging zu den beiden hinüber. Auf Zhens Handfläche lag ein Geldstück, eine silberne Münze. Da Lord Philip noch immer nicht geneigt schien, sie anzufassen, griff Crispin danach und besah sie eingehend. Auf der einen Seite prangte das Profilbild von Königin Victoria, auf der anderen befand sich mitten auf den chinesischen Schriftzeichen der Eindruck einer Punze.

»Jemand hat dem Geldstück seinen Stempel eingedrückt«, bemerkte er und kniff die Augen zusammen, um genauer erkennen zu können, was er darstellte. »Sieht aus wie ein Schiff.«

Zhen nickte grimmig. »Eine Dschunke. Wu Bais Symbol. Als Freddie und ich ihn in der Hafenschänke von Aberdeen trafen, erzählte er uns, dass jeder, der für ihn arbeitet, eine derartige Münze erhält. Als Zeichen seines Vertrauens und als Notgroschen, sollten die Aufträge ausbleiben. Damit niemand Hunger leiden muss. Offenbar sieht er sich als Wohltäter. Er spielt mit uns. Sicher durchschaute er unsere Tarnung von Anfang an.«

»Wieso?«

»Weil das exakt die Münze ist, die er Freddie in Aussicht stellte, sollte sie bei ihm anheuern. Er wies uns auf die Jahreszahl 1894 hin. Ich erhielt meine, nachdem ich beim Verladen der Piratenbeute geholfen hatte.«

»War Wu Bai in der Daya Bay anwesend?«, fragte Lord Philip.

Zhen schüttelte den Kopf. »Ich habe ihn seit der Nacht in Aberdeen nicht mehr gesehen. Aber es ist, wie ich sage: Er führt uns an der Nase herum, und er hat Lien auf dem Gewissen. Ich bin davon überzeugt, dass er sie ermordet hat.«

Nun mischte sich der Professor wieder ins Gespräch. »Das würde von großer Heimtücke zeugen oder abgrundtiefem Hass. Allerdings haben wir keine Beweise, lediglich Indizien und Ihren Verdacht. Zudem scheint Wu Bai vom Erdboden verschluckt zu sein.«

Erneut sagte Mister Liu etwas zu Zhen, das die Gentlemen nicht verstanden, woraufhin dieser die Lippen aufeinanderpresste und schwieg. Er verbeugte sich knapp vor seinem Vater, nickte den Herren zu und verließ den Raum.

»Wir benötigen Ihre Dienste nicht weiter«, informierte Mister Liu den Professor abrupt. »Sie können wieder in Ihre Heimat zurückkehren. Ihren Aufwand werden Mister Hu und ich Ihnen großzügig vergüten, keine Sorge.«

Empört wollte Crispin erwidern, dass dies ja wohl eine unerhörte Unhöflichkeit wäre und es sich nicht geziemte, so mit einem Gentleman umzuspringen, aber Professor Brown trat neben ihn und legte ihm beruhigend die Hand auf den Arm.

»Was ist mit den Unklarheiten? Zum Beispiel mit der Frage, weshalb Miss Liu überhaupt entführt wurde? Und falls sie in der Tat ermordet wurde, warum?«

Mister Liu zuckte mit den Schultern. »Auf manche Fragen findet man keine Antwort.«

Zu Crispins Genugtuung entfuhr Lord Philip ein ungläubiges Schnauben, und er wollte wissen: »Nicht einmal darauf, ob dieser Stadt eine neue Pestepedemie droht?«

»Falls der Schwarze Tod uns erneut heimsucht, werden wir mit ihm umgehen können.«

»Wo ist Wu Bai?«

»Ich weiß es nicht. Aber er wird wieder auftauchen, und dann werden Mister Hu und ich ihn zur Rechenschaft ziehen für das, was er getan hat.«

»Sie meinen, Sie werden ihn der Kolonialpolizei übergeben?«, hakte der Professor nach.

»Gewiss.«

Es schien, als würde alles, was sie sagten, an Mister Liu abprallen, als hätte er sich mit einem Mal gänzlich verschlossen. Er wich sämtlichen Fragen aus. Lediglich bei der Erwähnung von Wu Bai hatte ein Muskel in seiner Wange gezuckt. Von einer Minute auf die andere hatte sich der gastfreundliche, Hilfe suchende ältere Herr in einen abweisenden Patriarchen verwandelt, der den Gentlemen von oben herab begegnete und nichts mehr mit ihnen zu tun haben wollte.

»Ich werde veranlassen, dass man die nächste Passage nach Colombo für Sie bucht«, informierte er sie soeben.

»Das wird nicht nötig sein. Wir übernehmen das selbst. Ich werde mich morgen bei der P&O-Linie erkundigen.« Mit einem liebenswürdigen Lächeln verabschiedete sich Professor Brown von Mister Liu. Crispin und Lord Philip nahmen sich ein Beispiel an ihm, und beim Hinausgehen trafen sie auf Freddie, der Crispin mit einem Blick zu verstehen gab, dass sie auf dem schnellsten Wege dieses Haus verlassen würden.

Von Zhen war weit und breit nichts zu sehen, was Crispin nicht betrübte. Trotzdem kam er nicht umhin, ein gewisses Mitleid mit dem jungen Chinesen zu empfinden. Er wusste aus eigener Erfahrung, wie es war, mit einem dominanten Vater gesegnet zu sein. Wobei Harold Fox hinter der kritischen Reserviertheit dennoch stets die Liebe zu seinem Sohn erkennen ließ.

Queen's Road Central

Nach der Rückkehr vom Haus der Familie Liu zog Lord Philip sich für eine Weile in sein Zimmer zurück, um nachzudenken. Als es Zeit fürs Abendessen war und er nach unten kam, lag ein Telegramm für ihn auf dem Silberteller neben der Eingangstür. Während seine Nichte, der Professor und Crispin sich mit Lady Persephone zum Dinner ins Speisezimmer begaben – sicher würde Freddie alles haarklein wissen wollen, was während ihrer unfreiwilligen Abwesenheit gesprochen worden war –, trat er hinaus auf die Terrasse. Er fühlte sich müde, ausgelaugt und sehnte sich nach Schlaf, vorzugsweise in einem kühlen Raum. Dazu gesellte sich eine gewisse Frustration, weil sie Miss Hu nicht hatten retten können. Die andauernde Schwüle zusammen mit der hohen Luftfeuchtigkeit bekam Lord Philip nicht. Vor Antritt der Reise hatte er sich keinerlei Gedanken darüber gemacht, aber nun gab er zu, ein Freund gemäßigter Gefilde zu sein. Einzig das Telegramm in seiner Hand vermochte freudige Erregung in ihm zu wecken.

Hoffentlich war es von ihr. Es musste von ihr sein.

Er entfernte sich von der Terrasse, schlenderte in den hinteren Teil des Gartens, vorbei an blühenden Stauden, die auch des Nachts betörend dufteten und deren Namen er nicht kannte. Das helle Mondlicht am wolkenlosen Himmel reichte Philip, um das Telegramm zu lesen.

Wieder zurück von Eldergrove Manor. Große Langeweile ohne Ihre Gesellschaft. Erwarte Ihre baldige Heimkehr. Mabel

Philip schluckte. Trotzdem schmeckte die Enttäuschung bitter. Die Nachricht stammte von Mabel Shrewsbury, Freddies Freundin und Lieblingskandidatin für den vakanten

Posten der Schwägerin. Er hatte gehofft, sie käme von einer anderen Frau und wäre weniger nichtssagend. Von der Frau, die ihm nicht mehr aus dem Kopf ging und die ihn selbst am Ende der Welt in jeder Sekunde beschäftigte, in der er nicht an den Fall dachte. Aber hatte er allen Ernstes geglaubt, sie würde ihm telegrafieren? Um was zu sagen? Dass sie ihn vermisste? Verschwendete sie überhaupt einen Gedanken an ihn, oder hatte sie ihn längst aus ihrem Gedächtnis verbannt?

Er zerknüllte das Papier und stopfte es in seine Tasche. Gleich darauf ergriff ihn das schlechte Gewissen und er kramte es wieder hervor, strich es glatt und atmete tief durch. Es tat nicht gut, sich unrealistischen Leidenschaften zu ergeben. Sobald er zurück in London war, würde er Mabel in die Oper einladen. Vielleicht sollte er endlich den nächsten Schritt wagen und um ihre Hand anhalten. Unausweichlich war das Ganze ohnehin. Besser, er schlug sich das Hirngespinst der aufregenden, intelligenten Frau, die ihm auf Augenhöhe begegnete, schnell aus dem Kopf.

»Mabel hat telegrafiert«, teilte Lord Philip Freddie mit, während er neben ihr am Tisch Platz nahm und sich zu einem Lächeln zwang.

»Ach ja? Was schreibt sie denn?«

»Sie ist zurück vom Land und langweilt sich in London.«

»Deshalb schickt sie ein Telegramm? Lässt sie mich grüßen?«

Etwas verlegen beschäftigte er sich mit dem Auseinanderfalten seiner Serviette. »Selbstverständlich«, log er. »Sie hofft, dass wir bald wieder zu Hause sind.«

Alle Anwesenden sahen ihn an, wohl in der Erwartung, er würde sich weiter zu Mabel Shrewsbury äußern, aber Lord Philip wechselte das Thema.

»Professor, wollen wir morgen nach dem Frühstück in das Büro von P&O gehen und die Passage buchen?«

»Gerne, mein Lieber. Ich muss auch noch kurz zum Postamt, um Doktor Pebsworth zu telegrafieren, vielleicht möchten Sie der jungen Dame bei der Gelegenheit ebenfalls ein Antwortschreiben schicken?«

»Ich denke nicht.«

Es war äußerst enervierend, sich in Sänften den Berg hinunter in die Stadt tragen zu lassen. Mochten manche seiner Landsleute jene Art der Fortbewegung für komfortabel halten, Philip fand sie entwürdigend. Lieber wäre er zu Fuß marschiert, wenn es nicht so heiß gewesen wäre. Darüber hinaus machten die schuckelnden Stühle mit ihren langen Tragestangen, die einen gebührenden Abstand zum Vordermann erforderten, in diesem Fall zu Professor Brown, jegliche Konversation unmöglich, besonders als sie in das rege Treiben der Queen's Road eintauchten. Lord Philip konnte den Professor schließlich nicht von hinten anschreien. Erst in der Warteschlange auf dem Hauptpostamt stand einer Unterhaltung buchstäblich nichts mehr im Weg.

»Es kommt mir vor, als wären Sie noch glücklicher über unsere baldige Abreise als ich«, meinte der Professor mit einem Schmunzeln.

Lord Philip seufzte. »Ich muss gestehen, ich fühle mich in Hongkong fehl am Platz. Dazu der deprimierende Ausgang der Ermittlungen ...«

»Hm, ja, bedauerlich. Auch die Konversation gestern mit Mister Liu war unbefriedigend. Der gute Mann scheint eine charakterliche Kehrtwende gemacht zu haben. Als ob er uns loswerden wollte.«

»Ich für meinen Teil fiebere einer Heimreise geradezu entgegen. Sie hingegen haben sich gut gehalten, wenn ich das bemerken darf. Dabei waren Sie derjenige, der ursprünglich nicht mitkommen wollte.«

»Das lag aber weder am Klima noch an der Exotik des Landes, im Gegenteil. Mir sind derartige Gefilde nicht fremd. Vor vielen Jahren weilte ich sogar für längere Zeit in Indien.«

Lord Philip horchte auf. Es kam selten genug vor, dass der Professor von sich aus etwas über seine Vergangenheit preisgab. Meistens hüllte er sich diplomatisch in Schweigen, wenn er danach gefragt wurde. Vor ihnen in der Schlange standen zahlreiche Personen an; es würde dauern, bis sie an der Reihe waren, daher hakte er nach: »Ach ja? Wo genau?«

»Ich reiste viel herum. Am längsten hielt ich mich im Norden des Landes auf.«

»Was machten Sie dort?«

Der Blick des Professors ging in die Ferne, und Lord Philip befürchtete schon, keine Antwort auf seine Frage zu erhalten, derartig gedankenverloren wirkte der ältere Herr. Schließlich erzählte er leise: »Es war nach Beendigung meiner Studien in Oxford. Als junger Anthropologe hatte ich viel vor, große Träume, wissen Sie. Ein Freund diente in der Armee in Indien und schrieb mir, dort würde ich ein unbegrenztes Betätigungsfeld finden.« Er verstummte und rieb sich den Nacken, erneut schien er mit seinen Gedanken weit weg zu sein. »Aber dann kam alles ganz anders. Die fremdländische Welt, die ich so faszinierend fand, verwandelte sich in eine feindselige Hölle. Ein Aufstand brach aus, während ich mich in Meerut aufhielt. Dabei wurde ich schwer verletzt.«

»Von einem Rebellen?«

Professor Brown verneinte. »Von meinem Freund. Er fiel mir sprichwörtlich in den Rücken, sowohl körperlich als auch menschlich.«

»War eine Frau im Spiel?«

»Selbstverständlich.« Er neigte seinen Kopf zu Lord Philip, um flüstern zu können. »Falls Sie jemals die Chance auf persönliches Glück haben, ergreifen Sie sie, mein Bester. Zaudern Sie nicht, erklären Sie sich, und halten Sie die Liebe fest, denn nur allzu schnell kann sie Ihnen entrissen werden. Und plötzlich sind Sie ein alter Mann und haben nichts weiter als Erinnerungen und Zweifel – was gewesen wäre, wenn Sie anders gehandelt hätten. Ach, sehen Sie nur, wir sind schon an der Reihe. Über unserem Geplauder sind wir bis an den Schalter vorgedrungen. Guten Tag, mein Herr«, begrüßte Professor Brown den Postbeamten und gab ihm seinen aufnotierten Text für das Telegramm an Doktor Pebsworth.

Lord Philip blieb verblüfft hinter ihm stehen. Was hatte der Professor ihm eben offenbart? Dass er unglücklich verliebt gewesen war? Dass er von einem Freund verraten und verletzt worden war? Dass sich sein Leben keineswegs so gediegen auf London beschränkt hatte, wie Philip das angenommen hatte? War er am Ende ein Abenteurer gewesen? Er nahm sich vor, so viel wie möglich aus dem Professor herauszukitzeln, denn er vermutete, dass der Mann, den er bisher lediglich als Freund und Clubvorsitzenden schätzte, ein stilles Wasser war, auf dessen Grund es sicher faszinierende Schätze zu entdecken gab.

»Bitte warten Sie kurz«, sagte er zu Professor Brown, als er vom Schalter wegtrat. »Ich möchte doch rasch ein Telegramm aufgeben.«

Danach ging es zum Büro der P&O-Schifffahrtslinie, wo man den Herren mitteilte, dass sie Glück hatten und am folgenden Tag ein Liner nach Colombo auslaufen würde, auf dem noch genügend Kabinen frei seien.

»Morgen schon!«, rief Lady Persephone entsetzt aus, als sie davon erfuhr. »Ihr seid eben erst angekommen, und nun wollt ihr mich bereits wieder verlassen?« Sie arrangierte Blumen in einer hohen chinesischen Vase und hielt inne, als ihr Bruder ihr das Abreisedatum mitteilte.

»Aber Tante Perry, du wusstest doch, dass wir nur wegen der Entführung von Miss Hu hier ermitteln und keine Vergnügungsreise machen«, sagte Freddie.

»Grässliche Angelegenheit«, murmelte sie und griff nach einer weißen Lilie. »Zudem hatten wir keinerlei Zeit, etwas zu unternehmen, waren nicht einmal im Theater oder beim Nachmittagstee.«

»Das war nicht Sinn und Zweck unseres Aufenthaltes, Persephone.« In einer Geste brüderlicher Zuneigung legte Lord Philip einen Arm um seine Schwester. »Warum kommst du nicht an Weihnachten nach Hause? Wir fahren zu Charles und feiern auf dem Land, wie früher. Was meinst du? Dann hätten wir reichlich Zeit füreinander.«

»Das wäre in der Tat schön. Allerdings ist die Überfahrt im Winter beschwerlich.«

»Nicht wenn du Colombo erreichst, bevor der Monsun richtig einsetzt.«

Verlegen löste sie sich von ihm und betupfte ihre Augen mit einem Taschentuch. Danach zupfte sie ein paar Blumen aus dem Arrangement und steckte sie an anderer Stelle wieder ein. »Das stimmt. Ich könnte auf dem Weg nach England in Ägypten Station machen und mir die Altertümer ansehen, das wollte ich schon immer. Und dann weiterreisen, sodass ich vor Weihnachten in London ankomme.«

»Das wäre wundervoll, Tante Perry. Wir fahren von dort zusammen aufs Land. Onkel Charles wird sich freuen.«

»Und wir uns ebenfalls«, sagte Lord Philip und meinte es auch so. Es betrübte ihn, keine privaten Momente mit seiner Schwester verbracht zu haben, und er merkte, dass er sie vermissen würde.

Am nächsten Tag ging, völlig überraschend für alle und im letzten Augenblick vor dem Ablegen, Liu Zhen mit an Bord.

»Was machst du hier?«, fragte Freddie ihn mit unverhohlener Verblüffung in der Stimme. Auch die Herren warteten auf eine Erklärung, hatten sie den jungen Chinesen doch nicht mehr zu Gesicht bekommen, seitdem sein Vater ihn bei der Unterredung aus dem Raum geschickt hatte.

»Ich komme mit nach England.«

»Aber wieso, um Himmels willen?«

Zhen stellte sich neben Freddie an die Reling und hielt sich mit beiden Händen daran fest, erwiderte jedoch nichts.

»Der junge Mister Liu vermutet, Wu Bai hält sich in London auf«, warf der Professor von der Seite ein, »und wenn ich nicht irre, möchte er ihn dort stellen.«

»Ist das wahr?«, fragte Freddie.

Statt einer Antwort nickte Zhen kurz. Er sah schrecklich aus, blass und übernächtigt mit abgekauten Fingernägeln, die nicht zu seinem maßgeschneiderten westlichen Reiseanzug passten.

»Weiß dein Vater davon?«

»Nein!« Zhens dunkle Augen funkelten zornig, als er Freddie endlich anblickte. »Und das kümmert mich auch nicht. Meine Verlobte fand ein grausames Ende, Wu Bai hat sie auf dem Gewissen, und dafür wird er bezahlen!«

»Falls er wirklich in London ist, wird es schwierig werden, ihn zu finden. Wir könnten ...«

»Freddie«, fiel er ihr ins Wort, »der Auftrag an den Sebastian Club erlosch mit dem Auffinden von Lien. Ein *wir* gibt es nicht mehr. Ich werde Wu Bai alleine aufspüren. Sobald wir London erreichen, trennen sich unsere Wege.«

Empört schnappte sie nach Luft, doch Professor Brown hakte sich bei ihr ein und bemerkte leichthin: »Wie Sie wünschen, Mister Liu. Miss Westbrook und ich begeben uns nun unter Deck und richten uns in den Kabinen ein. Ich kann mir vorstellen, dass es ihr ein Bedürfnis ist, in andere Kleidung zu schlüpfen.« Damit tätschelte er väterlich ihren Arm und zog sie mit sich fort. Auch Lord Philip ging davon aus, dass Freddie sich schnellstmöglich in den jungen Herrn zurückverwandeln wollte, für den das Reisen um so vieles einfacher war als für die Lady. Er hatte die Szene beobachtet, alles gehört und war ungehalten darüber, dass seine Nichte sich von Zhen hatte in ihre Schranken weisen lassen müssen wie eine oberflächliche Bekanntschaft und nicht den Respekt einer guten Freundin erfuhr. Aber vielleicht war dies Liu Zhens aufgelöstem Zustand zuzuschreiben, er wirkte in der Tat desolat.

Nach einem tränenreichen Abschied von Lady Persephone

blickte nun ein sehr nachdenklicher Lord Philip zurück auf den Hafen von Hongkong.

Wie immer tummelten sich dort Dschunken, Kreuzer, Ozeanliner und eine Vielzahl kleinerer Boote, es war ein Kommen und Gehen wie in einem Ameisenhaufen. Der Victoria Peak erhob sich als üppiger grüner Kegel über allem, und Philip gestand sich ein, dass dieser Ort ihm noch genauso fremd war wie bei seiner Ankunft.

Auf Reisen

Zurück nach Colombo fuhren sie wiederum mit der SS Oriental, doch dieses Mal war ihre Überfahrt nicht von mildem Wetter begünstigt. In der ersten Nacht brach ein Tropensturm los, der das Dampfschiff auf den Wellen tanzen ließ wie einen Korken und bei Freddie für Seekrankheit sorgte. Auch den Gentlemen ging es nicht gut.

Da sämtliche Decks von sturzbachartigen Regengüssen überflutet wurden, blieb ihnen nichts anderes übrig als der Aufenthalt in ihren Kabinen.

Erst als sie in Colombo das Schiff gewechselt hatten und die arabische See durchquerten, beruhigten sich das Wetter sowie die Mägen der Reisenden.

»Da wir nun alle wieder mehr oder weniger unter den Lebenden weilen«, sagte Professor Brown, »ist es an der Zeit für eine Zusammenfassung der Ereignisse.«

Die Herren – und das schloss Freddie mit ein, die sich nur allzu gerne Hosen und Perücke angezogen hatte – trafen sich in ihrer Kabine. Es war eng und stickig, und neben dem Bett gab es nur eine weitere Sitzgelegenheit, sodass es sich ein jeder mehr schlecht als recht bequem machte. Trotz der beengten Umstände schlug niemand vor, sich im Speisesaal oder auf dem Promenadendeck zu treffen. Unausgesprochen war ihre Übereinkunft, sich ungestört und vor allem ohne Zhen besprechen zu wollen.

»Also gut, was haben wir?«, begann der Professor. »Ein totes Entführungsopfer sowie keinerlei Erklärung dafür, was damit bezweckt werden sollte. Einen Verdächtigen, der sich höchstwahrscheinlich nach London abgesetzt hat. Einziges Indiz für seine Verwicklung ist eine Münze. Sind

Sie sich absolut sicher, dass es sich dabei um ein und dieselbe Münze handelt, die Wu Bai Ihnen zeigte, Mister Westbrook?« Es schien Professor Brown nicht schwerzufallen, zwischen der männlichen und der weiblichen Freddie zu unterscheiden, ein Umstand, über den sie sich freute.

»Absolut. Ich bat Zhen, sie mir ansehen zu dürfen, und sie hat eine charakteristische Delle am Rand, die ich mir gemerkt habe, weil sie unmittelbar vor der Nase der Königin liegt. Wu Bai wollte in der Hafenkneipe ausdrücklich, dass ich einen genauen Blick darauf werfe.«

»Warum glaubt Zhen, dass Wu Bai in London ist, und was sollte er dort wollen?«, fragte Crispin. »Und wieso sollte ein Zusammenschluss der Familien Hu und Liu zu einem Hong verhindert werden? Soviel ich mittlerweile weiß, gibt es große Handelshäuser in Hongkong, die von westlichen Herren geleitet werden. Da wäre es doch wünschenswert, dem mit einem rein chinesischen Haus entgegenzutreten.«

»Gute Fragen, Mister Fox, gute Fragen!« Begeistert sprang der Professor auf, sah wohl, dass er keinerlei Platz hatte, um in der Kabine auf und ab zu marschieren, und setzte sich wieder auf den einzigen Stuhl. »Wenn ich dazu etwas sagen darf: Der Grund, der uns aufgetischt wurde, ist für mich null und nichtig. Ich bezweifle, dass dies die Absicht von Wu Bai war – so er denn unser Entführer ist. Für ihn spielt es keine Rolle, wer mit wem zusammen Waren verschifft. Er ist ein Pirat, er nimmt seine Beute von wem auch immer, und für ihn wäre es unmöglich, jemals seinerseits ein Warenhaus zu gründen, selbst wenn er die Mittel dazu hätte.«

»Weil er als Tanka geboren wurde«, warf Freddie ein.

»Richtig. Was seinen Aufenthaltsort in London betrifft – oh, er ist mit Sicherheit dort, wo sollte er sonst sein?«

Verständnislos sahen ihn die anderen Herren an.

»Das müssen Sie uns aber schon genauer erklären«, verlangte Lord Philip.

Ein feines Lächeln schlich sich auf die Züge des Professors.

Freddie vermutete, dass er die Situation genoss. Wahrscheinlich hatte er durch seine ständige telegrafische Konversation mit Doktor Pebsworth Informationen gesammelt wie ein Eichhörnchen Nüsse vor der Winterruhe, und nun war er als Einziger in der Lage, Licht in die Sache zu bringen.

»Werde ich machen, allerdings erst zu Hause im Club. Dort laufen alle Fäden zusammen, der Doktor wartet auf uns, und wenn die Ermittlerriege komplett ist, werfen wir unsere Erkenntnisse in einen Topf und sehen, welches Süppchen darin köchelt. Bis dahin möchte ich Sie zu äußerster Vorsicht anhalten. Diese Warnung ist der Hauptgrund für das Treffen. Wir haben es mit einem intelligenten sowie skrupellosen Gegner zu tun.«

»Dabei ermitteln wir doch offiziell überhaupt nicht mehr, laut Zhen«, warf Freddie ein.

»Und inoffiziell wissen wir alle, dass wir erst damit aufhören werden, wenn wir den Mörder von Miss Hu gefunden haben.«

Auf der letzten Etappe ihrer Reise, der Überfahrt von Calais nach Dover und der anschließenden Zugfahrt mit der South Eastern Railway, gab sich Zhen ein wenig gesprächiger.

»Ich verstehe nicht, weshalb du unbedingt für dich bleiben wolltest und nicht einmal mit uns gegessen hast«, sagte Freddie mit tiefer Betrübnis in der Stimme zu ihm, während der Zug die Eisenbahnbrücke über die Themse überquerte und in den Bahnhof an der Cannon Street einfuhr.

»Und ich hatte den Eindruck, als wäre es Professor Brown so am liebsten gewesen.«

»Zhen, wir waren lange Zeit eng befreundet, und nun fühlt es sich an, als hätte sich ein Keil zwischen uns geschoben, der uns immer weiter auseinandertreibt.«

»Dieser Keil hat einen Namen. Sebastian Club. Ich hatte euch darum gebeten, meine Verlobte wiederzufinden. Lebend.«

»Es ist nicht unsere Schuld, dass sie tot ist. Wie du weißt, hätte sie bereits vor unserer Ankunft in Hongkong mit der Pest infiziert sein können.«

»Wie kalt du darüber sprichst. Ich erkenne dich nicht mehr. Die Freddie, die stets zu mir hielt und der ich vertrauen konnte, ist anscheinend abhandengekommen. Aber du kannst noch so sehr versuchen, dich ihnen anzupassen, sie werden dich nie als eine der ihren akzeptieren, für sie wirst du immer nur eine Frau sein und kein gleichwertiger Detektiv.«

Freddie fuhr herum. Es hätte nicht viel gefehlt, und sie hätte Zhen geohrfeigt. »Ich schreibe deine beleidigenden Worte der Trauer über den Verlust deiner Verlobten zu«, stieß sie zwischen den Zähnen hervor, »jener Frau, die du nur zwei Mal in deinem Leben gesehen hast, deren Ableben dich aber offenbar völlig aus der Bahn wirft. Denn ansonsten müsste ich dir die Freundschaft kündigen, Zhen.«

Er lachte bitter auf. »Du hast doch längst Ersatz für mich gefunden. Jemanden, der viel besser zu dir passt.«

»Falls du von Crispin sprichst – er ist bei Weitem nicht nur ein Freund, sondern auch ein Kollege. Jemand, auf den ich mich in jeder Situation verlassen kann. Und jemand, der mich niemals respektlos behandeln würde, sondern Wert auf meine Meinung legt. Und wer weiß, vielleicht wird er eines Tages sogar noch mehr als all das sein.« Damit drehte sie sich um und ließ Zhen am Fenster stehen. Es gab nichts weiter zu sagen. In wenigen Minuten würden sie aus dem Zug steigen, ihre Wege würden sich trennen. Freddie verstand nicht, was mit ihrem Freund geschehen war.

Die Dampfeisenbahn fuhr in eine breite Halle mit halbkreisförmiger Gewölbedecke aus Glas und Stahl ein, die links und rechts von zwei imposanten Türmen flankiert wurde. Mit einem letzten, ersterbenden Dampfseufzer kam sie zum Stehen, und die Türen schwangen auf.

Freddie konnte es kaum erwarten, den Zug zu verlassen, trotzdem ließ sie den anderen den Vortritt. Ein Träger lud ihr Gepäck auf einen Wagen und begleitete sie vom Gleis in die Bahnhofshalle. Die Herren verabschiedeten sich von Zhen,

Hände wurden geschüttelt, es wurde Glück gewünscht und auf Schultern geklopft. Als es an Freddie war, sich von ihm zu verabschieden, nickte sie ihm lediglich zu und sagte: »Ich hoffe, du findest, wonach du suchst.« Er drehte sich um und ging davon.

»Zhen!«, rief sie ihm hinterher. So konnte sie ihn doch nicht gehen lassen. Im selben Moment, als er sich überrascht umdrehte, wurde er von einem Mann angerempelt, sein Koffer entglitt ihm, und er sackte zusammen.

Mit zwei Schritten war sie bei ihm, Crispin ebenso, und sie versuchten, ihm aufzuhelfen. Zhen jedoch stieß einen Schmerzlaut aus und hielt sich die Seite. Zwischen seinen Fingern sickerte Blut auf den Boden der Bahnhofshalle.

»Er ist verletzt!«, rief Crispin laut.

Zusammen mit Lord Philip hob er ihn hoch, und die beiden trugen ihn nach draußen zu den wartenden Droschken.

»In den Sebastian Club«, verfügte Professor Brown. »Dort ist Doktor Pebsworth, der wird ihm helfen.« Und den skeptisch dreinblickenden Kutscher, der den asiatisch aussehenden, blutenden Mann ganz offensichtlich nicht in seinem Gefährt haben wollte, herrschte er an: »Nun machen Sie schon, worauf warten Sie?«

Um den Worten des Professors Nachdruck zu verleihen, drückte Lord Philip dem Kutscher ein paar Münzen in die Hand.

Bis sie am Berkeley Square ankamen, hatte Zhen das Bewusstsein verloren. Doktor Pebsworths Mimik, als er die Gentlemen in Empfang nahm, veränderte sich von freudig erregt über verwundert hin zu besorgt, und erst als Zhen auf dem in aller Eile mit einem weißen Tuch abgedeckten Kartentisch in einem der Salons lag, fragte er: »Was ist passiert?«

»Wir standen in der Bahnhofshalle in der Cannon Street, verabschiedeten uns von Zhen, er ging los, ich rief ihm nach, er drehte sich noch einmal um, wurde angerempelt und sackte zusammen.« Freddie hatte so schnell gesprochen, dass sie außer Atem war. Lord Philip übernahm. »Es sieht aus, als hätte er eine Stichwunde in seiner rechten Seite.«

»Helfen Sie mir, ihn auszuziehen.«

Miteinander befreiten sie Zhen von Jackett und Hemd, und als er mit nacktem Oberkörper vor ihnen lag, warf der Doktor Freddie einen fragenden Blick zu.

»Ich gehe nicht hinaus«, sagte sie bestimmt.

Er nickte und bemerkte sodann: »In der Tat, eine stark blutende Wunde, wahrscheinlich von einem Messer oder einer anderen einschneidigen Klinge. Ziemlich breit. Es kann gut sein, dass der Täter auf das Herz gezielt hat, aber weil sich Mister Liu wegdrehte, traf er stattdessen die rechte Seite. Glück im Unglück. Vielleicht. Wenn wir die Blutung zum Stehen bringen und keine inneren Organe verletzt wurden. Mister Fox?«

»Ja, Doktor Pebsworth.«

»Wir beide haben schon ein wenig Erfahrung in medizinischer Zusammenarbeit gesammelt. Darf ich Sie bitten, mir zu assistieren?«

»Gewiss.« Rasch schlüpfte Crispin aus seiner Jacke, krempelte sich die Hemdsärmel hoch und fragte: »Wo ist Ihre Arzttasche? Soll ich heißes Wasser kommen lassen?«

Bewundernd sah Freddie ihn an. Gerade war er noch müde von der Reise gewesen, hatte sich sicherlich auf den Schlaf im eigenen Bett gefreut, doch nun wirkte er aufmerksam, emsig beinahe.

Der Doktor gab ihm einige Anweisungen und schickte dann Freddie, den Professor sowie Lord Philip energisch aus dem Zimmer.

»Und hängen Sie bitte ein Schild an die Tür, dass hier drinnen bis auf Weiteres keine Kartenspiele stattfinden können. Die geschätzten Clubmitglieder sollen sich einen Ausweichraum suchen.«

»Es gibt nichts, was wir momentan machen könnten«, stellte Lord Philip draußen im Flur fest. »Wer weiß, wie lange es dauern wird, bis Mister Liu stabil ist, und dann wird sich der arme Mister Fox erst einmal ausruhen wollen. Ich schlage vor, wir treffen uns morgen früh wieder hier zu unserer Besprechung.«

Der Professor nickte. »Das wird das Beste sein.«

»Können wir nicht warten und sehen, wie es Zhen geht?«, fragte Freddie.

»Uns steckt eine Weltreise in den Knochen. Wir müssen mit unseren Kräften haushalten, und niemand hat etwas davon, wenn wir im Halbschlaf auf Sofas und Sesseln im Club ausharren, am allerwenigsten Mister Liu. Bei Doktor Pebsworth ist er in besten Händen.«

Bei jedem Satz von Professor Brown nickte Lord Philip bekräftigend, sodass Freddie sich der Übermacht der Vernunft geschlagen gab. Auch sie war erschöpft, und es stimmte ja, warum sollte sie hier ausharren, das ergab keinen Sinn.

»Lord Philip, einen Augenblick noch, bitte!« Doktor Pebsworth steckte seinen Kopf aus der Tür, winkte ihn zu sich und drückte ihm ein kleines Päckchen in die Hand, dazu flüsterte er etwas, was Freddie nicht verstand. Kurz wunderte sie sich über den eigenartigen Ausdruck im Gesicht ihres Onkels, dann wanderten ihre Gedanken jedoch wieder zu dem feigen Anschlag auf Zhen.

Daheim im Stadthaus am Wilton Crescent begrüßte sie Butler Lewis mit einem »Wie schön, dass Sie wieder hier sind« sowie einem strahlenden Lächeln, was bei dem diskreten und notorisch wortkargen Hausangestellten einem Freudentaumel gleichkam. Wie immer zuckte er nicht mit der Wimper, Freddie in ihrer Herrenverkleidung zu sehen. Mittlerweile schien er sich an den recht exzentrischen Lebensstil seiner Herrschaft gewöhnt zu haben. Daher äußerte er auch keinerlei Verwunderung, als Freddie sich ein paar Sandwiches in ihr Zimmer serviert wünschte und Lord Philip lediglich nach einem Glas Port fragte.

Whitechapel, London

Nachdem Freddie sich direkt nach ihrer Ankunft daheim zu Bett begeben hatte, saß Lord Philip allein in seinem Arbeitszimmer. Ein leichter Regenschauer klopfte grüßend an die Fensterscheiben, und er freute sich darüber, dass der Sommer in London vorüber war. Die kühle Luft, die bunten Blätter an den Bäumen, all das hieß ihn in der Heimat willkommen, die er in Hongkong zu schätzen gelernt hatte. Doch nicht nur die Stadt hatte ihm gefehlt.

Nachdenklich nippte er an seinem Port, stellte das Glas ab und stand auf. Mit ausgreifenden Schritten ging er im Zimmer auf und ab, dann zum Fenster und lehnte für einen Moment seine Stirn gegen die kühle Scheibe. Die Worte des Professors kamen ihm in den Sinn.

Zaudern Sie nicht, erklären Sie sich, hatte er ihm geraten, als ob er wüsste, welcher Aufruhr in Philips Herzen herrschte.

Entschlossen straffte er die Schultern und verließ das Haus. Er winkte ein Hansom Cab heran, klappte seinen Schirm zu und stieg ein.

Auf der Fahrt nach Whitechapel schloss er die beiden Klappen, die das offene Vorderteil der kleinen Kutsche wenigstens halbwegs regendicht machten, und lehnte sich so weit wie möglich in den Sitz zurück.

Der späte Nachmittag ging in den Abend über, als er vor Cassius Arnholtz' Etablissement ausstieg. Auf den Hauptstraßen wurden die Gaslaternen entzündet. Wegen des Regens hatten sich die Straßenverkäufer und Dirnen zurückgezogen, es war draußen nicht viel los. In der zu Arnholtz' Bordell gehörenden Kaschemme dafür umso mehr.

Die feuchtwarme Luft im Schankraum war abgestanden und stank wie üblich nach ungewaschenen Haaren und schmutziger Kleidung, ein wenig wie ein nasser Hund, aber Lord Philip ließ sich nichts anmerken. Er steuerte auf die Bar zu und winkte den imposanten Wirt heran, den er noch nie anders als schwitzend erlebt hatte.

»Herbert, mein Guter«, begrüßte er ihn freundlich, »ich soll Ihnen das hier von Doktor Pebsworth geben und mich nach Ihrem werten Befinden erkundigen.« Damit stellte er eine kleine Pappschachtel auf den Tresen, in der ordentlich aufeinandergeschichtet zahlreiche Medikamentenbriefchen lagen.

Herbert kratzte sich den kahlen Schädel und griff mit seiner großen Pranke nach dem Präsent.

»Der Lord beehrt uns wieder. Guten Abend. Is mächtig nett vom Doktor, mir Nachschub zu schicken. Sagen Sie ihm, es geht mir schon besser, das Zeug hilft. Aber Zwieback ess ich keinen.«

»Ich werde es bestellen.«

»Deswegen sind Sie nicht hier, oder? Um mir mein Magenpulver zu bringen. Was wollen Sie?«

»Ist Mrs Arnholtz zu sprechen?«

Mit einem verdrießlichen Augenrollen verließ Herbert seinen Arbeitsplatz und stapfte in Richtung Treppe. »Na kommen Sie schon mit«, rief er über die Schulter zurück.

Wie bei Lord Philips vorherigen Besuchen saß Annabel Arnholtz auch dieses Mal hinter ihrem Schreibtisch im Büro und blickte überrascht auf, als der Wirt ihn meldete und ihn gleich mit hereinbrachte.

»Danke, Herbert, du kannst gehen, und schließ bitte die Tür«, sagte sie zu ihm. Nachdem er den Raum verlassen hatte und sie allein waren, legte sie ihren Bleistift beiseite, erhob sich und kam auf Philip zu.

Sie hatten einander seit Wochen nicht gesehen, seit dem Abschluss des Falles um Kassiopeias Herz, als die Gentlemen vom Sebastian Club Mrs Arnholtz' Ehemann vor dem

Schafott bewahrt hatten. Dennoch erinnerte er sich an jede Nuance ihres Gesichts, an ihre veilchenblauen Augen, das rabenschwarz glänzende Haar und besonders an die schmalen, aber elegant geschwungenen Lippen, die ihr ein ebenso strenges wie verführerisches Aussehen verliehen. Sie war eine Frau mit geheimnisvoller Vergangenheit und der Aura des Unnahbaren, die er so gerne durchdringen würde.

»Lord Philip, schön, Sie zu sehen. Wie ich hörte, waren Sie im Ausland.«

Sie reichte ihm ihre Hand, und er hauchte einen Kuss darauf.

»Meine Kollegen und ich hatten einen Auftrag in Hongkong zu erfüllen.«

»Doktor Pebsworth erzählte mir davon. Ich hoffe, es lief alles zu Ihrer Zufriedenheit?«

»Leider nicht.«

Draußen auf dem Flur erklang lautes Palavern. Rasch ging sie zur Tür und sah hinaus. Umgehend wurde es wieder ruhig, und sie kam zu ihm zurück.

»Ich bedaure, das zu hören. Was kann ich für Sie tun, Mylord?«

Während er ihr in die Augen sah, dachte er an die Antwort, die er ihr eigentlich geben wollte, sagte dann aber: »Sie gaben dem Doktor ein Stück Papier, auf dem ein Name notiert stand.«

Sie nickte. »Ich schreibe viel auf. Die Wände hier haben manchmal Ohren. Im Lagerkeller unten ist das anders, da kann niemand zuhören. Gerade jetzt würde ich gerne eine Flasche Brandy holen. Begleiten Sie mich doch.«

Bisher war Lord Philip nie weiter in das Arnholtzsche Etablissement vorgedrungen als bis ins Büro. Mit großer Neugier folgte er Annabel den Flur entlang zu einer hinteren Stiege, welche wieder ins Erdgeschoss und dann noch ein Stockwerk nach unten in einen kalten, muffigen, aber trockenen Keller mit rohen Ziegelwänden führte. Von einer Kommode neben dem Hintereingang hatte sie eine Öllampe mitgenommen, eine Sturmlaterne, die, vermutete Philip, sicher nicht allein zur Beleuchtung des Flurs diente. Wahrscheinlich wurde sie auch für diverse mehr oder weniger dubiose Außeneinsätze verwendet, so griffbereit, wie sie an der Tür stand.

Im Keller lagerten Kartoffeln, eingelegtes Gemüse und alkoholische Getränke sowie ein Haufen Kohlen. Neben einem Regal mit ordentlich gestapelten Branntweinen aus aller Herren Länder blieben sie stehen. Lord Philip musste nicht fragen, ob die Auswahl von verschiedenen Schmugglern zusammengekauft worden war.

Das Licht der Lampe erhellte Annabels Gesicht, aber schon direkt hinter ihren Schultern lag der Raum im Dunkeln. Für Philip fühlte es sich an, als täten sie etwas Verbotenes, und auch Annabel blickte sich nervös noch einmal um, ob die Tür oben an der Treppe wirklich geschlossen war.

»Captain Roland Thurlow«, flüsterte sie. »Der Doktor wollte wissen, wer die vornehmen Herrschaften in London mit Drogen versorgt, und ich kann mit Sicherheit sagen, dass es Captain Thurlow ist. Ein unangenehmer Mensch, voller Arroganz und Dünkel, dafür ohne jegliche Skrupel. Ich bin davon überzeugt, dass er auch mit dem Brand im Teekontor zu tun hatte. Entweder er direkt oder indirekt durch seine Geschäftspartner.«

»Und wer sind die?«

Ein Hauch von Besorgnis huschte über Annabels Züge. Oder war es Furcht? »Chinesen. Ich kenne keine Namen. Hinter vorgehaltener Hand wird von einer schwarzen Dschunke erzählt, die so viel Opium in die Stadt gebracht hat, dass man die ganze Bevölkerung damit berauschen könnte.«

Lord Philip runzelte die Stirn. »Eine schwarze Dschunke? Sicherlich wüsste jeder davon, falls ein derartiges Schiff in den Hafen eingelaufen wäre, aber Doktor Pebsworth erwähnte nichts. Und wenn er keine Kenntnis darüber hat ...«

»Ja, er ist in der Tat stets bestens informiert. Mehr weiß ich nicht. Vielleicht sind das auch nur falsche Gerüchte. Lassen Sie uns wieder nach oben gehen, bevor man uns vermisst.«

Hatte Annabel Arnholtz Angst in ihrem eigenen Haus? War sie nicht die Chefin, die Frau, auf deren Kommando alles und jeder hier hörte? Lord Philip sollte zur Seite treten, um sie durchzulassen, aber gedankenverloren, wie er war, bewegte er sich nicht von der Stelle.

»Haben Sie an mich gedacht, während ich fort war?«, fragte er stattdessen unvermittelt.

Sie legte eine Hand auf seine Brust, genau dorthin, wo sein Herz pochte. Mit der anderen hielt sie die Lampe. Sie beugte sich zu ihm und sagte leise: »Was soll ich darauf antworten? Dass ich Sie vermisst habe? Dass ich andauernd an Sie denke und mir wünsche, Sie wären bei mir?«

»Falls das der Wahrheit entspricht, würde ich es hören wollen«, flüsterte er zurück. Dabei näherte sich sein Gesicht dem ihren.

»Und dann? Was sollte das bringen? Wir können niemals zusammen sein, Lord Philip, das wissen Sie ebenso gut wie ich. Ein paar gestohlene Stunden hier und da, Heimlichkeiten in aller Eile, um nicht entdeckt zu werden, mehr könnte es für uns nicht geben. Würde Ihnen das reichen?«

Er ließ den Kopf sinken und trat beiseite. »Nein, das würde es nicht.«

»Mir auch nicht.« Sie ging an ihm vorbei zur Treppe, und er folgte ihr nach oben. Im Flur vor dem Büro kam ihnen Cassius Arnholtz aus der anderen Richtung entgegen, augenscheinlich vom Schankraum herauf.

»Hier bist du!«, rief er seiner Frau zu. »Mit dem hochwohlgeborenen Herrn Detektiv.«

»Lord Philip wollte eben gehen.«

»Das ist auch besser so. Hier ist kein Platz für feine Leute.«

»Guten Tag, Mister Arnholtz. Ihre Nase sieht aus, als wäre sie ein weiteres Mal gebrochen worden, seitdem ich Sie zuletzt sah. Geht es Ihnen gut?«

Als Antwort erhielt er nur ein unfreundliches Grunzen.

Erst jetzt bemerkte Philip die zierliche Person, die halb von Arnholtz' grobschlächtigem Körper verdeckt wurde. »Neue Dirne.« Cassius Arnholtz zerrte das Mädchen ins Licht. »Öfter mal was Frisches. Dachte, wir bieten den Leuten was Exotisches, weiß nicht, wo sie her ist, Japan, China oder vielleicht auch nur Limehouse. Jedenfalls teste ich zuerst immer selber, wissen Sie ja.«

Damit packte er das Mädchen grob am Oberarm und verschwand mit ihr den Gang hinunter, ohne seine Frau eines weiteren Blickes zu würdigen oder sich von Lord Philip zu verabschieden.

»Wieso tolerieren Sie das?«, fragte Lord Philip leise.

»Was? Dass er mit anderen Frauen schläft? Ich bin froh, wenn er sich nicht mit mir beschäftigt. Oder dass er mich respektlos behandelt? Das kenne ich nicht anders.«

»Wer ist sie?«

Annabel zuckte mit den Schultern. »Irgendeine Asiatin. Für die Personalbeschaffung bin ich nicht zuständig, das fällt in den Aufgabenbereich meines Mannes. Gehen Sie jetzt lieber, bevor er zurückkommt.«

Draußen auf der Straße war es mittlerweile stockdunkel, und der Regen hatte sich in einen Herbststurm verwandelt. Lord Philip musste bis zur Old Montague Street laufen, um eine Droschke zu finden.

»Bolton Street«, wies er den Fahrer an, bevor er sich wieder in seine Gedanken zurückzog und auf dem Weg quer durch die Stadt noch einmal das eben Gehörte durchging.

An der Ecke Curzon Street teilte er dem Kutscher mit, langsamer zu fahren. Eigentlich hatte Lord Philip erwartet, lediglich an Captain Thurlows Haus vorbeifahren zu können, um kein Aufsehen zu erregen, aber nun erkannte er, dass dort offenbar eine Soiree im Gange war und die Gäste nacheinander eintrafen. Es kamen und gingen zahlreiche Kutschen, Einspänner und Droschken, sodass Lord Philips Gefährt nicht weiter auffiel, als es am Straßenrand hielt.

Eine ganze Weile beobachtete er, wer sich in das Haus mit der Nummer vierundfünfzig begab. Viele der Personen kannte er namentlich, manche nicht, dennoch machte er sich von allen Notizen. Als schließlich die Gesellschaft komplett zu sein schien, gönnte er sich noch ein paar Minuten, um die Leute durch die hell erleuchteten Fenster zu beobachten, dann bat er den Kutscher, ihn nach Hause zu bringen.

Im Club

»Wie geht es Zhen?«, fragte Freddie Doktor Pebsworth als Erstes, als sie am Morgen den nur für die Ermittler reservierten Besprechungsraum im Sebastian Club betrat.

»Er wird überleben«, lautete die lakonische Antwort.

»Wo ist er? Kann ich ihn sehen?«

»Später vielleicht. Er ist noch sehr schwach und schläft gerade. Unser Mister Fox hat hervorragende Arbeit als mein Assistent geleistet«, lobte der Doktor. Crispin lächelte ihn erfreut an. »Sie sollten eine zweite Karriere in der Medizin in Erwägung ziehen«, fuhr Doktor Pebsworth an ihn gewandt fort. »Es gibt sowieso viel zu viele Anwälte auf der Welt. Aber einen talentierten Arzt zu finden, ist nicht einfach. Sie haben eine Gabe, Mister Fox, ein Jammer, dass Sie sie nicht nutzen.«

»Ich werde über Ihren Vorschlag nachdenken«, versprach Crispin. »Auch wenn ich mir sicher bin, bei meinem Vater nicht auf Begeisterung zu stoßen, sollte ich den Beruf wechseln wollen.«

Freddie nahm am Tisch Platz und sah sich in dem beinahe runden Raum um, betrachtete für einen Moment die Ölgemälde an der Wand mit den mittlerweile vertrauten Gesichtern darauf und war froh, wieder hier zu sein.

»Ich gehe davon aus, die Herren haben gefrühstückt.« Professor Brown ergriff das Wort. »Daher habe ich nur Kaffee und etwas Gebäck bringen lassen.« Er deutete auf einen Servierwagen neben der Tür. »Am besten, jeder nimmt sich selbst, und wir kommen gleich zur Sache.«

Vor ihm auf dem Tisch lag eine Akte. Den typischen beigen Umschlag kannte Freddie schon von ihrem ersten Fall, der Professor heftete anscheinend sämtliche Unterlagen in identischen Mappen ab. Sie war neugierig, was diese hier beinhaltete.

Sobald die Herren ihren Kaffee umgerührt und davon getrunken hatten und Ruhe eingekehrt war, fuhr der Clubvorsitzende fort. »Wie Sie wissen, wählt der Sebastian Club seine Fälle mit Bedacht aus. Nach dem Abschluss unserer letzten Untersuchungen war ich gerade dabei, mich für einen neuen zu entscheiden, doch dann kam uns Mister Zhen dazwischen und bat um Hilfe. Ich will ehrlich mit Ihnen sein. Der Grund dafür, weshalb ich nicht begeistert war, eine derartig lange Reise anzutreten, steht hier drin. Es erschien mir ungünstig, London zu verlassen, und ich behielt recht. Doktor Pebsworth hat während unserer Abwesenheit Informationen eingeholt und diese Akte gefüllt. Sehen wir hinein.« Er klappte den Deckel der Mappe auf und legte ein paar Fotografien auf den Tisch.

»Das ist Ares Christoforou.«

»Der Geschäftsmann aus Zypern, der überfahren wurde? Wovon Sie im Zug aus der Times erfahren haben? Wie ich Sie kenne, hatten Sie ihn schon länger im Visier.« Kopfschüttelnd griff Lord Philip nach dem Bild, das einen Mann mittleren Alters mit fleischigen Lippen und einer kurzen, breiten Nase zeigte. Sein Haaransatz reichte fast bis an seine buschigen Augenbrauen.

»Ja. Er und sein Geschäftspartner, ein Captain Roland Thurlow, betreiben – beziehungsweise was Mister Christoforou betrifft, muss ich korrekterweise in der Vergangenheitsform sprechen, also betrieben – ein Import-Export-Unternehmen. Seit Längerem vermutet Scotland Yard, dass sich hinter der Fassade der sauberen Geschäftsmänner ein Schmugglerring versteckt, aber bisher konnte man ihnen nichts nachweisen. Nachdem vor einigen Wochen ein Polizeibeamter tot aufgefunden wurde, der verdeckt gegen die Herren Thurlow und Christoforou ermittelt hatte, bat mich Inspektor Woodard um Hilfe.«

»Potzblitz!«, entfuhr es dem Doktor. »Das sind ja ganz neue Töne. Normalerweise rümpft Scotland Yard die Nase, sobald wir uns einmischen.«

»Nun ja, die Anfrage des Inspektors wurde nicht offiziell gestellt, sondern sehr diskret, hinter vorgehaltener Hand gewissermaßen. Jedenfalls gehe ich mittlerweile davon aus, dass eine Art Unterweltkrieg in London im Gange ist. Alteingesessene Verbrecher müssen sich mit neu zugezogenen auseinandersetzen, und so, wie es aussieht, kamen Ares Christoforou und Paddy Latimer dabei unter die Räder. Sie erinnern sich an den anderen Herrn? Auch von seinem Tod erfuhr ich aus der Zeitung. Wobei Christoforou sicherlich in den Opiumschmuggel involviert war und Latimer seine Finger im Hafengeschäft hatte. Zieht man noch in Erwägung, dass Lord Philip von Mrs Arnholtz Gerüchte um eine schwarze Dschunke voller Opium erfahren hat, deutet vieles darauf hin, dass derjenige, der die Londoner Unterwelt aufmischt, aus China stammt.«

»Oder aus Hongkong«, sprach Freddie das aus, was wahrscheinlich alle dachten.

»Doktor Pebsworth erzählte mir gestern, er habe von einer seiner Quellen erfahren, dass eine Frau die Strippenzieherin sein soll«, warf Crispin ein. Überrascht richteten sich sämtliche Augen auf den Doktor. Der wiegelte ab. »Nun ja, ich hatte ein paar Mal Tee mit meinem Freund Albert in Limehouse. Es dauert eine Weile, bis er sein Wissen preisgibt, aber er machte Andeutungen dahin gehend, dass es zwar Männer sind, die agieren, eine Frau jedoch die Befehle erteilt. Angeblich war sie bei dem Brand im Teekontor sogar höchstpersönlich für das Ableben des Inhabers, eines gewissen Yang Cai, auch Laoshu genannt, verantwortlich. Der übrigens kein rechtschaffener Händler war, sondern Schmuggler von Drogen und Wertsachen aller Art.«

»Was haben wir also?« Lord Philip stand auf und ging zur Tafel, die stets für Notizen bereitstand. Er nahm ein

Stück Kreide und schrieb auf. »Ares Christoforou – Opium. Paddy Latimer – Hafen. Yang Cai – Opium, Hafen. Dschunke – Opium, Hafen. Wenn Sie mich fragen, ich sehe ein Muster.«

Professor Brown grinste. »Aufgrund dieser Scharfsinnigkeit schätze ich Sie so sehr, Herr Kollege.« Dann wurde er wieder ernst. »Leider sind wir wegen der Hongkongreise zeitlich ins Hintertreffen geraten. Während unserer Abwesenheit sind Dinge in London geschehen, welche den Verbrechern einen gewissen Vorsprung bescheren.«

»Den wir ganz schnell aufholen werden«, warf Crispin ein. Freddie nickte ihm bestätigend zu, und auch Professor Brown zeigte sich optimistisch. »Selbstredend. Also frisch ans Werk. Mister Westbrook und Mister Fox – ich darf Sie bitten, sich auf dem Gelände des ehemaligen Teekontors umzusehen. Wer baut dort, und wie weit ist die Sache fortgeschritten? Aber agieren Sie diskret und vorsichtig. Lord Philip, wir beide fühlen diesem Captain Thurlow auf den Zahn. Und Doktor Pebsworth, Sie kümmern sich bitte um unseren Patienten. Meine Herren, die Ermittler des Sebastian Club sind zurück in der Stadt.«

Im Hinausgehen hielt Professor Brown den Doktor zurück, sodass Freddie ihn nicht bitten konnte, zu Zhen gehen zu dürfen. Es kam ihr ohnehin ein wenig unpassend vor, dies jetzt zu tun, wo sie doch soeben ihre Aufgaben gestellt bekommen hatten. Also ließ sie das Thema fallen und folgte Crispin und ihrem Onkel hinaus.

»Ich gehe noch in die Bibliothek«, sagte Crispin. »Was halten Sie davon, wenn ich Sie heute Nachmittag zu Hause abhole, Mister Westbrook? Dann fahren wir gemeinsam zu den Docks.«

Sie einigten sich auf drei Uhr und verabschiedeten sich voneinander. Auf der Heimfahrt war Lord Philip einsilbig und kaum zu einer Konversation zu bewegen, bis er schließlich verkündete: »Ich kann die Gedankengänge unseres Vorsitzenden manchmal nicht nachvollziehen. Warum schickt er euch beide in eine zwielichtige Gegend, während ich mich um diesen Captain Thurlow kümmern muss?«

»Möglicherweise weil es dir und dem Professor, als etablierte Herren der Gesellschaft, sicher leichterfallen wird, Zugang zu einer seiner Soirées zu bekommen, als mir. Vielleicht auch weil ich Chinesisch spreche und wir in Limehouse wahrscheinlich auf Chinesen treffen werden? Professor Brown hat sich gut überlegt, wem er welche Aufgabe zuweist.«

»Wieder einmal bist du alleine mit Mister Fox unterwegs.«

Freddie verdrehte die Augen. »Mach dir bitte keine Sorgen, Onkel Philip. Was immer zwischen Crispin und mir im Aufblühen begriffen war, ist in Hongkong ziemlich verdorrt.«

Er warf ihr einen verständnislosen Seitenblick zu.

»Ist dir nicht aufgefallen, dass wir auf der Reise kaum miteinander gesprochen haben, und wenn, dann bezog es sich auf unsere Ermittlungen? Crispin ist eifersüchtig auf Zhen.«

»Warum sagst du ihm nicht, dass dazu kein Grund besteht?«

»Das habe ich. Und wenn er mir nicht glaubt, ist das sein Problem. Ich finde sein Verhalten geradezu kindisch, aber er scheint eine tiefe Abneigung gegen Zhen zu hegen. Vor unserer Abreise hatte ich das Gefühl, Crispin würde sich erklären und dich darum bitten, mir den Hof machen zu dürfen, und nun kann er mir kaum in die Augen sehen.« Sie seufzte. »Lassen wir das. Konzentrieren wir uns lieber auf wichtigere Dinge. Übrigens, ich brauche eine neue Herbstgarderobe.«

»Was? Dein ganzer Schrank hängt voller Kleider.« Lord Philip schien über diesen plötzlichen Themenwechsel erstaunt zu sein. Er kratzte sich an der Stirn und schüttelte verständnislos den Kopf. Das brachte Freddie zum Lächeln. In den vergangenen Monaten hatte sie ihren Onkel, den sie vor ihrem Umzug in sein Haus kaum gekannt hatte, nicht nur schätzen gelernt, sondern lieb gewonnen.

»Ich spreche von Herrenbekleidung. Die Sommeranzüge, die du mir hast anfertigen lassen, werden mir langsam zu frisch hier. Ich brauche wärmere, und auch einen Mantel oder zwei. Nebst Hüten und Handschuhen, selbstredend.«

»Selbstredend.«

Daheim im Haus am Wilton Crescent wartete eine Überraschung auf die beiden.

»Mabel!«, rief Freddie hocherfreut aus, als sie den Salon betrat und ihre wartende Freundin antraf. Die zwei umarmten einander, und die hübsche dunkelhaarige Mabel verfiel in Kichern, als sie Freddie auf beide Wangen küsste.

»Das sieht bestimmt verboten aus, eine junge Dame, die einen jungen Herrn herzt. Ich kann mich immer noch nicht an deine Verkleidung gewöhnen, Frederique.«

»Das musst du auch nicht. Ich ziehe mich rasch um und lasse dich kurz mit meinem Onkel allein.« Freddie konnte sich ein Zwinkern nicht verkneifen, als Lord Philip ins Zimmer kam und ebenso überrascht war, Mabel Shrewsbury vorzufinden.

»Wie schön, Sie wiederzusehen, Philip«, sagte Mabel mit einem strahlenden, beinahe anzüglichen Lächeln und trat mit ausgestreckter Hand auf Lord Philip zu. Der nahm sie zwischen seine beiden Hände, deutete einen Handkuss an und meinte: »Freut mich auch. Welch Überraschung, Sie hier anzutreffen. Waren Sie mit Freddie verabredet?«

Ein wenig irritiert beobachtete Freddie die Szene, Mabel ging es anscheinend nicht anders, denn ihr Lächeln erstarb, und sie wirkte augenblicklich unsicher. Was war nur mit ihrem Onkel los? Freddie war sich sicher gewesen, dass er Interesse an Mabel hatte, sein bisheriges Verhalten ließ keine anderen Schlüsse zu. Und nun, nach wochenlanger Abwesenheit, behandelte er sie wie eine Fremde.

»Nicht direkt«, gab Mabel zu. »Ich wusste, dass Sie von Ihrer Reise zurückgekehrt sind, da wollte ich Ihnen einen Willkommensbesuch abstatten. Also Freddie, meine ich.«

Um dieser seltsamen Konversation nicht weiter beiwohnen zu müssen, lief Freddie nach oben in ihr Zimmer und schlüpfte aus dem Anzug. Sie entschied sich für ein schlichtes Kleid aus bordeauxroter Wolle, das sowohl wärmte als auch herbstlich aussah. Seit ihrer Rückkehr aus wärmeren Gefilden fror Freddie, und dieses Kleid war letzten Winter eigens für sie angefertigt worden. Nachdem sie sich das blonde Haar zu einem Knoten gesteckt hatte, kniff sie sich ein paar Mal in die Wangen, zupfte eine Fluse von ihrem Ärmel und ging gemessenen Schrittes zurück in den Salon. Sie hatte den beiden genügend Zeit gegeben, sich nach der längeren Trennung zu beschnuppern, und war erfreut festzustellen, dass Lord Philip und Mabel sich offenbar wieder angenähert hatten. Einträchtig saßen sie nebeneinander auf einem der Sofas und unterhielten sich. Sobald Freddie hereinkam, stand ihr Onkel allerdings auf und entschuldigte sich.

»Wir sehen uns morgen Abend, Miss Shrewsbury.«

»Sie wollten mich doch Mabel nennen.«

Zum Abschied bedachte er sie mit einer eleganten Verbeugung und einem tiefen Blick, dann verließ er die zwei jungen Damen.

»Habt ihr euch verabredet?«, fragte Freddie erstaunt, nachdem Philip gegangen war. Sie setzte sich zu Mabel.

»Mehr oder weniger. Er wollte wissen, ob mein Vater ebenfalls in der Stadt sei und dass er ihn morgen Abend gerne kurz sprechen würde.«

Freddie verstand ihren Onkel nicht. Gerade eben noch zeigte er sich innerhalb von Minuten zuerst reserviert, dann charmant, und nun wollte er bei Mabels Eltern vorsprechen? Irgendetwas stimmte nicht mit ihm, und das hatte nichts mit den Ermittlungsarbeiten zu tun.

Mabel fasste nach Freddies Händen und drückte sie. »Jedenfalls ist es wundervoll, dass wir allesamt zurück in der Stadt sind. Es war unglaublich öde auf Eldergrove Manor, aber nun hat London uns wieder. Wie ist es dir in Hongkong ergangen? War es aufregend? Ich möchte alles ganz genau wissen.«

Während Freddie im Geiste diejenigen Dinge aussiebte, die sie Mabel vorzuenthalten gedachte, begann sie zu erzählen. Von der Reise, von Tante Persephone, dem Einkaufsbummel mit Professor Brown, wie es sich angefühlt hatte, zurück in der Stadt zu sein, in der sie aufgewachsen war. Sie merkte, wie leicht es ihr mittlerweile fiel, so zu tun, als würde sie plätschernde Konversation betreiben, während sie in Wirklichkeit an etwas ganz anderes dachte. Brachte das die Ermittlertätigkeit mit sich? Dass sie instinktiv überlegte, wem sie was sagte und was sie verschweigen sollte? Und das nach so kurzer Zeit? Wie mochte es da in ihrem Onkel aussehen, der schon so viele Fälle aufgeklärt, so viele Verbrechen gesehen hatte und dennoch nach außen hin stets charmant und nonchalant wirkte?

Limehouse

Freddie und Crispin hatten sich in der Emmett Street absetzen lassen, um sich dem Dock zu Fuß nähern zu können, beide betont schlicht gekleidet. Aus Mangel an Möglichkeiten hatte sich Freddie an einer Kiste mit abgetragenen Kleidungsstücken ihres Onkels bedienen müssen, weshalb die Hosen zu lang waren und das Jackett zu breitschultrig saß. Sie war zwar eine große Frau, doch an Lord Philips Gardemaß reichte sie nicht heran. In diesem Fall waren die unvorteilhaft sitzenden Sachen allerdings von Vorteil. Ein jeder, der sie sah, würde meinen, sie wäre ein junger Mann, der gebrauchte Kleidung aufträgt, was viel besser ins Hafenviertel passte als wohlhabende Gentlemen in maßgeschneiderten Anzügen. Auch Crispin hatte es nicht schlecht getroffen mit seiner Schiebermütze und den ausgebeulten alten Tweedhosen. Kein Mensch schenkte ihnen Beachtung. Von der Emmett Street gingen sie in Richtung Limehouse Pier und weiter zum Dock der Anchor Wharf, wo sich das abgebrannte Teekontor befunden hatte.

Der Hafen von London war der größte der Welt. In den letzten Jahrzehnten waren zahlreiche neue große Docks entstanden, zuletzt das Royal Albert Dock. Im Gegensatz zu den riesigen Becken der nahe gelegenen West India Docks schien die Anchor Wharf geradezu übersichtlich. Dennoch war das geschäftige Treiben beim Löschen der Schiffsladungen derart emsig, dass Freddie im Näherkommen das Gefühl hatte, in einen Ameisenhaufen zu blicken. Lastenkräne an den Außenwänden der Speicherhäuser hoben Güter in die verschiedenen Stockwerke hinauf. Hafenarbeiter schleppten Waren oder fuhren sie auf Holzkarren den Kai entlang bis zu ihrem Bestimmungsort. Auf den Schiffen waren Matrosen damit beschäftigt, alles für die Weiterfahrt vorzubereiten, um das Dock rasch wieder freizugeben für die Nächsten.

Die Hände in die Taschen gesteckt, schlenderten Freddie und Crispin zur Kaimauer und setzten sich darauf. Crispin begann gemächlich mit dem Schälen eines mitgebrachten Apfels, dazu benutzte er ein Taschenmesser. Freddie knotete ein kariertes Tuch auf, in dem sich ein Stück Brot und etwas Käse befanden. Sie wirkten wie zwei Arbeiter, die ihr Essen verzehrten und sich unterhielten. Niemand interessierte sich für sie.

»Wo stand denn das Teekontor? Ich sehe keine freie Stelle zwischen den Lagerhäusern«, stellte Freddie fest.

Crispin deutete auf ein neues mehrstöckiges Bauwerk, an dessen Front gerade ein Maler damit beschäftigt war, chinesische Schriftzeichen aufzumalen. »Anscheinend wurde die Lücke bereits wieder geschlossen. Komisch, dass bei der engen Bebauung lediglich ein einziges Haus abbrannte und in Rekordzeit erneut aufgebaut wurde. Alles fest in chinesischer Hand, wie es scheint. Wenn die guten Leute so freundlich wären, den Namen auch noch in unserer Landessprache darüberzusetzen, wüssten wir, wem es gehört.«

»Das kann ich dir sagen. Falls der Mann korrekt schreibt, steht über dem Eingang *Xiao de Hé Kontor.* Das bedeutete in etwa *Lachender-Kranich-Kontor.*«

Crispin schnitt ein Stück Apfel ab, spießte es auf die Messerspitze und reichte es Freddie. »Eigenartiger Name. Sollte da nicht normalerweise etwas stehen wie *Smith und Brown Limited* oder so ähnlich? Nur eben in Chinesisch?«

»Eventuell möchten Mister Smith und Mister Brown nicht, dass die Öffentlichkeit weiß, wem das Kontor gehört?«, mutmaßte Freddie. »Wie kann man überhaupt derartig schnell ein Lagerhaus neu bauen?«

»Das gelingt ganz einfach, wenn Geld keine Rolle spielt. Siehst du die vielen Arbeiter? Während die einen noch die letzten Baumaßnahmen erledigen, sind die anderen schon damit beschäftigt, Ware einzuräumen. Bei *Xiao de Hé* werkeln deutlich mehr Leute als in den übrigen Lagerhäusern.«

Freddie stellte ihre Füße auf ein zusammengerolltes Tau neben der Kaimauer, um es sich bequemer zu machen. »Seltsam, in der Tat. Am besten, wir beobachten sie eine Weile.«

Ein paar Minuten lang aßen sie schweigend ihren mitgebrachten Proviant, dann meinte Crispin leise: »Ich habe gehört, was du zu Zhen gesagt hast. Im Zug, meine ich, kurz bevor wir den Bahnhof erreichten. Dass wir beide vielleicht eines Tages mehr sein könnten als ...« Er verstummte.

Obwohl Freddie sich verlegen fühlte, sah sie ihn an. »Ja?«

»In den letzten Wochen hatte ich den Eindruck, es würde etwas zwischen uns stehen.«

»Wohl eher jemand, nicht etwas. Du sprichst von Zhen.«

Crispin nickte. Eine leichte Röte überzog seine Wangen. »Ich weiß, du hattest mir versichert, dass da nichts außer Freundschaft wäre, doch ich habe es nicht geglaubt. Erst als ich zufällig euer Gespräch mit anhörte, erkannte ich, wie kindisch mein Verhalten war.«

Freddie hob die Hand. »Warte.« Sie kniff die Augen zusammen, um besser sehen zu können. »Entschuldige bitte, wenn ich dich unterbreche, aber ich habe eben Wu Bai gesehen.«

»Was?« Crispin sprang auf. »Wo?«

»Im Eingang des Kontors. Das Tor wurde weit geöffnet, um eine Lieferung auf einem Karren hineinschieben zu können, da habe ich einen Blick auf ihn erhascht, nur ganz kurz.«

»Bist du dir absolut sicher?«

»Ja. Nein. Nicht hundertprozentig.« Nun erhob sich auch Freddie. »Ich muss näher ran, um besser zu sehen.«

Doch das war nicht nötig. Das Tor öffnete sich erneut, nur einen Spaltbreit dieses Mal, und ein junger Chinese trat hervor. Er trug die einfache Kleidung eines Hafenarbeiters und war gut aussehend, mit hohen Wangenknochen, einer geraden Nase und breiten Brauen.

Freddie sog scharf die Luft ein. »Er ist es.«

Wu Bai blickte zu ihnen herüber. Obwohl die Kaimauer ein gutes Stück von ihm entfernt war, schien er Freddie und Crispin ausgemacht zu haben.

»Ich verstehe das nicht«, flüsterte Crispin, »er kennt uns doch nicht. Mich hat er nie getroffen, und dich nur nachts und noch mehr verkleidet als jetzt. Warum starrt er uns an, als wären wir zwei Erscheinungen?«

»Lass uns ihn genau das fragen«, sagte Freddie.

»Auf keinen Fall!« Energisch hielt Crispin sie am Ärmel fest. Exakt in diesem Moment schwenkte ein Lastkran ein riesiges Bündel vor der Lagerhalle, sodass sie Wu Bai kurz aus den Augen verloren. Als die Sicht wieder frei war, war er verschwunden.

»Er ist weg!«

»Sicher ist er wieder hineingegangen.«

»Nein, Crispin, er spielt mit uns. So wie er mich angesehen hat, erkannte er mich. Bestimmt. Und dich auch.« Rasch sah Freddie sich um. Die zahlreichen Arbeiter des Kontors schienen noch mehr geworden zu sein, und einige davon waren plötzlich ganz in ihrer Nähe.

Crispin bemerkte dies ebenfalls, denn er rief: »Wir müssen sofort von hier verschwinden!«

So schnell sie konnten, überquerten die beiden den Kai und wollten eben in einen schmalen Durchgang zwischen benachbarten Lagerhäusern biegen, da stellten sich ihnen zwei Chinesen in den Weg. Einer davon war untersetzt, der andere klein, aber drahtig.

»Du nimmst den Kleinen, ich den Dicken«, raunte Freddie Crispin zu. »Mach schnell, wir haben nur einen Versuch.«

Sowie sie das gesagt hatte, stieß Freddie einen spitzen Schrei aus, der ihre Gegner kurz irritierte, und kickte einen der Männer schwungvoll mit dem Fuß in den Bauch, während Crispin den anderen mit einem gezielten Schlag gegen das Kinn umhaute.

»Und jetzt lauf!«

Sie folgte Crispin durch das Gewirr der Lagerhäuser hinaus auf die Three Colt Street, dann hinüber zur Gill Street, immer weiter hinein nach Chinatown. Zwischendurch sahen sie sich um.

»Wohin?«, stieß Freddie hervor. Sie war außer Atem, hatte aber das Gefühl, verfolgt zu werden.

»Hier.« In der Trinidad Street schob Crispin Freddie in einen winzigen Laden und schloss die Tür so schwungvoll, dass die Klingel darüber nachdrücklich protestierte.

»Albert!«, rief er laut. »Albert?«

»Ja, ja, ich komme schon«, tönte eine Stimme aus dem Hinterzimmer. »Bist du das, Wallace?«

In den Perlenvorhang, der das Nebenzimmer vom Verkaufsraum trennte, kam Bewegung, und ein älterer chinesischer Herr erschien. Auf seinem faltigen Gesicht machte sich Verblüffung breit, als er Freddie und Crispin erblickte.

»Guten Tag«, stammelte Crispin, »bedauere, Sie einfach Albert gerufen zu haben, aber das ist der Name, den Doktor Pebsworth nannte, und ich bin heilfroh, Sie im Irrgarten der Gassen gefunden zu haben. Besonders in einer derart brenzligen Situation.« Er spähte aus dem Schaufenster hinaus auf die Straße und drehte sich dann wieder zu dem Chinesen um.

Der lächelte nachsichtig. »Freunde von Wallace auf der Suche nach einem Versteck. Das können nur Kollegen aus seinem Club sein, nicht wahr? Rasch, kommen Sie mit.«

Ohne auf eine Reaktion zu warten, sperrte er die Ladentür ab und klappte das Schild von »geöffnet« auf »geschlossen«, sodann schob er den Vorhang beiseite und winkte die beiden durch in das Hinterzimmer. Erst als die klickernden Perlen sich wieder beruhigt hatten und in parallelen Schnüren ruhig vor dem Durchgang hingen, atmete Freddie auf.

»Ich bin Mister Westbrook, und das ist mein Kollege Mister Fox«, stellte sie sich vor. »Wir arbeiten in der Tat mit Doktor Pebsworth.«

»Und mein Name ist Doktor Kuo.«

Crispin schüttelte seine Hand. »Glücklicherweise erzählte mir Doktor Pebsworth erst gestern von seinem Besuch bei Ihnen und wie sehr ihm Ihr Laden hier in der Trinidad Street gefällt. Ich weiß nicht, wohin wir sonst hätten laufen sollen. Wissen Sie, wir ermitteln an den Docks und wurden von Hafenarbeitern verfolgt, mit denen nicht gut Kirschen essen ist.«

»Anscheinend hatten Sie bereits näheren Kontakt zu den Raufbolden.« Doktor Kuo wies auf die wunde Haut an Crispins Fingerknöcheln. »Linkshänder. Interessant.« Er ging zu einem Medizinschrank und entnahm einem der zahlreichen Fächer einen Salbentiegel aus Porzellan. Die Paste darin strich er behutsam auf die strapazierten Knöchel. Danach gab er mit einem Spatel etwas von der Creme in ein kleineres Gefäß und schraubte es zu. »Hier, zweimal täglich davon, und in ein paar Tagen wird Ihre Hand so gut sein, dass Sie damit erneut zuschlagen können.«

»Ich hoffe, so weit wird es nicht kommen. Trotzdem herzlichen Dank.«

»An welchen Docks waren Sie denn?«

»In der Nähe der Anchor Wharf.«

Nachdenklich zupfte sich der alte Herr an seinem Bart. »Es geht wohl noch immer um das abgebrannte Teekontor? Wallace fragte danach.«

Freddie beschloss, die Gelegenheit beim Schopfe zu packen. »Das Gebäude wurde wieder aufgebaut. Es heißt jetzt *Lachender-Kranich-Kontor*. Sie wissen nicht zufällig, wer sich dahinter verbirgt?«

In den Tiefen des Ladens rumorte es, und Crispin machte nervös einen Schritt in Richtung Ausgang.

»Die Hintertür wird aufgeschlossen«, beruhigte ihn Doktor Kuo. »Wahrscheinlich meine Mitarbeiterin.« Und tatsächlich streckte wenig später eine hübsche Asiatin den Kopf durch den Perlenvorhang. Doktor Kuo sagte etwas auf Chinesisch zu ihr, und sie kam herein. Nun sprach er auf

Englisch weiter. »Das ist Mi. Sie hilft mir bei der Herstellung der Rezepturen. Die Gentlemen hier sind Kollegen eines alten Studienfreundes und haben nach dem neuen Teekontor unten an den Docks gefragt. Leider weiß ich nicht, wer sein Unternehmen *Lachender Kranich* nennt. Du vielleicht, Mi?«

Die junge Frau antwortete auf Chinesisch, und Doktor Kuo schüttelte den Kopf. »Nein, sie hat auch keine Ahnung. Warum wurden Sie beide überhaupt von Hafenarbeitern verfolgt?«

»Ich vermute, daran ist ein gewisser Wu Bai schuld. Er erkannte uns und schickte uns ein paar Schläger hinterher.«

»Sie Wu Bai gesehen?«, fragte Mi in gebrochenem Englisch. Dabei sah sie richtiggehend entsetzt aus.

Crispin warf ihr einen misstrauischen Blick zu. »Kennen Sie ihn?«

Bevor Mi etwas sagen konnte, ergriff Doktor Kuo rasch das Wort. »Persönlich natürlich nicht, aber jeder in Chinatown hat von dem berüchtigten Wu Bai gehört. Ein Pirat, ein Schmuggler ist er, auf allen Meeren zu Hause, und jetzt will er in London Fuß fassen.«

»Ihre Mitarbeiterin wirkte bei der Erwähnung seines Namens, als würde es sich um den Leibhaftigen handeln.«

»Weil Wu Bai Angst und Schrecken unter den ordentlichen Bürgern von Limehouse verbreitet. Wir wollen nichts mit ihm zu tun haben. Mit ihm und seiner schwarzen Dschunke. Es heißt, jeder, der sie sieht, erlebt den nächsten Tag nicht.«

»Das klingt wie ein Schauermärchen«, warf Freddie ein.

Doktor Kuo zuckte mit den Schultern und schickte Mi mit einem Wink hinaus in den Laden. »Schon möglich. Aber seien Sie vorsichtig, und unterschätzen Sie niemals einen, der auf dem Wasser geboren wurde. Ich lasse Sie jetzt durch den Hintereingang raus. Von dort gelangen Sie auf die Rich Street und können ein Hansom Cab anhalten. Ich glaube nicht, dass Ihre Verfolger Ihnen noch auflauern.«

»Vielen Dank, Doktor Kuo«, sagte Freddie, »Sie haben uns sehr geholfen.«

»Keine Ursache. Meine Empfehlung an den werten Wallace, er ist mir jederzeit wieder auf ein Tässchen Tee willkommen.«

»Wir werden es bestellen.«

Die beiden jungen Herren hatten Glück und fanden sofort eine Kutsche, die sie aus Limehouse wegbrachte. Erst als sie auch Whitechapel durchquert hatten und die prächtige Kuppel der St. Paul's Cathedral zwischen den Häusern auftauchte und das Zentrum von London ankündigte, bemerkte Crispin: »Ein seltsamer kleiner Mann, dieser Doktor Kuo.«

»Findest du?«

»Er sieht so exotisch aus, als würde er auf einem Jahrmarkt auftreten, dabei betont er jede Silbe vornehmer als wir. Zudem hatte ich den Eindruck, er nimmt uns nicht ganz ernst.«

Freddie lächelte verschmitzt. »Da möchte ich dir zustimmen. Er hat sicherlich nicht damit gerechnet, dass der blonde Gentleman Chinesisch spricht.«

»Was hat er zu Mi gesagt?«

»Vorsicht, es sind zwei englische Männer hier.«

Erstaunt drehte sich Crispin im Sitz des Hansom Cabs halb zu Freddie und sah sie mit hochgezogenen Augenbrauen an. »Er hat sie gewarnt? Und was meinte sie, als er sie nach den Besitzern des neuen Kontors fragte?«

»Sie sagte, es gehöre den Monstern aus Hongkong. Sie nannte sie *Mogwai*, das bedeutet in etwa ›böse Geister‹ oder ›Dämonen‹. Ohne Frage jemand, den sie hasst.«

Crispin pfiff leise durch die Zähne. »Das ist interessant. Dann wollen wir mal herausfinden, wer diese Monster sind.« Er klopfte an die Decke des Cabs und rief dem hinten sitzenden Kutscher zu. »Planänderung, guter Mann. Fahren Sie auf dem schnellsten Weg zum Old Bailey.«

An Freddie gewandt fügte er hinzu: »Mein Vater arbeitet heute bei Gericht, aber seine Verhandlung dürfte bald vorbei sein. Wenn ich ihn darum bitte, wird er uns Zugang zum entsprechenden Katasterbuch verschaffen können, und dann wissen wir, wer das Grundstück gekauft hat, auf dem das Schmuggel-Kontor stand.«

Freddie, die wusste, dass Crispin ein etwas zwiespältiges Verhältnis zu seinem Vater hatte, drückte kurz seine Hand. »Vielen Dank, dass du das machst.«

Er seufzte. »Ich wünschte wirklich, wir würden einmal einen Fall haben, bei dem ich seine Unterstützung nicht in Anspruch nehmen muss.«

Glücklicherweise trafen sie Harold Fox gerade noch an, als er das Gerichtsgebäude verließ. Reichlich verwundert begrüßte er seinen Sohn und dessen Kollegen und hörte sich deren Anliegen an.

»Du verreist wochenlang, arbeitest nicht in der Kanzlei, und kaum zu Hause, geht es wieder mit Ermittlungen für diesen unseligen Club weiter. Dabei benötigst du auch noch meine Hilfe. Wie soll ich deiner Meinung nach darauf reagieren?«, fragte er, die Stirn gerunzelt und den Blick streng auf Crispin gerichtet.

Der zuckte die Schultern. »Du weißt, ich würde nicht fragen, wenn es nicht wichtig wäre.«

Harold Fox seufzte. Er winkte eine Droschke heran und hielt Freddie und Crispin die Tür auf. »Also schön. Langsam habe ich das Gefühl, in deinem Club aktiver zu sein als in meinem.«

»Würdest du eventuell eine Mitgliedschaft bei uns in Erwägung ziehen?«, fragte Crispin nicht ganz ernsthaft, während er Platz nahm und zur Seite rutschte, damit sein Vater sich neben ihn setzen konnte.

Ein amüsiertes Grinsen spielte um Harold Fox' Mundwinkel, das allerdings schnell wieder verschwand, als Freddie und Crispin ebenfalls anfingen zu lächeln. »Führe mich nicht in Versuchung, mein Sohn«, brummte er vor sich hin. »Kutscher, Lincoln's Inn Fields, bitte!«

Die Fahrt führte sie durch die Fleet Street, vorbei an den

Büros zahlreicher Tageszeitungen wie des Daily Courant, und war etwa eine Meile lang, bis sie an die Nummer vierunddreißig Lincoln's Inn Field gelangten, wo sich das Büro der Land Registry befand.

Mittlerweile war es später Nachmittag.

Harold Fox marschierte voraus ins Gebäude hinein und steuerte zielsicher einen Büroraum im Erdgeschoss an, in dem ein Sachbearbeiter an seinem Schreibtisch saß. Sein Jackett hing über der Rückenlehne des Stuhls, das Hemd war ordentlich mit Ärmelhaltern fixiert, um ihn nicht beim Schreiben zu stören, und er notierte irgendetwas in einer Liste. Das Schild auf dem Tisch wies ihn als Mister Abbott aus. Harold Fox wartete nicht erst, bis der Mann aufsah, sondern sprach ihn direkt an. »Ich bin Rechtsanwalt Fox und wünsche Mister Holt zu sprechen. Ich brauche dringend Informationen bezüglich eines Falles. Melden Sie mich bitte an.«

Über den Rand seiner Augengläser hinweg musterte Mister Abbott die Neuankömmlinge und erhob sich von seinem Stuhl.

»Einen Moment.«

Er verließ den Raum, kam kurz darauf zurück und bat Harold Fox, ihm zu folgen. Freddie und Crispin nahmen derweil auf einer unbequemen Bank draußen im Flur Platz. Sie blickten den Männern nach, wie sie über eine knarzende Treppe in den ersten Stock hinaufgingen. Während sie warteten, studierte Freddie den prächtigen hölzernen Handlauf mit gedrechselten Streben und Schnitzereien.

Mit höchst zufriedenem Gesicht kam Harold Fox eine Weile später wieder herunter, setzte sich den Hut auf und bedeutete Freddie und Crispin, ihm hinaus zu folgen.

»Wilton Crescent, wenn ich nicht irre?«, fragte er Freddie mit hochgezogenen Augenbrauen. »Wir setzen Sie gerne ab, bevor mein Sohn mit mir nach Hause fährt. Von dir erwarte ich«, fuhr er an Crispin gewandt fort, »dass du deiner Mutter und mir heute beim Abendessen Gesellschaft leistest und von deinen Abenteuern in Hongkong berichtest. Und zwar ausführlich.«

»Das mache ich gerne, Vater, aber spann uns um Himmels willen nicht länger auf die Folter.«

Das schelmische Grinsen, das sich Harold Fox erlaubte, führte Freddie vor Augen, wie ähnlich er und sein Sohn sich sahen, wenn der ältere Herr nicht gerade sein strenges Alltagsgesicht aufgesetzt hatte.

»Nun gut. Das Grundstück am Dock der Anchor Wharf, auf dem ein neues Kontor errichtet wurde, welches unter dem Namen *Lachender Kranich* firmiert, gehört einer chinesischen Handelsgesellschaft mit Sitz in Hongkong, nämlich der Hu Liu Hongkong Company.«

Mayfair

Lord Philip ließ sich Ereignisse wie Erkenntnisse des aufregenden Nachmittags haarklein von Freddie erzählen. Während er sich später für seine anstehende Abendveranstaltung umzog, grübelte er darüber. Ebenso wie seine Nichte konnte er sich keinen Reim darauf machen, warum das *Lachender-Kranich-Kontor* den Familien von Zhen und der ermordeten Lien gehörte, aber er nahm sich vor, Zhen dahin gehend zu befragen, sobald Doktor Pebsworth es gestattete. Momentan wachte der nämlich wie Zerberus über seinen Patienten und war dabei, ihn aufzupäppeln.

Bevor er den Professor abholte und ihm von alldem berichten konnte, stattete er wie versprochen der Familie Shrewsbury einen Besuch ab, deren Anwesen am Portman Square quasi um die Ecke von Professor Browns Haus in der Manchester Street lag. Er wurde bereits von einer sichtlich aufgeregten Mabel erwartet, die ihn sogleich in den Salon führte, wo ihr Vater Pfeife rauchend vor dem Kamin saß und las.

»Ich hoffe, ich störe nicht?«, erkundigte sich Lord Philip.

»Mitnichten. Mabel kündigte mir Ihren Besuch an, und ich freue mich, Sie zu sehen.«

Nachdem sie ein paar belanglose Sätze gewechselt hatten, um der Etikette Genüge zu tun, kam Lord Philip auf den eigentlichen Grund zu sprechen, warum er hier war.

»Mister Shrewsbury«, sagte er, »wie Sie wissen, befand ich mich kürzlich für mehrere Wochen außer Landes und habe daher nur aus der Times erfahren, dass der jüngste Sohn von Viscount Shawston verschieden ist.«

Mabels Vater zog an seiner Pfeife und paffte ein, zwei

Mal. »Impy. Ja. Hm. Schlimmer Verlust für die Familie, grässlich, grässlich.«

Es war offensichtlich, dass er mit einem anderen Gesprächsthema gerechnet, sich dieses wahrscheinlich sogar gewünscht hatte, aber er war im Begriff, sich zu fangen.

»Wie ich weiß, befindet sich der Landsitz des Viscounts in Dorset, wie auch Eldergrove Manor, und da Sie bis vor Kurzem noch in der Sommerfrische weilten und sicher guten Kontakt zur Familie Montgomery pflegen, dachte ich, Sie wüssten vielleicht mehr darüber. Ich frage nicht aus Sensationsgier oder weil ich neugierig bin, sondern weil meine Kollegen und ich in einem Fall ermitteln, der möglicherweise direkt oder indirekt etwas mit Impy Montgomerys Tod zu tun hat.«

»Das glaube ich kaum.« Nun hatte sich Mister Shrewsbury wieder voll unter Kontrolle. Lord Philip erkannte es daran, dass die leichte Röte von seinen Wangen verschwunden war. Mabels Vater verfügte leider über eine extrem blasse, mit Sommersprossen gesprenkelte Haut, die mit einem Farbenspiel von Rosé bis Dunkelrot auf sämtliche seiner Gefühlsregungen reagierte. »Soviel ich weiß, war Impy krank.«

»Tatsächlich?« Das wäre ja ein ganz neuer Aspekt – zudem einer, den die Gentlemen nicht in Betracht gezogen hatten.

»Er war zunächst mit der restlichen Familie in Dorset, wir hatten sie dort mehrfach getroffen. Dann langweilte er sich wohl und reiste über ein Wochenende zurück nach London, angeblich war er zu einem wichtigen Dinner eingeladen, dem er unbedingt beiwohnen wollte. Als er am Sonntagnachmittag wieder auf dem Landsitz der Montgomerys ankam, ging es ihm schon schlecht, und es dauerte keine drei Tage, dann war er tot.«

»Es hatte also nichts mit seiner Neigung zu Rauschmitteln zu tun?«

Wiederum bekam Mister Shrewsbury rote Backen. »Ist

das so allgemein bekannt, ja? Dass er diese Dinge konsumierte?«

»Ich fürchte schon.«

Mister Shrewsbury seufzte. »Der Viscount und seine Frau sind am Boden zerstört. Ihr einziger Trost ist, dass Impys Ableben wenigstens nicht skandalös war, wie es bei seinem Lebenswandel zu befürchten gewesen wäre. Unter uns gesagt: Man kann Gott nur täglich danken, wenn man wohlgeratene Kinder hat. So wie meine Mabel. Ist sie nicht ein Sonnenschein?«

Nun hätte Lord Philip gerne geseufzt, er verkniff es sich aber. Eine Hand wäscht die andere, und nichts ist umsonst, dachte er. »Ich finde sie ganz reizend.« Und weil Mister Shrewsbury es erwartete und Lord Philip nicht wusste, wie er drum herumkommen könnte, fügte er hinzu: »Wären Sie damit einverstanden, wenn ich Ihre Tochter ins Ballett ausführe? Sie spielen Dornröschen in einer Inszenierung von Marius Petipa, und es soll hervorragend sein. Da ich weiß, wie sehr sich Miss Shrewsbury für Musik und Tanz begeistert, dachte ich, es könnte ihr gefallen.«

Damit traf er offenbar ins Schwarze, Mister Shrewsbury schien davon angetan und gab sein Einverständnis. Ein öffentlicher Auftritt von Lord Philip Dabinott und Miss Mabel Shrewsbury würde ein ziemlich eindeutiges Signal in Richtung Verlobung senden, das kam schon fast einem Antrag nahe.

Später war Philip erleichtert, mit dem Professor in der Kutsche über den Fall sprechen zu können und sich in die Abendveranstaltung bei Roland Thurlow stürzen zu dürfen. Eigentlich wollte er freudige Erregung darüber empfinden, weil er sich mit Mabel verabredet hatte, doch in seinem Inneren spürte er, dass dem nicht so war. Er mochte sie, flirtete gerne mit ihr und bemerkte sehr wohl, dass sie eine Augenweide war. Aber seit er Annabel Arnholtz begegnet war, kannte er den Unterschied zwischen einer netten jungen Lady und einer faszinierenden Frau.

Beim Betreten des Hauses in der Bolton Street kam sofort Philips Bekannter auf sie zu, der ihnen diese kurzfristige Einladung zum Dinner verschafft hatte.

»Dabinott, alter Junge, schön, dich zu sehen!«

»Freut mich auch, Charles. Professor Brown, darf ich Ihnen Charles Bridgewater vorstellen? Charles, das ist Professor Aristotle Brown.«

Nachdem sich die beiden begrüßt hatten, bemerkte Charles Bridgewater: »Ich habe gehört, du bist gerade von einer langen Reise zurückgekehrt.«

»Das stimmt. Ich war mit ein paar Freunden in Hongkong bei meiner Schwester.«

»Dort bist du wohl auf den Geschmack gekommen, und jetzt brauchst du Nachschub, was?« Jovial grinsend klopfte er Lord Philip auf die Schulter.

Bevor der etwas erwidern konnte, warf der Professor ein: »Eigentlich hat uns Impy Montgomery die Dinnerpartys im Hause Thurlow ans Herz gelegt. Bedauerlicherweise ...«

»Ach ja, der gute Impy, möge er in Frieden ruhen. Er war ein stets gern gesehener Gast unter meinem Dach«, ertönte eine Stimme hinter den Herren. »Tragisch. Daraus sollten wir lernen, jeden Tag zu genießen, denn nur allzu schnell kann das Leben vorbei sein.«

»Das ist unser Gastgeber, Captain Thurlow«, sagte Charles Bridgewater.

»Herzlichen Dank für die Einladung, Captain.« Während der Professor ihm die Hand schüttelte, nutzte Lord Philip den Augenblick für eine rasche Ersteinschätzung.

Thurlow war ein durchschnittlich großer Mann Mitte vierzig mit einer Veranlagung zu Hängebäckchen. Er trug einen goldenen Kneifer und einen Schnurrbart mit gezwirbelten Enden und machte alles in allem einen eher altbackenen als mondänen Eindruck. Sein Lächeln war warm und herzlich, er schien sich über die neuen Bekanntschaften zu freuen und begleitete die Gentlemen in den großzügigen, geschmackvoll möblierten Salon, den Lord Philip bereits anderentags durchs Fenster hatte einsehen können.

Selbstverständlich hatten sich die Ermittler vorab über Thurlow informiert. Er entstammte einer zwar nicht adligen, jedoch wohlhabenden Familie mit beachtlichem Landbesitz und hatte sich als zweitgeborener Sohn zu einer Militärkarriere entschlossen, nach deren Ende er sich gegen das Landleben und für einen Aufenthalt im Herzen des Empires entschieden hatte. In seinem Haus ging die bessere Gesellschaft ein und aus. Thurlow war ein Schöngeist, förderte junge Künstler und Talente und ließ sich gerne deswegen feiern. Lord Philip selbst hatte bisher nie mit Thurlow zu tun gehabt und musste sich eingestehen, dass ihn die Aura des selbstgefälligen Mäzens und Lebemanns ein wenig abstieß. Umso überraschter war er, dass ihr Gastgeber recht liebenswürdig zu sein schien.

»Was darf ich den Herren zu trinken anbieten?«, fragte Captain Thurlow und wies dabei mit einer einladenden Handbewegung auf einen mehrstöckigen Barwagen. »Crème de Violette? Sherry? Oder vielleicht Champagner? Für nach dem Dinner habe ich einen ausgezeichneten, unglaublich raren Port, hier, sehen Sie?« Er deutete auf eine Flasche mit einem ungewöhnlichen Etikett ganz in Schwarz in der obersten Reihe auf dem Wagen. Lord Philip versuchte sich nichts anmerken zu lassen, während er ein Glas Champagner vom dargereichten Tablett nahm. Aber der Anblick dieses Ports stürzte ihn in arge Verwirrung, hatte er doch im Keller von Annabel Arnholtz eine komplette Kiste davon stehen sehen.

Es war eine große Anzahl Gäste geladen, viel mehr, als bei Dinnerpartys eigentlich üblich, und Lord Philip bewunderte die überlange, prächtig gedeckte Tafel, welche die volle Länge des Esszimmers beanspruchte, um Platz für alle zu bieten. Serviert wurden Austern, Foie Gras mit Quittenchutney, gefüllter Rehbraten mit glasierten Pflaumen und Edelkastanien und zum Dessert Trifle.

Während des Essens beteiligten sich Professor Brown und Lord Philip rege an der Konversation. Philip bemühte sich zudem, so viel wie möglich von dem aufzuschnappen, was die anderen Gäste redeten; besonders die gemurmelten Unterhaltungen interessierten ihn, die nicht für alle Ohren gedacht waren. Die junge Frau neben ihm erzählte der Dame gegenüber, dass die geschätzte Princess May, Duchess of York, erneut guter Hoffnung war und bald ihr zweites Kind bekommen würde. Die beiden äußerten dann lang und breit ihre Freude darüber, dass Princess May in Prince George ihr Glück gefunden hatte, nachdem ihr ursprünglicher Verlobter, Prince Albert Victor, der ältere Bruder von Prince George, vor drei Jahren plötzlich und tragisch verstorben war. Ein unpassendes Thema für eine Dinnerparty, noch dazu bei Tisch, und irrelevant für Lord Philips Ermittlungen, daher hörte er den beiden nicht weiter zu und konzentrierte sich auf andere, leider ebenso nichtige Gespräche, die ihm keinerlei weitere Anhaltspunkte für das gaben, was im Hause Thurlow wirklich vor sich ging und weshalb seine Veranstaltungen so beliebt waren.

Nach dem Essen verteilte sich die Gesellschaft auf Raucherzimmer und einen blauen Salon, in dem sich die meisten der anwesenden Damen niederließen.

Der Professor und Lord Philip unterhielten sich weiterhin mit den Gästen und lobten das hervorragende Essen, für das der Gastgeber keine Kosten und Mühen gescheut hatte. Besonders der anfangs erwähnte Port mundete Lord Philip vorzüglich. Während er genießerisch an seinem Glas nippte, beobachtete er das Geschehen um sich herum. War es möglich, dass sie falsch informiert waren? Immerhin könnte es durchaus sein, dass Captain Thurlow überhaupt nichts mit Drogen zu tun hatte und einfach nur gerne die Gesellschaft von vielen Menschen in seinem Haus genoss.

Es gab ein paar Kartentische, an denen fleißig gespielt wurde. Der Einsatz war nicht Geld, sondern kleine Spielchips, und ihm kam es vor, als würden die Gäste geradezu Schlange stehen, um mitmachen zu dürfen. Nach ein oder zwei Runden hörten die meisten wieder auf und machten Platz für die Nächsten. Die Chips retournierten sie zumeist alle, bis auf einen. Sodann standen sie vom Tisch auf und schlenderten durch die Eingangshalle des Hauses bis hin zu einer dezenten, kleinen Tür. Philip hatte zahlreiche Gäste bei diesem stets gleichen Vorgehen beobachtet und war schließlich unauffällig einem jungen Herrn gefolgt, der an jene Tür klopfte, seinen Chip vorzeigte und eingelassen wurde. Er selbst hätte vermutet, dass es sich einfach nur um ein Putzkabinett unter der Treppe handelte, aber da er mehrere Leute darin hatte verschwinden sehen, verwarf er den Gedanken wieder. Er sprach sich kurz mit Professor Brown ab und nahm dann an einem der Spieltische Platz. Nach ein paar Minuten legte Lord Philip die Karten weg und erhob sich mit einem der Chips in der Hand. Gemächlich spazierte er hinüber ins Foyer des Hauses, bewunderte dabei die Gemälde an den Wänden und klopfte schließlich dezent an besagte Tür.

Ein Mann öffnete ihm, blickte ihn fragend an, ohne ein Wort zu sagen. Lord Philip hielt den Chip hoch, und der Mann nahm ihn an sich, dann trat er beiseite und ließ ihn ein.

Durch einen schmalen Korridor ging es in einen fensterlosen Raum, der lediglich von Kerzenschein erleuchtet und mit einem einzigen Stuhl ausgestattet war, auf den Lord Philip sich setzte.

Irgendwann öffnete sich die Tür am Ende des Zimmers, und er wurde von einem anderen Mann aufgefordert, ihm zu folgen. Erneut ging es durch einen Korridor in einen weiteren kleinen Raum, in dem ein Schreibtisch stand, hinter dem Captain Thurlow saß. Neben ihm stand ein mannshoher Geldschrank.

Erstaunt blickte sein Gastgeber Lord Philip an.

»Sie auch?«, fragte er. »Das hatte ich zwar nicht erwartet, aber ich freue mich, wenn wir ins Geschäft kommen. Was möchten Sie?«

Geistesgegenwärtig erwiderte Lord Philip: »Ich habe offensichtlich von Ihrem Angebot gehört, doch da ich zum ersten Mal hier bin, empfehlen Sie mir etwas.«

In dem Lächeln, das Captain Thurlow aufsetzte, lag keinerlei Wärme, nur Kalkül. Er stand auf und nahm ein kleines Päckchen aus dem Geldschrank. »Damit werden Sie Freude haben«, sagte er. Der Preis, den er dafür nannte, ließ Lord Philip beinahe nach Luft schnappen, doch er bezahlte, ohne mit der Wimper zu zucken. Als er sich zum Gehen wenden wollte, schüttelte Captain Thurlow den Kopf.

»Bei mir ist es üblich, dass meine Abendveranstaltungen sauber bleiben. Wenn Sie hier unten eingekauft haben, geht es dort nach draußen.

Derselbe Mann, der ihn zu Captain Thurlow vorgelassen hatte, begleitete Lord Philip zu einem Hinterausgang, wo er ihm Mantel und Hut reichte und ihn hinaus auf den Ashburton Place entließ, eine schmale Gasse zwischen zwei Parallelstraßen.

Bevor er sich auf den Weg in Richtung Piccadilly machte, um eine Droschke anzuhalten, besah er sich genauer, wofür er eben eine große Geldsumme bezahlt hatte. Eingewickelt in ein Stück Papier befand sich eine kleine Phiole aus blauem Glas. Selbst im Schein einer Gaslaterne vermochte Lord Philip nicht zu sagen, was darin war. Er ließ das Gefäß verkorkt, fuhr lediglich mit dem Daumen über die leicht raue Oberfläche des Glases. Irgendetwas war dort eingraviert, doch auch um das zu erkennen, würde er warten müssen. Er ging ein paar Schritte weiter und hielt dann noch mal inne, weil er ein Geräusch am Ende der Gasse hörte. Rasch duckte sich Lord Philip hinter den Zaun des Nachbarhauses und beobachtete, wie ein Pferdekarren an Captain Thurlows Hintereingang hielt. Es war keine Personenkutsche, sondern ein Lastkarren, dessen Kutscher sich umsah, bevor er abstieg und anklopfte.

Nachdem man ihm geöffnet hatte, holte er eine Holzkiste von der Ladefläche des Gefährts und händigte sie dem Mann aus, der Lord Philip nach draußen begleitet hatte. Im

Gegenzug erhielt er einen Beutel, in dem sich zweifellos Geld befand.

Behände kletterte er zurück auf den Kutschbock und schnalzte mit der Zunge, und als er an der nächsten Straßenlaterne vorbeifuhr und kurz Licht auf ihn fiel, erkannte Lord Philip, dass es sich um Cassius Arnholtz handelte.

Machten die Arnholtz' Geschäfte mit Roland Thurlow? Wieso sollte ein ehemaliges und hochrangiges Mitglied der Armee ihrer Majestät mit einem Zuhälter und Hehler aus der Unterwelt verkehren? Selbst wenn der vormals schneidige Captain Müßiggangsspeck angesetzt hatte und sein Geld nun mit Drogenhandel verdiente, würde er dazu wohl kaum einen halb debilen Bordellbetreiber wie Cassius Arnholtz brauchen.

Während sich die Gedanken in seinem Kopf überschlugen, lief Lord Philip vorbei am Green Park in Richtung des Hotels Ritz, vor dem zu jeder Tages- und Nachtzeit Mietdroschken standen.

Dabei hatte er seinen Mantel eng geschlossen und musste den Zylinder festhalten, sobald ein Windstoß ihn erfasste. Sicher würde es bald anfangen zu regnen.

Am Ende des Parks, als er das Hotel schon sehen konnte, schoss plötzlich aus dem Dunkel ein Mann auf ihn zu und versetzte dem völlig unvorbereiteten Lord Philip einen harten Schlag, sodass er, ohne einen Laut zu äußern, bewusstlos zu Boden sank.

»Philip, mein Junge, hören Sie mich?«

Die Stimme des Professors drang wie durch Watte an sein Ohr. Ein hämmernder Schmerz in Philips Kopf hinderte ihn am Aufstehen. »Warten Sie, ich helfe Ihnen hoch.«

Er spürte, wie Professor Brown ihm von hinten unter die Achseln griff und ihn nach oben zog. Er gab sich auch Mühe, mitzuhelfen, aber ihm war derartig schwindelig, dass er sich auf den älteren Herrn stützen musste, sonst hätte er sich gleich wieder hingesetzt.

»Schaffen Sie es noch ein paar Meter weiter? Dort vorne unter der Laterne stehen Droschken.«

Nicken konnte er vor Schmerzen nicht, also knurrte Lord Philip nur zustimmend.

Auf der Heimfahrt versuchte er es dann mit Sprechen. »Was ist passiert? Ich erinnere mich nur an einen Stoß.«

»Stoß? Sie wurden übel zusammengeschlagen.« Professor Brown reichte Lord Philip ein Taschentuch. »Ihre Lippe ist aufgeplatzt, Sie bekommen sicherlich ein blaues Auge, und am besten wird es wohl sein, wenn Doktor Pebsworth sich Ihre Nase ansieht, nicht dass sie gebrochen ist. Apropos gebrochen – können Sie gut atmen? Was ist mit Ihren Rippen?«

Da Philip das Gefühl hatte, sein ganzer Körper würde schmerzen, von oben bis unten, murmelte er: »Ich habe keine Ahnung«, und hielt sich das Taschentuch an seine blutende Nase.

Knightsbridge

Crispin strich Butter auf eine Scheibe Toast, während Liberty Fox neben ihm ihr Frühstücksei gekonnt mit dem Messer köpfte.

»Es ist so schön, dich wieder zu Hause zu haben«, sagte sie zu ihm und schenkte ihm dabei das Lächeln, das nur Mütter für ihre Kinder haben. »Und ich bin erleichtert, dass dein Abenteuer in Hongkong glimpflich ausgegangen ist.«

Harold Fox klappte die Times zu und legte sie ordentlich gefaltet neben den Teller. Dann warf er seiner Frau einen schrägen Blick über den Rand seiner Augengläser zu, bevor er auch diese beiseite gab. »Glimpflich ist wohl kaum der passende Ausdruck für ein Unterfangen, bei dem es zwei Tote gab.«

Am Abend zuvor hatte Crispin seinen Eltern bei einer guten Flasche Wein alles erzählt, was in Hongkong geschehen war. Während die aufgeschlossene und unkonventionelle Liberty schon immer begeistert den Ermittlungsberichten ihres Sohnes gelauscht hatte, erwärmte sich Harold erst zögerlich dafür. Anfangs war er sogar kategorisch dagegen gewesen, dass Crispin dem Sebastian Club überhaupt beitrat. Viel lieber hätte er ihn als Mitglied eines der klassischen Londoner Herrenclubs gesehen. Aber Crispin vermutete, dass er mit dem scherzhaften Vorschlag, Harold sollte dem Sebastian Club ebenfalls beitreten, neugieriges Interesse bei seinem Vater gesät hatte. Mochten die beiden auch aufgrund ihrer völlig unterschiedlichen Charaktere öfter aneinandergeraten, schätzte Crispin doch den scharfen Verstand des Vaters. Eben sprach er genau das an, was Crispin schon länger beschäftigte. Wie passte Hugh Wilson, das Mordopfer aus dem Lagerhaus der Familie Hu, ins Bild?

»Um ehrlich zu sein, erschließt sich mir unser aktueller Fall noch nicht so ganz. Ich weiß nicht einmal hundertprozentig, gegen wen wir konkret ermitteln«, gab er zu.

»Gegen diesen Wu Bai, dachte ich, oder nicht?« Liberty löffelte ihr Ei aus.

»Schon. Aber der Kerl kommt mir vor wie ein Phantom. Zuerst ist er in Hongkong, während hier in London bereits komische Machenschaften vonstattengehen, und dann taucht er plötzlich hier auf. In einem Gebäude, das unter anderem dem Mann gehört, dessen Tochter Wu Bai angeblich auf dem Gewissen hat. Ich finde das reichlich verwirrend.«

»Hm, ja, einen roten Faden kann man nicht auf Anhieb erkennen«, pflichtete Harold ihm bei.

Liberty war endgültig fertig mit dem Ei und nahm sich nun eine Scheibe Toast vom silbernen Toastständer.

»Gibst du mir bitte die Marmelade?«, sagte sie zu Crispin. Und weiter: »Wenn alles so einfach und geradlinig wäre, bräuchte niemand die Ermittler vom Sebastian Club. Sieh es als Herausforderung, mein Lieber, dass der Fall komplex ist.«

Weston, der Butler der Familie Fox, erschien mit einer Nachricht für Crispin. Der las sie sich ausführlich durch und runzelte dann die Stirn.

Harold seufzte. »Diesem Gesichtsausdruck nach zu urteilen, wird es heute wieder nichts mit deinem eigentlichen Beruf, und ich muss gleich alleine in die Kanzlei fahren.«

»Der Brief ist von Professor Brown. Lord Philip wurde gestern Nacht Opfer eines Überfalls. Man hat ihn in der Nähe des Ritz zusammengeschlagen.«

»Wie schrecklich!«, rief Liberty. »Auf offener Straße? Ist er schwer verletzt?«

»Genaueres will mir der Professor später erzählen. Weil er Lord Philip Gesellschaft leisten möchte, bittet er mich, ihn heute bei seiner Verabredung mit Inspektor Woodard zu vertreten. In exakt«, Crispin konsultierte seine Taschenuhr, »einer halben Stunde.«

Harold erhob sich. »Ich wage kaum zu hoffen, dass du irgendwann wieder einmal einen vernünftigen Arbeitsalltag haben wirst. Nun komm, ich nehme dich mit und lasse dich bei Scotland Yard aussteigen. Wenn wir uns beeilen, könntest du es sogar ohne nennenswerte Verspätung schaffen.«

»Mister Fox, mit Ihnen hatte ich nicht gerechnet.« Sichtlich überrascht erhob sich Inspektor Woodard von seinem Stuhl und streckte Crispin über den Schreibtisch hinweg die Hand hin.

»Nehmen Sie doch Platz, bitte. Ich vermute, Sie vertreten Ihren Vorsitzenden?«

Crispin nickte. »Professor Brown ist leider verhindert und lässt sich entschuldigen. Er hat mir genaue Instruktionen bezüglich dieses Termins gegeben.«

»Da bin ich mir sicher.«

Es war angenehm, den Inspektor wiederzusehen. Crispin mochte seinen trockenen Humor und die schicksalsergebene Gelassenheit, mit der Woodard seinen Beamtenalltag meisterte. Fraglos könnte er zumeist schnellere Ermittlungserfolge vorweisen, wenn Geld keine Rolle spielen würde und er nicht an die starre Hierachie der Metropolitan Police gebunden wäre. Und ganz bestimmt war er kein Freund von privaten Detektiven, die in Polizeiangelegenheiten herumschnüffelten. Doch zwischen ihm und Professor Brown herrschte eine Atmosphäre gegenseitigen Respekts, und bei der Lösung des letzten Falles hatten sich auch die anderen Ermittler das Wohlwollen von Woodard verdient, war sich Crispin sicher.

Der Inspektor kam ihm heute noch dünner und zerknautschter vor als sonst. Seine Stirnfalten wollten sich überhaupt nicht mehr glätten, und die Enden des Schnauzbartes hingen schlaff nach unten. Vielleicht sollte er ihm vorschlagen, das Bürofenster zu öffnen, um die dicken Rauchschwaden hinaus- und etwas Frischluft hereinzulassen, aber Crispin hatte nicht vor, ihm zu nahezutreten. Den zahlreichen Wild-Woodbine-Zigarettenstummeln im Aschenbecher nach zu urteilen – nur der billige Woodbine-Tabak brannte derart unangenehm in den Augen, daher identifizierte er die Marke zweifelsfrei –, stand der Inspektor ziemlich unter Stress. Wie immer eigentlich.

»Ich möchte Sie nicht lange aufhalten«, begann Crispin. Und im Geiste fügte er hinzu: und so schnell wie möglich aus dieser Räucherkammer flüchten. Laut fuhr er fort: »Professor Brown bat mich, Sie nach dem aktuellen Ermittlungsstand im Todesfall Ares Christoforou zu fragen.«

»Aha. Das will er also wissen. Wieso? Vermutet der Sebastian Club mehr dahinter als einen Unfall mit Fahrerflucht?«

Crispin zuckte die Schultern. »Ehrlich gesagt erfuhr ich erst vor einer halben Stunde, dass der Professor verhindert ist und ich diesen Termin wahrnehmen soll. Daher kann ich nichts dazu sagen. Ich lese eigentlich nur seine Fragen vor und notiere mir Ihre Antworten.«

»Wie Sie meinen. Es gibt keinerlei Hinweis auf den Fahrer des Wagens. Jedoch hat Mrs Christoforou ihre eigene Theorie. Sie geht davon aus, dass ihr Mann gezielt ermordet wurde, und zwar von einem Konkurrenten. Christoforou war Sammler. Hauptsächlich von altgriechischer Kunst. Im vergangenen Jahr hatte er allerdings Verbindungen nach Asien geknüpft – China, um genau zu sein. Er reiste persönlich nach Peking und knüpfte Kontakte dort. Mrs Christoforou war besonders stolz darauf, dass ...«, Inspektor Woodard zog ein Notizbuch aus der Tasche seiner Anzugweste und blätterte darin, bis er gefunden hatte, was er suchte. Dann las er vor: »... dass Cixi höchstpersönlich eine verwandte Seele in Mister Christoforous Leidenschaft für Kunst entdeckt hatte und ihm ein Dokument ausstellte, wonach er ungehindert Artefakte und Gemälde aus China ausführen durfte.«

Er machte eine Pause, und Crispin beeilte sich mit dem Mitschreiben. Das würde die anderen sicher interessieren. Mit Unbehagen bemerkte er, wie Inspektor Woodard nach einer weiteren Zigarette griff und sie anzündete, daher signalisierte er ihm, dass er weitersprechen konnte.

»Jedenfalls war Christoforou gerade von einer seiner Chinareisen heimgekehrt, als er getötet wurde. Mrs Christoforou behauptet, ihr Mann hätte ihr erzählt, dass ihn ein Kunsthändler bedroht habe, der ebenfalls auf chinesische Preziosen spezialisiert ist.«

»Das verstehe ich nicht. Wenn er für den Eigengebrauch sammelte, warum sollte er dann einen Konkurrenten haben? Und selbst falls er die Kunstgegenstände verkauft hat, scheint es mir doch recht abwegig, dass ihn deswegen jemand ermorden wollte. Schließlich wäre er bei Weitem nicht der Einzige gewesen, der mit derartigen Dingen Handel trieb. Die Sache mit der pauschalen Ausfuhrerlaubnis ist natürlich schon etwas Besonderes, das wünschen sich wohl viele Händler gerne.«

»Soweit ich informiert bin, handelt es sich bei dieser Cixi um die Kaiserin von China, nicht wahr?« Nachdem der Inspektor die Zigarette im Rekordtempo geraucht hatte, drückte er den Stummel in den übervollen Aschenbecher.

»Fast. Sie ist die Kaiserinwitwe und war lange Zeit Regentin für ihren minderjährigen Sohn und anschließend für den Neffen. Der sitzt zwar immer noch auf dem Drachenthron, doch die eigentliche Machthaberin im Land ist nach wie vor Cixi. Mittlerweile ist sie in die Jahre gekommen, aber sie regiert mit eiserner Hand. Allerdings zeichnen sich Probleme im Kaiserreich ab, gerade erst vor einigen Monaten verlor Cixi einen Krieg gegen Japan und musste Gebiete abtreten.«

»Da wundert es mich, dass eine derart viel beschäftigte ältere Dame Zeit für einen kleinen Geschäftsmann aus London hat und diesen auch noch mit einer Exportvollmacht ausstattet.«

»Sie meinen, er hat sie gefälscht?«

Inspektor Woodard zuckte die Schultern. »Möglicherweise. Mrs Christoforou war zumindest bis jetzt nicht in der Lage, das Dokument zu finden.«

Crispin notierte alles eifrig und stellte dann die zweite Frage, die der Professor ihm aufgetragen hatte.

»Können Sie mir die konkrete Todesursache des ehrenwerten Mister Montgomery sagen?«

»Pffft«, machte der Inspektor. »Sie springen wohl von einem Toten zum nächsten, was? Also, was das betrifft – Viscount Shawston wollte eine intensive Untersuchung der Leiche seines Sohnes um jeden Preis verhindern. Er gab an, Mister Montgomery hätte an einer schweren Magen-Darm-Erkrankung gelitten und wäre immer schwächer geworden, und er sei mit Sicherheit eines natürlichen Todes gestorben. Der Leichenbeschauer wurde dennoch verständigt und stellte – Moment bitte«, nun blätterte Inspektor Woodard wiederum in seinen Notizen, »eine ausgeprägte Dehydrierung sowie einen stark geschwächten Körper fest.«

»Stark geschwächt könnte er auch aufgrund seines Rauschgiftmissbrauchs gewesen sein«, warf Crispin ein.

»Ich weiß, ich weiß, es wird erzählt, dass Mister Montgomery einen nicht gerade gesundheitsförderlichen Lebenswandel pflegte. Aber mehr als Gerüchte gibt es nicht, und wir werden nichts Konkretes herausfinden, weil sein Herr Vater seine Beziehungen spielen ließ. Eine Obduktion fand nicht statt, der Körper wurde einbalsamiert und bestattet, und das war's.«

»Unerfreulich.«

»Sie sagen es.« Unauffällig schielte der Inspektor zur Uhr an der Wand. »Wenn Sie keine weiteren Fragen haben, würde ich mich wieder meiner eigentlichen Arbeit zuwenden wollen.«

»Selbstredend.« Crispin stand auf. »Das war alles, was Professor Brown wissen wollte. Ich danke Ihnen herzlich für Ihre Kooperation. Und ich soll Ihnen versichern, sollten wir neue Erkenntnisse haben, werden wir Ihnen diese umgehend mitteilen.«

»Schon gut.« Inspektor Woodard hustete und griff nach einer weiteren Zigarette, und Crispin sah zu, dass er hinauskam. Auf der Straße atmete er erst einmal tief durch.

Er beschloss, sein Mittagessen im Club einzunehmen, und machte sich auf den Weg nach Mayfair.

Während er darauf wartete, dass ihm die bestellten Sandwiches serviert wurden, überflog er seine Notizen. Später würde Crispin zum Haus von Lord Philip fahren, zuvor aber wollte er noch etwas in der Clubbibliothek recherchieren.

Belgravia

»Ach du meine Güte!«, entfuhr es Crispin recht uncharmant beim Anblick von Lord Philip. Bis kurz vor vier Uhr nachmittags hatte er in der Bibliothek des Sebastian Club gesessen und sich dann rasch auf den Weg in den Wilton Crescent gemacht. Freddie, Professor Brown und Doktor Pebsworth waren bereits dort, man wartete auf ihn.

»Danke sehr, Mister Fox, sehe ich so schlimm aus?« Lord Philip versuchte sich an einem Lächeln, was jedoch aufgrund seiner lädierten Lippe etwas schief ausfiel.

»Wie geht es Ihnen?«

»Es ging mir schon besser. Der Professor saß freundlicherweise heute den ganzen Tag bei mir, und auch Freddie kümmert sich aufopfernd. Sicher bin ich bald wieder auf den Beinen.«

Lord Philip lag auf einer Chaiselongue im Salon, er trug einen Hausmantel und Slipper, und die anderen Herren hatten im Halbkreis um ihn herum Platz genommen. Doktor Pebsworth schob einen zusätzlichen Sessel heran und bedeutete Crispin, sich zu setzen.

Auf einem Servierwagen standen Tee und Gebäck bereit.

»Was ist denn genau passiert?«, fragte Crispin.

Lord Philip richtete sich ein wenig auf, und Freddie stopfte ihm ein weiteres Kissen in den Rücken. Sie war als Mann gekleidet, obwohl sie sich in ihren eigenen vier Wänden befand, und Crispin vermutete, dass sie sich auf diese Weise besser auf den Fall konzentrieren konnte. Ähnlich wie bei einem Schauspieler, der in seiner Rolle aufgeht, sobald er sein Kostüm anlegt.

»Professor Brown und ich nahmen an der Abendveranstaltung bei Captain Thurlow teil. Ich fand heraus, dass er wie angenommen Rauschmittel in Umlauf bringt, und spielte das Spiel mit, indem ich vorgab, ebenfalls Konsument zu sein.

»Anscheinend nicht überzeugend genug«, warf Crispin lakonisch ein.

»Ich weiß nicht, ob es einer von Thurlows Männern war, der mir in seinem Auftrag zusetzte, oder ob ich von einem ordinären Straßendieb zusammengeschlagen wurde. Ich war derartig überrumpelt, dass ich nicht einmal mein Können im Boxen anwenden konnte, bevor ich zu Boden ging. Darüber werde ich mich noch sehr lange ärgern«, gab er zerknirscht zu. »Meine goldene Taschenuhr, mein Zigarettenetui und das Feuerzeug sowie sämtliches Bargeld, das ich bei mir hatte, wurden gestohlen. Letzteres war ohnehin nicht mehr viel, weil ich Rauschgift gekauft hatte. Leider wurde bei dem Überfall die Phiole beschädigt, die Thurlow mir gab.«

Er langte nach einem kleinen Silbertablett, das auf dem Beistelltisch neben der Chaiselongue stand, und reichte es den Gentlemen, die es herumgehen ließen. Blaue Glasscherben lagen darauf, in einigen davon klebten noch die Reste eines Pulvers. Professor Brown sah nur kurz hin, es war offensichtlich, dass er sich damit schon vorab beschäftigt hatte. Doktor Pebsworth hingegen zog einen Bleistift aus seiner Weste und stocherte in den Pulverresten. Er schnüffelte daran, kostete aber nicht.

Als Freddie an der Reihe war, ließ sie sich von Pebsworth den Bleistift geben und schob ein paar der Scherben hin und her, als würde sie ein Puzzle zusammensetzen, bis sich ein Muster auf dem Glas abzeichnete. Sie schluckte.

»Was ist?«, fragte Crispin.

»In die Phiole wurde ein chinesisches Schriftzeichen eingeritzt. Es bedeutet *Hé*, Kranich.«

»Wie bitte? Lass mich sehen.« Mit alarmiertem Gesichtsausdruck nahm Lord Philip das kleine Tablett wieder an sich und begutachtete, was Freddie zusammengeschoben hatte.

»Das kenne ich«, behauptete er dann. »Dasselbe Zeichen befand sich auf den Spielchips, die es am Kartentisch gab. Und einen jener Chips brauchte man, um sich als Drogenkäufer auszuweisen, gewissermaßen als Visitenkarte. Ein ziemlich lächerliches Vorgehen, aber Captain Thurlow scheint mir ein Mann zu sein, der gerne effektheischend agiert.«

»Wie bitte?«, fragte Freddie.

»Ich meine, er genießt es, wichtig zu sein und alle nach seiner Pfeife tanzen zu lassen.«

»Sind Sie sich sicher, dass er Sie nicht durchschaut hat?«, wollte Doktor Pebsworth wissen. Er hatte sich bisher zurückgehalten. »Oder könnte es sein, dass er Sie als Spitzel enttarnte? Dass Sie sich durch irgendetwas verrieten?«

»Das weiß ich nicht. Wie kommen Sie darauf?«

Der Doktor putzte den Bleistift ausgiebig an seinem Taschentuch ab, bevor er beides wegsteckte. »Weil das Pulver, das er Ihnen verkaufte, nichts mit herkömmlichen Rauschmitteln zu tun hat. Ich muss die Reste erst untersuchen, um mit Sicherheit sagen zu können, was es genau ist, aber ich gehe schwer davon aus, dass es sich dabei um Gift handelt.«

»Was? Dieser Captain Thurlow wollte meinen Onkel ermorden?«, rief Freddie entsetzt.

»Das glaube ich. Ja. Deswegen verstehe ich nicht, warum man ihn zusätzlich auf offener Straße zusammengeschlagen hat.«

»Um sicherzugehen, dass die Botschaft ankam«, bemerkte Professor Brown leise. »Da Thurlow vermutete, Lord Philip würde herumschnüffeln, stand zu befürchten, dass er von den vermeintlichen Drogen nicht selbst kosten würde. Daher musste ihm noch auf andere Weise ein Denkzettel verpasst werden.«

Crispin raufte sich die Haare. »Die ganze Angelegenheit ist äußerst verworren.«

»Das ist nicht alles.« Die Gentlemen blickten neugierig auf Lord Philip. »Im Hause Thurlow wird teurer Alkohol ausgeschenkt, der en gros im Keller des Arnholtzschen Bordells lagert. Und als ich die Veranstaltung verließ, wurde ich Zeuge davon, wie Cassius Arnholtz höchstpersönlich eine Holzkiste klammheimlich in einem Pferdekarren anlieferte.«

»Hochinteressant. Besonders weil gemunkelt wird, dass eine Frau in den ausufernden Drogenhandel und die Geschäfte mit den Chinesen verwickelt sein soll. Angeblich ist sie die Strippenzieherin hier in London. Wir alle wissen, dass Cassius Arnholtz nicht der Hellste ist und nach der Pfeife seiner Gattin tanzt. Also ...«

»Doktor Pebsworth, für die Behauptung gibt es keinerlei Beweise.«

»Lieber Lord Philip, sicherlich muss auch Ihnen dieser Gedanke gekommen sein.«

Bevor Philip etwas erwidern konnte, warf Crispin ein: »Ich habe ebenfalls einiges zu berichten, werte Herren. Zuerst von meinem Treffen mit Inspektor Woodard.« Mithilfe seiner Notizen rekapitulierte er das Gespräch, danach erwähnte er noch seinen Besuch in der Bibliothek.

»Wie Sie wissen, ist die Auswahl an Büchern im Club beeindruckend. Besonders was Militärgeschichte angeht, sind wir sehr gut sortiert. Daher fiel es mir nicht allzu schwer, etwas zu recherchieren, was mich seit einer Weile beschäftigt. Mir fehlte bei der Vielzahl der unterschiedlichen Personen, mit denen wir zu tun haben, der rote Faden. Eine Gemeinsamkeit, die sie verbindet.«

»Und nun haben Sie sie gefunden?«

»Zumindest für einige von ihnen.« Crispin nahm ein Blatt Papier aus seinem Notizbuch, das er zwischen die Seiten gesteckt hatte, und faltete es auseinander. Darauf hatte er ein Diagramm gezeichnet, mit Namen und Pfeilen, die sie verbanden. Er erklärte: »Captain Roland Thurlow war während seiner aktiven Zeit tätig im 1st Battalion of the King's Shropshire Light Infantry und stationiert in Hongkong. Ebenso wie der Tote auf dem Friedhof von Happy Valley, Captain Irwin Brownhill. Und genauso wie Mister Hugh

Wilson, seines Zeichens Lieutenant. Vor zwei Jahren schieden Thurlow und Wilson aus, Thurlow ließ sich in London nieder und betätigt sich seitdem rege als Gesellschaftslöwe, veranstaltet unzählige Dinnerpartys. Und Wilson engagierte sich fleißig in einem großen Hong, für den er oft zwischen Hongkong und England hin und her reiste, bis er sein tragisches Ende im Lagerhaus von Mister Hu fand.«

Ein breites Lächeln überzog das Gesicht von Doktor Pebsworth, und er klopfte Crispin stolz auf die Schulter. »Sehr gut, mein Junge. Ausgezeichnete Arbeit. Sie sind einfach ein schlauer Kopf.«

Auch der Professor nickte wohlwollend. »Dazu passt die Information, die der Doktor von Mrs Christoforou erhielt. Er kümmert sich noch immer fürsorglich um die trauernde Witwe, die ihm dafür im Gegenzug das ein oder andere verrät, was sie der Polizei vorenthalten hat. Ares Christoforou war eng mit Captain Thurlow befreundet. Augenscheinlich solidarisierten sich der reiche Ausländer und der Emporkömmling, um in der Gesellschaft Fuß zu fassen.«

»Nach außen hin vielleicht«, warf Lord Philip ein. »Doch in Wirklichkeit scheint es den Herren um etwas viel Lukrativeres gegangen zu sein. Nämlich die oberen Zehntausend mit Drogen zu überschwemmen.« Er stand mühsam auf und knotete seinen Hausmantel ein wenig fester. Dann ging er langsam zu einem Sideboard und nahm sich eine Zigarette aus einer hübschen Kiste. Während er sie anzündete, schüttelte er so missbilligend den Kopf, dass Crispin sich sicher war, Lord Philip dachte an sein gestohlenes Etui und ärgerte sich erneut über sein Versagen beim Abwehren des Räubers. »Könnte es nicht so gewesen sein«, fuhr Lord Philip fort, »dass Brownhill in Hongkong Kontakte zu Drogenschmugglern knüpfte, Wilson für die unauffällige Einfuhr nach England sorgte, Christoforou das Ganze erst einmal finanzierte und Thurlow sich um den Verkauf kümmerte?«

Freddie nickte eifrig. »Das würde einen Sinn ergeben. Als Zwischenmänner hier in London fungierten dieser Laoshu in seinem dubiosen Teekontor sowie Paddy Latimer.« Sie nahm sich ebenfalls eine Zigarette und erntete dafür ein kritisches Räuspern ihres Onkels, wovon sie sich jedoch nicht beeinflussen ließ. Stattdessen sprach sie weiter: »Später schaltete Wu Bai Wilson, Christoforou, Latimer und Laoshu aus, um die Kontrolle in London an sich zu reißen. Und nun arbeitet er mit Thurlow und Annabel Arnholtz zusammen.«

»Das ist reine Spekulation«, warf Lord Philip ein wenig zu scharf ein.

Doch der Professor widersprach ihm. »Diese Theorie ergibt einen Sinn, befürchte ich. Sie sollten sich nicht von Ihren persönlichen Gefühlen leiten lassen, sondern die Sache objektiv betrachten. Annabel Arnholtz ist eine ehrgeizige Frau, die wohl kaum ihr Leben als Bordellbetreiberin in Whitechapel verbringen will. Drogenhandel in großem Stil wäre die Lösung all ihrer Probleme.«

Freddie riss die Augen auf und starrte ihren Onkel entgeistert an. Auch für Crispin war es neu, dass Lord Philip Dabinott sich zu einer Person aus der Londoner Unterwelt hingezogen fühlen sollte. Hatte Freddie nicht des Öfteren erwähnt, wie gut er und ihre Freundin Mabel Shrewsbury zusammenpassen würden und dass eine Verlobung nur noch eine Frage der Zeit sein konnte? Was hatte diese Bemerkung des Professors zu bedeuten?

»Ich glaube, ich brauche eine Pause«, entgegnete Lord Philip eisig. »Mein Kopf schmerzt, ich möchte mich zurückziehen. Warum verschieben wir derartige Diskussionen nicht, bis es mir besser geht?«

Die Augenbrauen des Professors hüpften auf und ab, aber er sagte nichts darauf. Stattdessen erhob er sich und bedeutete den anderen, die Runde aufzulösen.

Freddie begleitete sie zur Tür, und als sie diese öffneten, stand ein Botenjunge davor, der eben den Türklopfer betätigen wollte. Erschrocken blickte er auf die vier Herren, die ihn neugierig musterten.

»'ne Nachricht für 'nen Herrn Professor«, stieß er hervor.

»Das wäre wohl ich.« Freundlich lächelnd nahm ihm Professor Brown den Zettel aus der Hand und steckte ihm eine Münze zu. Dann tippte er sich an den Hut, woraufhin der Junge das Geldstück einsteckte, sich mit einem schmutzigen Handrücken über die Nase fuhr, auf dem Absatz kehrt machte und die Stufen hinuntersprang.

Dabei stieß er beinahe mit dem Mann zusammen, der die Gaslaterne vor dem Dabinottschen Haus mit einer langen Kupferstange entfachte, an deren Ende sich eine Zündflamme befand. Der Junge wurde ausgeschimpft, lief davon, ohne sich zu entschuldigen, und der Laternenmann ging grummelnd weiter. Crispin, der die Szene beobachtet hatte, drehte sich wieder zum Professor um.

»Meine Herren«, sagte der, nachdem er die Nachricht studiert hatte, »wir haben ein Problem. Während wir alle am Krankenbett von Lord Philip waren, ist Zhen aus dem Sebastian Club verschwunden. Der Portier sah ihn mit einer Droschke davonfahren, kam aber zu spät, um ihn aufzuhalten.«

Im Club

»Sind Sie sich sicher, körperlich dazu in der Lage zu sein, eine junge Dame auszuführen?« Professor Brown nahm den goldenen Kneifer ab und steckte ihn in die Brusttasche seiner Anzugweste. Er saß zusammen mit Lord Philip bei Kaffee und Sandwiches im Sebastian Club. Es war das erste Mal nach dem Überfall, dass Philip sein Haus verlassen hatte. Auf der Fahrt hierher war er ordentlich durchgeschüttelt worden, und eigentlich wünschte er sich in sein Bett zurück.

Lord Cranmore, aufgrund seiner permanenten Anwesenheit am Berkeley Square sowie seines beinahe biblischen Alters oftmals hinter vorgehaltener Hand als Clubgespenst bezeichnet, schlurfte an ihrem Tisch vorbei, warf einen geringschätzigen Blick auf die Schnittchen und murmelte vor sich hin: »Luncheon, Luncheon, nur was für die Ladys. Mein Vater sagte immer, kein Mann, der etwas auf sich hält, isst zu Mittag.« Die beiden Herren lächelten ihm nachsichtig zu, und Lord Philip bot ihm sogar an, sich zu ihnen zu setzen. Woraufhin Lord Cranmore protestierend das Weite suchte.

»Vielleicht bin ich noch zu schwach auf den Beinen, um Sie bei den Ermittlungen zu unterstützen«, beantwortete Philip daraufhin die Frage des Professors, »aber einer Ballettaufführung werde ich wohl beiwohnen können, ohne zu kollabieren.« Übellaunig goss er sich nach. Wegen des Überfalls hatte er nicht nur die Verabredung mit Mabel verschieben müssen, sondern auch die letzten Tage abgeschottet zu Hause verbracht und sich geschont. Seine Lippe war bereits ansehnlich abgeheilt, der Bluterguss unter dem Auge jedoch nicht zu übersehen. Lord Philip konnte wieder normal gehen, an Rennen war nicht zu denken. Nicht dass er das vorgehabt hätte, aber um sich in seine Aufgaben zu stürzen, sollte er doch im Vollbesitz seiner körperlichen Kräfte sein. Und davon war er noch ein Stück weit entfernt. Was ihn verdrießlich stimmte. Allerdings konnte Professor Brown nichts dafür, und Philip wollte ihm auch nicht länger verübeln, dass er seine Gefühle für Annabel vor den anderen erwähnt hatte. Als könnte er Gedanken lesen, sagte der Professor: »Falls ich Ihnen neulich zu nahegetreten bin, bedauere ich dies, mein Freund. Sie wissen, nichts liegt mir ferner, als über Sie zu urteilen. Ich hatte nur das Gelingen unserer Ermittlungen im Sinn. Und für wen Ihr Herz schlägt, ist wahrlich Ihre Sache.«

»Machen Sie sich keine Gedanken darüber«, Lord Philip winkte ab. Dann griff er nach einem Krabbensandwich. »In die Oper gehe ich übrigens mit Miss Shrewsbury.«

Professor Brown zuckte die Schultern, als wollte er versichern, *Das ist mir nun wirklich einerlei,* sagte aber nichts.

Gedankenverloren aß Philip das Sandwich und betupfte sich anschließend die Lippen mit der Serviette. Dabei stellte er fest, dass die Wunde doch noch schmerzte.

»Ich würde niemals eine verheiratete Frau wie Annabel Arnholtz in die Drury Lane ausführen.« Warum rechtfertigte er sich? Bestimmt interessierten seine Beweggründe den Professor nicht. Trotzdem konnte er nicht an sich halten und redete weiter. »Abgesehen von ihrem Familienstand würde allein der Standesunterschied jedweden privaten Kontakt zwischen uns verbieten.«

Nun seufzte Professor Brown tatsächlich laut und winkte den Kellner heran. Er bestellte zwei Gläser Brandy und schüttelte dann den Kopf.

»Ich erzählte Ihnen doch in Hongkong von meiner verlorenen Liebe aus Indien, erinnern Sie sich?«

»Natürlich. Ich habe sogar aufgrund Ihrer Angaben ein wenig nachgeforscht und herausgefunden, dass dies während des Sepoy-Aufstandes gewesen sein muss. Eine unruhige Zeit.«

»Sie hätten mich auch einfach fragen können, dann hätten Sie sich eine Menge Mühe erspart. Jedenfalls, die junge Dame, der mein Herz gehörte, war ebenfalls nicht standesgemäß. Trotzdem liebte ich sie. Aber ich war ein Zauderer, ließ wertvolle Momente verstreichen und mich von meinem vermeintlichen Freund beeinflussen, der behauptete, sie wäre nicht gut genug für mich. Als schließlich die Unruhen ausbrachen, in deren Tumult er mich lebensgefährlich verletzte, wählte ich den einfachen Ausweg.«

»Was meinen Sie damit?«

»Ich ließ jenen verräterischen Freund und die Frau, die ich liebte, in dem Glauben, ich wäre tot, und reiste heimlich zurück nach England. Später erfuhr ich, dass er sie geheiratet hatte, obwohl die soziale Kluft zwischen ihnen noch größer war als die zwischen ihr und mir. Ich war ein Feigling, Lord Philip, und Feiglinge bezahlen immer den Preis für ihr Versagen.«

»Es gab sicherlich gute Gründe für Ihr Handeln.«

»Gibt es die nicht bequemerweise andauernd?«

Lord Philip erhob sich. »Ich muss jetzt gehen. Vielen Dank.«

»Wofür?«

»Sie wissen schon.«

Später in der Drury Lane, wie das Theatre Royal nach seinem Straßennamen genannt wurde, brütete Lord Philip über den Worten des Professors. Weder die fröhlichen Gespräche vor Beginn der Aufführung noch Mabels bemühte Versuche, ihn aufzuheitern, fruchteten. Er war eine miserable Gesellschaft, wusste dies und fühlte sich deswegen schuldig.

Die russischen Tänzer, die im Rahmen ihrer Welttournee in Covent Garden ein Gastspiel gaben, verzauberten das Publikum. Es schien, als ob alle Anwesenden außer Lord Philip sich von der Musik und der perfekten Inszenierung in die Märchenwelt von Dornröschen entführen ließen.

Philip indes brachte Mabel unmittelbar nach dem Ende des Balletts nach Hause.

»Es wäre sicher nicht im Sinne Ihres Herrn Vater, wenn ich Sie so spät zum Dinner ausführen würde«, erklärte er entschuldigend.

»Woher wollen Sie das wissen? Haben Sie ihn denn gefragt?« Obwohl Philip den ganzen Abend über einsilbig gewesen war, lag in Mabels Stimme noch immer ein neckender Unterton. Sie war ein wahrhaft fröhlicher Mensch, überdies bildschön in ihrer champagnerfarbenen Abendrobe, die einen ansprechenden Kontrast zu ihrem schwarzen Haar bildete. Zweifelsohne würde sie viel Freude ins Leben ihres künftigen Gatten bringen, neben einer substanziellen Mitgift und einem weitverzweigten Bekanntenkreis.

»Nein«, gab er zu. »Ich wollte ihn bezüglich unserer ersten Verabredung ohne Anstandsdame nicht gleich überfordern.«

Mittlerweile waren sie vor Mabels Haus angekommen, und der Kutscher hielt an.

»Nun ja«, bemerkte sie keck, »bisher hätte eine derartige Dame nichts zu beanstanden gehabt. Vielleicht sollte sich das ändern?« Sie warf ihm einen aufreizenden Blick zu und beugte sich ein wenig vor, um ihrer Aufforderung Nachdruck zu verleihen.

Philip hauchte ihr einen kurzen Kuss auf den Mund, woraufhin sie sich sichtlich enttäuscht zurückzog.

»Meine Oberlippe schmerzt«, betonte er hastig.

»Oh. Natürlich. Wie dumm von mir. Sicherlich sind Sie völlig erschöpft. Ich bin Ihnen dankbar, dass Sie mich trotz Ihrer Verletzungen ausgeführt haben und sich nicht scheuten, sich mit einem blauen Auge in der Drury Lane der Öffentlichkeit zu zeigen. Die Aufführung war wundervoll. Fahren Sie jetzt heim und ruhen sich aus, Philip.« Der Butler öffnete die Kutschentür und reichte Mabel die Hand, um ihr beim Aussteigen zu helfen. Philip sah ihr hinterher, bis sie im Haus verschwunden war. Dann sagte er zum Kutscher: »Nach Whitechapel, bitte.«

Noch nie zuvor hatte Lord Philip die Schänke von Cassius Arnholtz' Bordell zu so später Stunde betreten, und er hatte das Gefühl, dass dies keine gute Idee war. Dennoch konnte er nicht anders und ließ sich von Herbert bei Annabel melden. Die meisten Tische waren besetzt, in der Ecke spielte ein buckliger Mann Klavier, mehr schlecht als recht, das Instrument war zudem verstimmt. Am Tresen drängte sich die vorwiegend männliche Kundschaft. Manche sahen so aus, als würden sie nur deswegen noch aufrecht stehen, weil sie sich an der Theke festhielten. Es war davon auszugehen, dass es sich bei sämtlichen anwesenden Damen um Prostituierte handelte. Die Luft war viel miserabler als sonst. Zu den menschlichen Ausdünstungen gesellte sich nämlich ein latenter Geruch nach Erbrochenem, mit dem Lord Philip seine liebe Not hatte. Als Herbert ihn endlich ins obere Stockwerk bat, war er mehr als erleichtert.

Annabel Arnholtz sah müde aus. Sie trug ein schlichtes dunkles Kleid, und aus ihrer Frisur hatten sich ein paar Strähnen gelöst. Sicher war sie den ganzen Tag schon auf den Beinen, und nun war es kurz nach Mitternacht.

»Lord Philip«, begrüßte sie ihn mit ernstem Gesicht. »In letzter Zeit suchen Sie mich reichlich oft auf. Was ist heute der Grund?«

»Ist Ihr Mann zu sprechen?«

»Cassius ist nicht im Haus. Worum geht es? Vielleicht kann ich weiterhelfen?«

Er hatte gehofft, sie alleine anzutreffen, und musste sich bemühen, seiner Freude darüber nicht allzu offensichtlich Ausdruck zu verleihen.

Sie bot ihm Platz an, und er setzte sich auf einen der beiden Stühle, die einen kleinen runden Tisch flankierten. Die Lampe darauf warf Licht auf ihn, und als Annabel ihn ansah, eilte sie mit erschrocken geweiteten Augen auf ihn zu.

»Um Himmels willen, was ist geschehen? Ihr Gesicht ...«

Er winkte ab, obwohl es guttat, sie besorgt zu sehen. Also war er ihr doch nicht so gleichgültig, wie sie sich gab. »Nicht der Rede wert. Ich wurde überfallen, bin aber schon wieder fast der Alte.«

»Das sieht nicht so aus.« Langsam streckte sie die Hand aus und fuhr sachte über seine Augenbraue. Die Platzwunde darin hatte der Doktor fachmännisch vernäht. Dann drehte sie sein Gesicht, bis der Schein der Lampe es voll erfasste, und betrachtete die verheilenden Blutergüsse.

Er wünschte sich, ihre Berührung würde länger andauern, aber allzu früh zog sie die Hand zurück und setzte sich auf den zweiten Stuhl. Erst jetzt nahm Lord Philip ebenfalls Platz.

»Hatte das mit Ihren Ermittlungen zu tun?«, wollte sie wissen.

»Möglicherweise. Doch lassen Sie uns über ein anderes Thema sprechen. Ich war neulich Gast bei einem Dinner im Hause Thurlow.«

»Captain Roland Thurlow? Ich hatte Sie vor ihm gewarnt. Sicher war er es, der Ihnen das angetan hat, es würde zu ihm passen. Sie sollten sich nicht in derartiger Gesellschaft bewegen. Zudem wird es Ihrem Ruf schaden, wenn Sie bei seinen Veranstaltungen gesehen werden.«

»Das ließ sich nicht vermeiden, ich war in beruflicher Funktion dort.«

»Verstehe.«

»Erinnern Sie sich an unser Gespräch in Ihrem Lagerkeller, bei meinem letzten Besuch hier?«

»Worauf wollen Sie hinaus, Lord Philip? Sagen Sie mir einfach, worum es geht.«

»Captain Thurlow servierte mir einen, wie er sagte, unglaublich raren Port. Ich glaube, Sie wissen, welchen ich meine. Den mit dem schwarzen Etikett.«

Annabel nickte, dabei verriet ihr Gesichtsausdruck nicht, was sie dachte. »Sie haben die Flaschen unten im Keller gesehen. Und nun vermuten Sie, dass ich mit Captain Thurlow geschäftlich zu tun habe.«

»Ist das so?«

Sie schüttelte den Kopf. »Nein. Ich verabscheue Menschen wie ihn und möchte mit derartigen Subjekten nichts zu tun haben. Vielleicht kommt es Ihnen anmaßend vor, wenn eine Halbweltfrau aus Whitechapel sich abfällig über einen angesehenen Captain äußert, aber er ist ein Blutegel, glauben Sie mir. Die Kerle, mit denen ich hier in dieser Kaschemme zu tun habe, sind anständiger als er. Innerhalb kürzester Zeit hat Thurlow es geschafft, viele Personen von ihm abhängig zu machen. Er versorgt sie mit Rauschgift, saugt sie finanziell aus, bis sie nicht mehr können. Wenn sich jemand von ihm lösen will, erpresst er die Leute damit, den Familien ihre Sucht zu verraten. Glauben Sie mir, ich habe mich umgehört. Warum, denken Sie, hat man diesen jungen Adligen so schnell beigesetzt?«

»Sprechen Sie von Impy Montgomery?«

Sie nickte. »Der war stadtbekannt und ein ganz enger Freund von Captain Thurlow. Hochwohlgeboren, doch es konnte ihm nicht dreckig genug sein. Hauptsache, er erlebte die Welt im Rausch. Die Einzigen, die nicht wussten, was mit ihm los war, waren vermutlich seine Eltern. Zumindest bis kurz vor seinem Tod. Am Samstag bevor er starb, zog er mit Geld um sich werfend durch Whitechapel. Weil nun ohnehin alles egal wäre, rief er dabei. Ich habe ihn selbst gesehen, sein Gesicht sah aus wie das einer Totenmaske, so ausgemergelt.«

»Haben Sie das der Polizei erzählt?«

Die Art, wie Annabel Arnholtz die Augenbrauen hob, war pure Ironie. »Aber ja doch, bei unserem sonntäglichen Teekränzchen nach der Kirche berichtete ich Inspektor Woodard davon. Wissen Sie, er ist nämlich ein guter Freund von mir und hat nichts als Respekt für mich übrig. Jedenfalls fragte dieser Thurlow schon vor Monaten bei uns an, ob wir ihn mit

Schmuggelware versorgen würden und ihm auch sonst noch Dinge beschaffen könnten. Ich habe abgelehnt.«

»Es fällt mir schwer, das zu glauben.«

»Warum sagen Sie das?« Gekränkt blickte sie ihn an.

»Weil ich mit eigenen Augen gesehen habe, wie Ihr werter Gatte Ware an den Hintereingang von Captain Thurlows Haus lieferte. Und zwar mitten in der Nacht.«

»Das ist unmöglich!« Nun wirkte sie überrascht, entsetzt sogar. Lord Philip bezweifelte, dass Annabel Arnholtz eine derart gute Schauspielerin war, dass sie ihm das nur vorspielte. Dennoch war er sich unsicher.

»Wie gesagt. Ich habe es selbst beobachtet. Darüber hinaus haben auch wir vom Sebastian Club uns informiert. Es heißt, die Chinesen haben zwar den Drogenhandel in London unter ihrer Kontrolle, aber das Verbindungsglied zwischen ihnen und den Vertreibern sei eine Frau.«

»Und nun denken Sie, das wäre ich?« Sie lachte kurz auf. Es war ein bitteres Lachen, in dem Enttäuschung lag und Nervosität. So kam es zumindest Lord Philip vor, der jede Gefühlsregung von Annabel Arnholtz genauestens studierte. Sie erhob sich und ging zur Tür.

»Es ist besser, Sie gehen jetzt. Suchen Sie mich nicht mehr auf. Falls Sie weiterhin im schmuddeligen East End ermitteln müssen und jemanden brauchen, den Sie fragen können, erschließen Sie neue Informationsquellen, Lord Philip, ich stehe dafür nicht mehr zur Verfügung.« Sie blinzelte. Auf ihn wirkte es, als müsste sie Tränen zurückhalten.

»Ich empfand es als meine Pflicht, Sie über unseren Ermittlungsstand zu informieren.« Das klang eindeutig zu defensiv, und er ärgerte sich über seinen Tonfall und die Wortwahl.

»Mir gegenüber haben Sie keine Pflichten. Vergessen Sie das nie. Und ich Ihnen gegenüber ebenso wenig.« Damit schloss sie die Tür hinter ihm, und Lord Philip stieg die Treppe hinunter und verließ das Etablissement. Niemand nahm davon Notiz, wie er langsam einmal um den Block ging und sich dem Haus dann erneut von der Rückseite näherte. Tatsächlich musste er nicht lange warten, bis Annabel Arnholtz herauskam. Sie trug einen dunklen Mantel und hatte sich ein Tuch um den Kopf geschlungen. Erst nachdem sie sich ausgiebig umgesehen hatte, schlüpfte sie aus dem Hinterhof hinaus auf die Gasse und eilte davon. Philip folgte ihr in einigem Abstand. Es war eine wolkenverhangene Nacht, Nebel kroch vom Fluss herauf in die Straßen, und er musste sich anstrengen, um sie nicht zu verlieren. Nur wenige Leute waren draußen unterwegs. Nach ein paar Minuten wurde ihm klar, wohin Annabel ging. Zum zweiten Arnholtzschen Bordell. Sobald er sich dessen sicher sein konnte, gab Lord Philip die Verfolgung auf und sputete sich. Er überquerte die Brick Lane und rannte die Lamb Street entlang bis zur Ecke Dray Walk, wo sich das Haus befand. Sein geschundener Körper schmerzte vom Laufen, bestimmt würde ihn das gesundheitlich wieder zurückwerfen, aber Lord Philip musste wissen, was Annabel vorhatte. Der Dray Walk war eine Sackgasse. Daher achtete Philip darauf, sich direkt am Anfang ein Versteck zu suchen, unmittelbar gegenüber dem Bordell, um sich im Falle einer Entdeckung den Fluchtweg offenzuhalten. Allerdings bezweifelte er, irgendjemandem davonlaufen zu können, sollte es notwendig werden, zu erschöpft war er bereits jetzt, als er sich hinter einen kaputten Handkarren duckte, der am Straßenrand verrottete. Er brauchte nicht lange auf Annabel zu warten. Sie klopfte an die Tür des schmalen, heruntergekommenen Hauses und gab dem Mann, der ihr öffnete, eine knappe Anweisung. Kurz darauf erschien Cassius, und die beiden gingen ein paar Schritte weiter in die Gasse, weg vom Eingang. Philip musste sich anstrengen, um sie zu verstehen.

»Du Narr!«, fauchte Annabel ihren Gatten an. »Ich hatte dir verboten, Geschäfte mit diesem Thurlow zu machen! Was fällt dir ein, dich über meine Anordnung hinwegzusetzen?«

»Weil ich es leid bin, nach deiner Pfeife zu tanzen, Weib!« Cassius' Stimme klang wütend. Es war offensichtlich, dass er betrunken war, er lallte ein wenig. »Ich tue, was ich will, und du kannst mich nicht davon abhalten.«

»Deinetwegen bekommen wir Schwierigkeiten mit dem Sebastian Club. Du wurdest gesehen. Es ist nur noch eine Frage der Zeit, bis die Polizei vor unserem Haus steht. Du weißt doch, wie lange sie schon versuchen, Thurlow das Handwerk zu legen. Wenn sie mitbekommen, dass du mit in der Sache drinhängst, werden sie zuerst bei dir ansetzen, dumm, wie du bist.«

Cassius holte aus und gab seiner Frau eine Ohrfeige. Philip hörte das Klatschen und sah, wie Annabel taumelte. Am liebsten wäre er aufgesprungen und ihr zu Hilfe geeilt, er konnte sich kaum beherrschen. Doch gleich darauf schlug Annabel zurück, so hart, dass Cassius aufjaulte.

»Ich blute! Du hast mich mit deinem Ring verletzt.«

»Du wirst Thurlow ab sofort nicht mehr beliefern, sonst werfe ich dich hinaus, und du bist auf dich allein gestellt!« Damit machte sie auf dem Absatz kehrt und stürmte davon. Nach ein paar Metern hatte sie der Nebel verschluckt. Lediglich das Geräusch ihrer Schritte hallte noch ein wenig durch die Nacht, bis es verklang.

Cassius ging zum Eingang des Bordells zurück. Er zog ein Taschentuch aus seiner Jacke und wischte sich das Blut von der Wange. Als das schummrige Licht der Laterne über der Tür für einen Moment auf sein Gesicht fiel, erschrak Philip, so hassverzerrt war es.

Die Gewalt zwischen den Eheleuten, die er eben erlebt hatte, schockierte ihn. In was für einer Welt lebte Annabel? Philip war sich sicher, dass sie im Begriff war, die Kontrolle über Cassius zu verlieren, und falls das geschah, schwebte sie in Lebensgefahr. So wie Cassius Arnholtz ihr hinterherstarrte, hasste er seine Frau abgrundtief. Er ging nicht wieder hinein, sondern klappte den Kragen seiner Jacke hoch, steckte die Hände in die Taschen und marschierte davon.

Erst jetzt merkte Philip, dass er am Ende seiner Kräfte war. Kalter Schweiß stand ihm auf der Stirn. Für einen Moment setzte er sich auf den Boden und lehnte sich mit dem Rücken an den Holzkarren. Allzu rasch kroch feuchte Kälte an ihm hoch, sodass er sich aufrappelte. Zu dieser späten Stunde waren die Straßen so gut wie menschenleer. Er würde bis zur Commercial Road gehen müssen, um eine Droschke zu finden. Unter Aufbietung seiner letzten Kräfte hielt er dort schließlich ein Hansom Cab auf.

»Wilton Crescent«, teilte er dem Kutscher mit. Der beäugte ihn misstrauisch. Philip konnte sich vorstellen, nicht gerade einen seriösen Eindruck zu machen. Gut gekleidet zwar, doch mitten im East End, mit zerschlagenem Gesicht und kraftlos torkelnd. Glücklicherweise nickte der Mann und schnalzte mit der Zunge. Sobald sich das Pferd in Bewegung gesetzt hatte, sank er in den Sitz und schloss die Augen.

Shoreditch

»Was ist passiert?«, fragte Lord Philip.

Freddie stand neben seinem Bett und stemmte die Hände in die Hüften. »Das frage ich dich, lieber Onkel. Es war nach drei Uhr morgens, als du bewusstlos vor der Haustür angeliefert wurdest. Ich dachte, du warst mit Mabel in der Drury Lane?«

»Das stimmt auch.«

Sie klopfte ungeduldig mit dem Fuß. So leicht würde sie ihn nicht davonkommen lassen. Seit Hongkong verhielt sich Philip eigenartig, und letzte Nacht hatte er den Bogen überspannt. Außer sich vor Sorge hatte sie auf seine Heimkehr gewartet, weil sie wusste, wie schwach er noch auf den Beinen war. Als sie ihn kreidebleich und ohnmächtig in der Kutsche gesehen hatte, hatte sie im ersten Moment gedacht, er wäre tot. Ein schreckliches Gefühl, welches sie nie wieder zu erleben hoffte. Wenn ihr Onkel selber nicht in der Lage war, auf sich aufzupassen, würde sie künftig ein Auge auf ihn haben. Und die anderen Gentlemen ebenso, beschloss sie.

Freddie wollte eine Erklärung und würde ihm nicht eher sein Tablett mit Tee und Toast reichen, bevor sie wusste, wo er gewesen war.

»Also schön. Nach dem Ballett brachte ich Mabel heim und fuhr ins East End.«

Sie verdrehte die Augen. »Zu dieser Mrs Arnholtz? Konntest du den Verdacht nicht auf sich beruhen lassen?«

»Nein. Ich musste wissen, ob sie in die Sache verwickelt ist.«

»Und? Ist sie?«

»Nicht persönlich. Aber ihr Mann. Was ich beobachtet

habe, gibt Anlass zur Sorge. Ich vermute, Cassius Arnholtz baut sich gerade durch heimliche Geschäfte mit Captain Thurlow ein eigenes Standbein auf.«

Nun ging Freddie zum Schreibtisch hinüber, wo sie das Frühstückstablett abgestellt hatte, und brachte es Philip. »Das ist nicht gut«, sagte sie leise. »Zumindest nicht für Mrs Arnholtz. Sobald er sie nicht mehr braucht, wird Cassius sich ihrer entledigen, nicht umsonst nennt man ihn Cunning Cass, er ist äußerst durchtrieben.«

»Das vermute ich ebenfalls. Wenn man seine gewalttätige Vergangenheit in Betracht zieht, ist das der nächste logische Schritt für ihn. Es sieht so aus, als hätte er jeglichen Respekt vor ihr verloren.«

»Aber daran kannst du im Moment auch nichts ändern. Du musst erst wieder zu Kräften kommen. Am besten, du bleibst heute im Bett.« Sie wandte sich zum Gehen.

»Warte. Wo willst du hin? Und woher hast du diesen neuen Anzug, warum bist du verkleidet?«

»Ich hatte dir doch gesagt, ich brauche wärmere Herrenkleidung für den Herbst. Der Schneider hatte meine Maße, daher habe ich ihm einfach schriftliche Anweisungen gesendet. Und wie du siehst, passen die Sachen perfekt. Der Wollstoff trägt sich angenehm. Einen Mantel hatte ich auch bestellt, der wurde gestern geliefert. Auf zwei weitere Anzüge warte ich noch.«

»Ich nehme an, die Rechnung bekomme ich zugestellt?«

Freddie warf ihm einen Blick über die Schulter hinweg zu. »Natürlich, lieber Onkel. Ich treffe mich jetzt mit Doktor Pebsworth und Mister Fox.«

»Wieso?«

»Erzähle ich dir später. Schlaf ein wenig.« Damit verschwand sie endgültig aus dem Zimmer und lief die Treppe hinunter. Unten wartete bereits die Kutsche mit den beiden Herren darin.

»Ich bedaure die Verzögerung«, entschuldigte sich Freddie, »aber ich hatte kurz mit meinem Onkel etwas zu besprechen.«

»Wie geht es ihm?«, erkundigte sich der Doktor.

»Gestern Abend hat er sich zu viel zugemutet, das muss er heute büßen.«

»Soll ich rasch nach ihm sehen?«, bot er an. »Vielleicht braucht er Medikamente.«

»Nein, danke. Ein paar Stunden Schlaf werden Wunder bewirken. Also, wohin fahren wir?«

Crispin klopfte an die Decke der Kutsche, und das Gefährt setzte sich in Bewegung. »Wir hatten ja besprochen, dass wir zwei Dinge erledigen müssen, damit endlich Klarheit in unsere Ermittlungen kommt. Professor Brown kümmert sich gerade darum, Zhen ausfindig zu machen. Und wir begeben uns nun nach Shoreditch, genauer gesagt nach Hoxton, um die Geliebte des verstorbenen Mister Christoforou zu befragen.

»Sie haben sie also gefunden, das ist ja wunderbar!«

Crispin nickte. »Ja. Sie nennt sich jetzt Stella Juniper, aber sie ist es eindeutig.«

Während die Kutsche Richtung Nordosten durch Londons Straßen zuckelte, sah Freddie aus dem Fenster.

»Waren Sie schon einmal in jenem Teil der Stadt?«, fragte Doktor Pebsworth. Freddie verneinte.

»Früher, vor etwa einhundertfünfzig Jahren, war Shoreditch eine ländliche Gegend mit kleinen Dörfern. Die wohlhabenden Londoner bauten sich hier Landhäuser, und es galt gemeinhin als schick, in Sommernächten mit dem Wagen auszufahren, um frische Luft zu schnappen.«

Crispin wandte sich erstaunt zu Doktor Pebsworth. »Wirklich? Interessant, das wusste ich auch nicht.«

Der Doktor nickte. »Daniel Defoe, der Schriftsteller, sagte damals, dass in den Weilern von Hackney und Shoreditch derart viele reiche Menschen lebten, dass man an die hundert Kutschen auf den Landstraßen zählen konnte.«

»Ich nehme an, das war eine Menge zu der Zeit?« Mit einem Lächeln blickte Freddie auf das Gewirr an Hansom Cabs, Droschken, Pferdefuhrwerken, Automobilen und Tramwägen, durch die sie sich ihren Weg bahnten. »Dann fahren wir also in eine hübsche Gegend?«

Pebsworth verneinte. »Früher war sie das, bevor das gefräßige London sich die malerischen Dörfer einverleibte. Es kamen einfach immer mehr und mehr Menschen, und irgendwann waren es zu viele. Die Reichen zogen weg, die weniger Reichen zogen zu, und jetzt sind Shoreditch, Hackney und Hoxton nur noch ein Teil der nie enden wollenden Vorstadt. Ich war dort sogar einmal beruflich tätig.«

»Wann war das? Hatten Sie nicht eine Praxis in der Harley Street?«

»Aber nicht immer. Es ist schon sehr lange her, als junger Arzt, vor dreißig Jahren war meine Hilfe während einer Cholera-Epidemie vonnöten.«

»Das war bestimmt schrecklich.« Unwillkürlich dachte Freddie an die Pest in Hongkong. Was sie dort erlebt hatte, würde sie ihr Leben lang nicht vergessen. Die Behörden hatten eine Weile gebraucht, bis sie erkannten, dass die Menschen an der Pest starben, denn anfangs hatten ihre Krankheitssymptome denen der Cholera geglichen. Glücklicherweise fuhr der Doktor fort, sodass sie nicht weiter darüber grübeln konnte.

»In der Tat. Man muss sich vorstellen, dass mittlerweile eine Vielzahl bunt zusammengewürfelter Menschen eng zusammengedrängt in schmutzigen Wohnungen hauste, alles war überfüllt und ohne ausreichende Belüftung. Es gab in der Gegend keine Leichenhäuser, sodass die Leute ihre Toten tagelang in ihren Behausungen behielten. Zudem fehlte die Frischwasserversorgung, die erst später von der New River Company gebaut wurde.«

»Da war es nur eine Frage der Zeit, bis Seuchen ausbrachen«, sagte Freddie düster. »Ich kenne das aus meiner alten Heimat und habe mit eigenen Augen gesehen, wohin es führt. Dann fahren wir also in ein Elendsviertel?«

»So würde ich es nicht nennen«, wiegelte Crispin ab. »Nicht wahr, Doktor Pebsworth?«

Der nickte. »Sicher gibt es nach wie vor Armut in den Straßen. Aber auch Handwerk und Gewerbe. Shoreditch ist bekannt für seine Schuhmacher, Möbelschreiner und Klavierbauer. Und gerade in den letzten Jahrzehnten sind die Leute dort besonders stolz auf die zahlreichen Theater, die entstanden sind. Zu einem ebensolchen werden wir uns nun begeben, der Direktor wartet sicher schon auf uns.«

Ihr Ziel lag an der Hoxton High Street, es war das große Gebäude des Britannia Theatre mit seinen vier Stockwerken und der prächtig gestalteten Fassade. Freddie war begeistert. Es kam nicht oft vor, dass sie ein Volkstheater betreten durfte, und dieses hier sah wahrlich formidabel aus.

Das Foyer war ein weitläufiger Raum mit allerlei Plakaten und Bildern und endete in zwei gut verschlossenen Türen, die zweifelsohne in Richtung Bühne führten. Ein Gefühl freudiger Erregung flirrte durch Freddies Magen.

Durch eine kleine Nebentür erschien eine alte Dame. Ihr Gesicht war faltig, ließ vergangene Schönheit nur noch erahnen, doch der Blick aus grauen Augen war der eines jungen Mädchens.

»Meine Herren«, begrüßte sie die Neuankömmlinge mit lauter Stimme, als sei sie es gewohnt, auch die Zuschauer auf den hintersten Rängen zu erreichen. Sie machte eine einladende Geste, und Freddie hätte es nicht gewundert, wenn sie sich dazu noch verbeugt hätte. Vor ihnen stand eindeutig eine Schauspielerin.

»Ich bin Sarah Lane«, stellte sie sich vor, »und leite seit dem Dahinscheiden meines Mannes dieses Theater. Wahrscheinlich haben Sie einen schneidigen Direktor erwartet, aber seit zwanzig Jahren gibt es hier nur mich.«

»Und wenn man von den Erfolgen des Britannia Theatre hört, machen Sie Ihre Sache ausgezeichnet«, lobte Doktor Pebsworth charmant.

Mrs Lane wiegte den Kopf hin und her, als würde sie in

Erinnerungen schwelgen. »Ach ja, auch das war vor zwanzig Jahren noch einfacher. Damals lebte unser geschätzter Mister Hazlewood noch, seines Zeichens Bühnendichter. Dort oben hängt sein Porträt.« Sie deutete auf das Bild eines Herrn mit einem Bart wie ein Walross und Stirnglatze. »Was konnte der Mann Stücke schreiben!« Sie kicherte. »Ehrlich gesagt, führen wir sie heute immer noch auf. Die jungen Dramaturgen sind alle ein wenig lauwarm, die überzeugen mich nicht. Aber Sie sind nicht hierhergekommen, um mich von vergangenen Zeiten schwärmen zu hören, sondern um unsere Miss Juniper zu sprechen. Wenn Sie mir bitte folgen möchten.«

Zu Freddies allergrößtem Entzücken ging es direkt durch den Zuschauerraum, wo Mrs Lane stolz erklärte, dass er Platz für über dreitausend Menschen bot. Hinter dem Parterre stiegen die Logen und Boxen in die Höhe, und über allem wölbte sich eine prächtig verzierte Kuppel, von der ein riesiger Kristalllüster hing. Ein muffiger Geruch lag in der Luft, und Freddie versuchte, sich nichts anmerken zu lassen. Doktor Pebsworth hatte anscheinend doch etwas bemerkt, denn er flüsterte ihr zu: »Unser werter Charles Dickens hat bereits vor vierzig Jahren in einem seiner Essays vermerkt, dass lediglich in den Logen des Britannia Theatre ordentliches Publikum zu finden sei. Die breite Masse sei ein billiger, in speckige Schafwolle und Cord gekleideter, stinkender Haufen.«

»Dieses Stück Literatur kenne ich ebenfalls«, bemerkte Mrs Lane spitz. Der Doktor bekam rote Ohren, er hatte wohl gehofft, mit dem Gehör der alten Dame stünde es nicht mehr zum Besten, und nun wurde er eines Besseren belehrt. »Er schreibt übrigens weiter, dass alle hier zusammenkamen, um sich an einem Ort, an dem sie willkommen waren, vorzüglich unterhalten zu lassen. Ich kannte Mister Dickens persönlich, und er nimmt es mir bestimmt posthum nicht übel, wenn ich sage, dass er nicht zu jenen ordentlichen Leuten in den Logen gehörte, sondern ganz gut zum ranzig riechenden

Volk auf den billigen Rängen passte. Mir kam es so vor, als hätte er das regelrecht genossen.«

Als sie an der Bühne vorbeigingen, warf Freddie einen Blick nach oben auf die vielen Seilzüge. Sie sah sich den schweren Samtvorhang an und den Bühnenboden, auf dem mit Kreide Markierungen eingezeichnet waren. Wie es sich wohl anfühlte, dort zu stehen, vor ausverkauftem Saal, inmitten der blendenden Lichter?

Über eine seitliche Stiege ging es sogar für einen Moment auf die Bühne und weiter nach hinten, tief in die Katakomben des Theaters, vorbei an allerlei Staffage und Requisiten bis zu den Garderoben der Schauspieler. Auf manchen der abgegriffenen Holztüren hingen Zettel mit Namen darauf, aber Miss Juniper war nicht darunter.

Die Person, die sie suchten, saß in einer Gemeinschaftsgarderobe mit weiteren Schauspielerinnen, die gerade dabei waren, sich für die Matinee-Vorstellung zu schminken. Mrs Lane scheuchte alle hinaus, bis auf eine junge Dame mit feuerrotem Haar, Porzellanteint und Puppenlippen, die sie überrascht anstarrte.

»Besuch für dich, Stella. Die Herren vom Sebastian Club, von denen ich dir erzählt habe.«

Stella Juniper drehte sich von ihrem Frisiertisch weg und hielt Doktor Pebsworth, Crispin und Freddie die Hand zum Kuss hin. Als Freddie bemerkte, dass die beiden dieser Aufforderung nur zu gerne nachkamen, blieb ihr nichts übrig, als sich ihnen anzuschließen.

Mit einem unschuldigen Blick unter langen Wimpern sah Miss Juniper sodann zu ihnen auf und hauchte: »Aber meine Herren, ich weiß nicht, wie ich Ihnen weiterhelfen könnte. Sie scheinen mich mit jemandem zu verwechseln. Mrs Lane sprach von einer Mademoiselle Bellefleur, die Sie suchen. Eine solche Person kenne ich nicht.«

Innerlich verdrehte Freddie die Augen. Falls man sich mit derart wenig schauspielerischem Können hier seinen Lebensunterhalt verdienen konnte, war sie geneigt, Mister Dickens zuzustimmen, wenn er das Britannia Theatre als billig bezeichnete.

»Hören Sie«, begann sie, weil sie Crispin zuvorkommen wollte, der im Angesicht der gut aussehenden jungen Dame um Worte zu ringen schien. »Es interessiert uns nicht, ob Sie sich Juniper oder Bellefleur nennen oder sich irgendeine andere Pflanze aussuchen. Wir ermitteln in mehreren Mordfällen und möchten von Ihnen Auskünfte zu Ares Christoforou einholen. Sie waren seine Geliebte, das wissen Sie, und wir wissen es auch.«

Miss Juniper bedachte Freddie mit einem bitterbösen Blick. Sie musterte ihren Herrenanzug, ihre Haut und ihre Hände, und Freddie beeilte sich, wenigstens Letztere betont leger in die Manteltaschen zu stecken und sie so außer Sichtweite zu bringen.

»Selbstverständlich liegt es uns fern, Ihnen in irgendeiner Form nahezutreten. Wir wissen, wie hart die Zeiten sind und wie schwierig es für eine alleinstehende Dame ist, ein Auskommen zu finden. Daher haben wir sowohl für Ihre Verbindung zu Mister Christoforou vollstes Verständnis als auch für Ihre derzeitige Situation und möchten Ihnen Ihren Aufwand vergüten, wenn Sie erlauben.« Doktor Pebsworth war seinen jungen Kollegen in Eloquenz haushoch überlegen, gestand sich Freddie ein, klappte den Mund zu und ließ ihn machen. Er legte einen prallen Beutel mit Münzen auf Miss Junipers Schminktisch und sah sie abwartend an.

»Ich erlaube«, antwortete sie gnädig und ließ den Beutel rasch in einer der Schubladen verschwinden. »Auch wenn ich wirklich nicht weiß, was ich Ihnen sagen könnte, das Sie nicht schon wissen.«

»Erzählen Sie uns alles, was den Unfall von Mister Christoforou betrifft. Jedes Detail.«

Ohne den Herren Platz anzubieten, zündete sie sich eine Zigarette an und schlug die Beine übereinander. Dabei verrutschte der Seidenkimono, den sie trug, und gab den Blick auf wohlgeformte Beine frei. Miss Juniper machte sich nicht die Mühe, sich wieder zu bedecken. Weshalb Freddie mutmaßte, dass ihr Talent eher nicht für literarische Bühnendramen eingesetzt wurde, sondern für burleske Veranstaltungen. Es gestaltete sich mühsam, Informationen aus ihr herauszubekommen, wahrscheinlich weil Miss Juniper, oder wie auch immer ihr richtiger Name lautete, das Lügen gewohnt war. Nur langsam gelang es den Gentlemen, Dinge herauszufiltern, die für ihre Ermittlungen hilfreich waren. Zum Beispiel, dass der zypriotische Geschäftsmann von einem großen schwarz-gelben Automobil überfahren worden war, das nicht abgebremst hatte, sondern rasch davongebraust war. Es stimmte nicht, dass Christoforou durch die Luft geschleudert wurde, wie in der Times zu lesen stand. Er fiel um, und das Gefährt überrollte ihn. Crispin notierte sich jedes Detail von Miss Junipers Beschreibung, und Freddie war sich sicher, dass er den Besitzer des Fahrzeuges ausfindig machen würde. Immerhin gab es nicht viele Leute, die sich ein nagelneues, großes und noch dazu auffälliges Automobil leisten konnten. Eines, das schwer beschädigt sein musste und hohen Reparaturaufwand verursachte. Verständlicherweise war Mademoiselle Bellefleur nach dem Anschlag untergetaucht und hatte ihren Namen geändert, stand doch zu befürchten, dass der Fahrer des Wagens sie als Zeugin würde aus dem Weg räumen wollen – wortwörtlich. Beinahe tat sie Freddie leid. Doktor Pebsworth wohl ebenfalls, denn er überreichte ihr ein weiteres substanzielles Geldpräsent. »Ich weiß, Sie wähnten sich hier in Sicherheit«, sagte er, »aber wenn wir Sie gefunden haben, dann kann es der Mörder von Mister Christoforou auch. Wir alle wissen, dass es kein Unfall, sondern kaltblütiger Mord war und Sie die einzige Zeugin sind, die den Fahrer gesehen haben könnte, obwohl Sie das eben vehement abgestritten haben. Ein gut gemeinter Rat, Miss Juniper: Suchen Sie sich einen weiteren neuen Namen aus und gehen Sie weg von hier, am besten noch heute, wenn Ihnen Ihr Leben lieb ist.«

Die schreckgeweiteten Augen der jungen Frau sprachen für wirkliche Bestürzung, keine gespielte, als sie stumm nickte und das Geld einsteckte.

Von Shoreditch aus fuhren die Gentlemen zurück in den Club, wo sie bereits von Professor Brown erwartet wurden.

»Ich wollte gerade los. Gut, dass Sie hier sind, kommen Sie mit, Inspektor Woodard will uns sehen.« Er rauschte am Portier vorbei, sodass der Mann sich anstrengen musste, um dem Professor Handschuhe und Spazierstock zuzustecken. Es sah ein wenig aus wie die Stabübergabe bei zwei Staffelläufern.

Victoria Embankment

Im Gebäude von Scotland Yard eilte der Inspektor den Gentlemen ebenfalls schon ungeduldig im Flur entgegen, sogar mit hektischen roten Flecken in seinem ansonsten eher stoischen Gesicht.

»Es tut sich was, meine Herren, es tut sich was! Jetzt kommt Bewegung in die Sache!«, rief er ihnen zu und führte sie direkt in die Katakomben des Leichenbeschauers. Im Gegensatz zu Doktor Pebsworth und Crispin drang Freddie zum ersten Mal in die Tiefen von Scotland Yard vor, bisher war ihr das erspart geblieben. Sie vermutete, dass ihr Onkel mächtig etwas dagegen hätte, dass seine Nichte sich in Kürze einen Toten ansehen würde. Die gebohnerten Flure, die weiß gekachelten Wände und das grelle Licht, das bis in den letzten Winkel des Sezierraumes zu dringen schien, machten sie ein wenig schwindelig. Oder lag es an dem seltsamen Geruch in der Luft?

Auf einem Tisch, vollständig abgedeckt mit einem weißen Tuch, lag ein lebloser Körper.

»Ist kein schöner Anblick«, warnte Inspektor Woodard sie vor, »aber als ich ihn sah, wusste ich, es würde Sie interessieren. Also bitte, treten Sie näher.«

Erst als sich sämtliche Gentlemen um die Leiche versammelt hatten, gab er dem Gerichtsmediziner ein Zeichen, das Tuch zu lüften.

»Cassius Arnholtz!«, rief Freddie aus.

»In der Tat.« Der Inspektor wirkte erfreut. »Ich kann nicht sagen, dass ich sein Ableben bedaure. Vielen Leuten wird es besser gehen, jetzt, wo er tot ist. Nicht zuletzt wird das der Metropolitan Police eine Menge Arbeit ersparen.«

»Warum ist er so ...«, Freddie suchte nach dem richtigen Wort, »... scheckig?«

»Man hat ihn verprügelt. Schläge gegen Gesicht, Oberkörper und Rücken. Dazu kommen noch die Leichenflecken. Er wurde auf dem Bauch liegend im Themseschlamm gefunden«, erklärte der Gerichtsmediziner Doktor Robin.

»Daher der strenge Geruch?« Crispin zog die Nase kraus.

Doktor Robin nickte. »Ich habe ihn schon gewaschen. Geht trotzdem nicht weg.«

»Wo?«, fragte Professor Brown.

»Wie bitte?«

»Wo wurde er gefunden?«

»In Limehouse. In der Nähe der Anchor Wharf«, antwortete Inspektor Woodard.

»Und die Todesursache war demnach stumpfe Gewalteinwirkung?«

»Aber nein.« Doktor Robin klemmte sich die Bügel seiner Brille hinter die Ohren und entfernte das Tuch nun vollständig von Cassius Arnholtz' nacktem Körper.

Fasziniert und abgestoßen zugleich sah Freddie auf die mit krausen schwarzen Haaren zugewucherte Brust, unter denen die Haut bläulich-weiß schimmerte. Cassius' Torso war massiv, die Oberarme muskulös, und er hatte um die Hüfte herum bereits ordentlich Speck angesetzt. Die drei Herren des Sebastian Club beobachteten mit gerunzelter Stirn, wie Freddie auch die untere Körperhälfte musterte, während Doktor Robin sie unbedarft aufforderte: »Helfen Sie mir mal, ihn umzudrehen, dann zeige ich Ihnen was.«

»Das mach ich«, bot sich Doktor Pebsworth rasch an, und gemeinsam hievten sie den Toten herum.

Dass Cassius' Pobacken unansehnlich schlaff aussahen, war das Erste, was Freddie auffiel, bevor sie die Wunde in seinem Rücken bemerkte.

»Oha«, tönte Doktor Pebsworth.

»Die Todesursache ist eindeutig eine einzelne Stichwunde

von hinten durch das Herz, ausgeführt mit einer breiten, einschneidigen Klinge, die bis ans Heft eingeführt wurde«, referierte Doktor Robin. Er ging zur blitzsauber geputzten Arbeitsfläche, auf der eine Rolle Packpapier lag, und wickelte ein Stück davon ab. Am Anfang, direkt an der Abrissstelle, sah Freddie dunkelrote Fingerabdrücke, und sie fragte sich, woher die wohl stammen mochten. Hatte sich jemand mit blutigen Händen im Eifer des Seziergefechts Papier abgerissen, um etwas darin einzuwickeln? Besser nicht darüber nachdenken.

Geistesabwesend klopfte sich Doktor Robin auf den Oberkörper, bis er einen Bleistift in der Brusttasche seines Jacketts fand. Er leckte die Miene kurz an und begann etwas auf dem Packpapier zu skizzieren, während er munter weitersprach. »Interessanterweise war jene Klinge zwar breit, aber nicht übermäßig lang, nur etwa eine Elle, was ihr ein gedrungenes Aussehen verleihen muss. Und sie hatte augenscheinlich einen schmalen Parierbügel. Die Waffe wurde bis zum Anschlag versenkt, der Bügel hinterließ eine Markierung auf der Haut, und bei einer schlankeren Person als Mister Arnholtz wäre wohl die Spitze vorne aus dem Brustkorb wieder ausgetreten. Was ich faszinierend finde – dies ist bereits das zweite Mordopfer mit derselben Art von Verletzung. Vor einiger Zeit hatte ich schon mal einen Herrn bei mir zu Gast, der auf die gleiche Weise sein Ende fand. Sein Name war ...«, er überlegte.

»Latimer?«, half Professor Brown ihm auf die Sprünge.

»Richtig. Padraig Latimer, wenn ich mich recht erinnere. Auch er ging einem eher, sagen wir fragwürdigen Gewerbe nach. Ich würde zu gerne das Messer sehen, mit dem die zwei erstochen wurden.«

»Es sieht ungefähr so aus«, sagte Freddie und nahm Doktor Robin den Bleistift aus der Hand. Crispin warf ihr einen alarmierten Blick zu, aber sie hatte ohnehin nicht vorgehabt, den Stift erneut anzulecken. Stattdessen zeichnete sie gekonnt einen glatten Messerrücken mit breiter, geschwungener Klinge und einem Parierbügel, der an der Klingenrückseite einen Haken bildete.

»Ja!« Doktor Robin freute sich sichtlich. Vermutlich hätte er gerne in die Hände geklatscht, aber da sein begeisterter Ausruf sowieso schon von den gekachelten Wänden widerhallte, beherrschte er sich wohl. »Genauso muss die Waffe aussehen.« Freddie fand den Gerichtsmediziner drollig. Er war ein schlauer Kopf, das stand außer Frage. Wahrscheinlich machten die permanente Arbeit mit Leichen und die nur sporadischen Kontakte zu lebenden Menschen jeden auf Dauer ein wenig seltsam. Möglicherweise lag es auch am fehlenden Tageslicht. Doktor Robin sah ungefähr so viel davon wie ein Bergarbeiter, stellte sich Freddie vor.

Inspektor Woodards fragender Blick brachte ihre Aufmerksamkeit zurück auf die Zeichnung: »Das ist ein Hudiedao, ein chinesisches Schmetterlingsschwert«, erklärte sie. »Im alten China benutzte man es hauptsächlich zur Verteidigung. Aber wie man sieht, kann man durchaus auch damit angreifen. Es existieren spezielle Nahkampfstile, die mit dem Schmetterlingsschwert trainiert werden. Normalerweise gibt es sie paarweise, der Kämpfer trägt in jeder Hand eines. Manche antike Exemplare sind heute ein Vermögen wert und sehr begehrt.«

»Jemand, der Kunstschätze aus China ausführt, könnte so etwas nach London gebracht haben?«, fragte Crispin, und Freddie nickte. Es war offensichtlich, an wen er dabei dachte, er musste es nicht aussprechen.

»Es wäre aber auch möglich, dass Piraten bei ihren Raubzügen an Schmetterlingsschwerter gelangen«, fügte sie hinzu.

»Oder dass ein reicher junger Chinese bei seiner Einreise in England eines mit sich führt«, bemerkte Doktor Pebsworth.

»Und?«, fragte Inspektor Woodard mit vor der Brust verschränkten Armen. »Wer hat ihn nun auf dem Gewissen? Ich habe Sie schließlich nicht zum Spaß informiert, eine Gegenleistung erhoffe ich mir davon schon.«

Der Professor zuckte mit den Schultern. »Bedaure, mein Bester, aber momentan haben wir eindeutig zu viele Kandidaten zur Auswahl, als dass wir uns auf einen festlegen könnten.«

Auf dem Rückweg tauschten sie sich über die verschiedenen Ereignisse des Tages aus, und Professor Brown zog ein positives Resümee. Allerdings musste er einräumen, dass er leider noch immer nichts bezüglich des Verbleibs von Zhen in Erfahrung gebracht hatte.

»Doch ich weiß jetzt, wo er nicht ist, und kann aufgrund des Ausschlussprinzips mit hoher Wahrscheinlichkeit behaupten, dass er sich irgendwo in Chinatown aufhält. Doktor Pebsworth, wenn ich Sie bitten dürfte, diesbezüglich Ihre Quelle noch einmal anzuzapfen.«

Der Doktor nickte. »Mister Liu ist schwer verletzt. Er kann sicher keine großen Sprünge machen. Ich werde meinen Freund Albert morgen noch mal aufsuchen. Möchte mich jemand von den Herren begleiten?«

»Ich«, sagten Freddie und Crispin gleichzeitig, und Doktor Pebsworth zwinkerte ihnen gutmütig zu. »Schön. Treffen wir uns im Club und fahren von dort gemeinsam los. Sagen wir um zehn Uhr?«

Wie es sich gehörte, setzten die Gentlemen Freddie als Erste vor dem Haus am Wilton Crescent ab, doch sie wollte noch nicht hineingehen. Stattdessen wartete sie, bis die Kutsche um die nächste Ecke verschwunden war. Es war später Nachmittag, nicht dunkel, aber auch nicht mehr richtig hell. Eigentlich war der ganze Tag schon erfüllt von gedämpftem grauem Licht, als könne es jeden Moment anfangen zu regnen. Freddies Magen knurrte vernehmlich. Sie hatte das Mittagessen ausfallen lassen, nicht einmal daran gedacht. Jetzt war sie hungrig. Cook würde ihr bestimmt ein paar Sandwiches vor dem Dinner machen oder etwas kalten Braten aufschneiden, dafür müsste sie nur ins Haus gehen. Sie könnte sich in den Salon ans Feuer setzen und ein Buch lesen. Ihrem Onkel von den Ereignissen des Tages berichten. Ein Bad nehmen. Stattdessen ließ sie die Eingangstür links liegen und überquerte ein paar Straßenzüge bis zum Duke of Wellington Arch. Von dort aus musste sie nur der Länge des Green Park folgen. Sogar an der Stelle, an der Lord Philip zusammengeschlagen worden war, kam sie vorbei.

Normalerweise wachte ihr Onkel mit Argusaugen über sie, aber nun lag er geschwächt in seinem Zimmer, und sie war unbeaufsichtigt in London unterwegs. Natürlich wusste Freddie, dass ihre Verkleidung als junger Herr einzig und allein für die Ermittlungsarbeiten des Sebastian Club vonnöten war und dass es keinen weiteren Grund gab, der diese Kostümierung rechtfertigte. Ihr war auch klar, dass Lord Philip höchst aufgebracht gewesen wäre, wenn er gewusst hätte, was sie im Begriff war zu tun. Aber er musste es ja nicht erfahren. Es fühlte sich überwältigend an, den Piccadilly entlangzulaufen, alleine, forsch ausschreitend, unbeobachtet, frei. Beinahe mitleidig betrachtete sie zwei Damen, welche in Begleitung von Herren gemessen die breite Straße entlangflanierten, und eine weitere, die in einer Kutsche vorbeifuhr und neugierig aus dem Fenster sah. Ladys, die nicht tun konnten, was sie wollten – im Gegensatz zu Freddie. In nicht einmal zwanzig Minuten hatte sie die Bolton Street erreicht. Erst als sie vor Captain Roland Thurlows Haus stand, fragte sie sich, was sie hier eigentlich zu tun gedachte. Ihr fiel ein, dass ihr Onkel den Hintereingang erwähnt hatte, den würde sie sich ansehen.

Sie bog in die Gasse zwischen den Häuserreihen der Bolton Street und der Clarges Street, die den Lieferanten zur Anfahrt der Waren diente und auf die sämtliche Dienstboteneingänge hinauswiesen. Captain Thurlows Stadthaus verfügte über zwei Hintertüren. Eine davon war zweifellos besagter Dienstboteneingang, umgeben von einem kleinen Hinterhof und einem schmiedeeisernen Zaun, an den ringsum eine Hecke gepflanzt war. Die verhinderte den freien Blick hinüber auf die zweite Tür, ein wesentlich unauffälligeres Exemplar und zudem abgeschirmt von einem mit Efeu überwachsenen Vordach. Bei schnellem Hinsehen würde der Betrachter davon ausgehen, dass die beiden Türen zu unterschiedlichen Besitzern gehörten, dachte Freddie.

Ihr fiel ein, dass Lord Philip erwähnt hatte, sich hinter dem Zaun des Nachbarhauses versteckt zu haben, und sie war erfreut darüber, dass es sich tatsächlich um ein blickdichtes Exemplar aus Holzlatten handelte. Der Nachbar legte offenbar nicht viel Wert auf eine ästhetische Hinterhofoptik. Kurz rang sie mit sich, sollte sie weitergehen, heimspazieren, sie hatte sich ja nun alles angesehen – oder? –, und schon schlüpfte sie dahinter und spähte am Rand vorbei zu Captain Thurlows Haus. Worauf genau sie eigentlich wartete, wusste Freddie nicht, aber ihre Geduld wurde belohnt, als es anfing zu dämmern und sich ein Pferdefuhrwerk vom Eingang der Gasse näherte. Auf dem Kutschbock saß eine schwarz gekleidete Frau, vor dem Gesicht trug sie einen Trauerschleier.

Direkt vor der unauffälligen Tür hielt sie an, stieg ab und klopfte. Ein groß gewachsener Mann mit breiten Schultern und einer langen Nase öffnete ihr.

»Lieferung von Arnholtz«, sagte die Frau knapp. Sie ging zurück zum Wagen und kletterte auf die Ladefläche. Dann gab sie den darauf stehenden Kisten einen Tritt, sodass eine nach der anderen herunterfiel und die darin enthaltenen Flaschen herausfielen und auf den Pflastersteinen klirrend zerschellten. Das Ganze machte einen Heidenlärm, und im Nullkommanichts breitete sich nicht nur ein starker Alkoholgeruch aus, sondern die Vorhänge an den umliegenden Häusern bewegten sich, und zahlreiche Leute sahen auf die Straße hinunter. Auch hinter einem Fenster im ersten Stock des Thurlowschen Anwesens tauchte ein Gesicht auf. Es gehörte zu einem wohlbeleibt aussehenden Herrn mit Schnauzbart, und Freddie war sich sicher, das musste der Hausherr höchstpersönlich sein. Mit unbewegter Miene betrachtete er das Spektakel.

Als die Frau alle Kisten zerschmettert hatte, nahm sie

ihren Trauerschleier ab und schmiss ihn hinterher. Freddie erkannte Annabel Arnholtz.

»Das war die letzte Lieferung«, sagte sie laut und warf einen langen Blick nach oben zu Captain Thurlow. Dann setzte sie sich auf den Kutschbock und fuhr davon.

Freddies Herz pochte wild. Was hatte sie da eben beobachtet? Mrs Arnholtz war wirklich eine formidable Frau. Was hätte sie getan, wenn der Mann an der Tür ungehalten geworden wäre? Sie hatte mutwillig eine gefährliche Situation provoziert, um Thurlow zu zeigen, dass sie keine Angst vor ihm hatte.

Aus den Nachbarhäusern kamen Leute, um nachzusehen, ob vielleicht die ein oder andere Flasche den Sturz vom Wagen überstanden hatte. Sie stocherten mit den Füßen in den Scherben und drängten sich in der Gasse. Freddie wartete, bis Captain Thurlows Gesicht verschwunden war und der Vorhang wieder vor dem Fenster lag, dann schlich sie sich unauffällig davon. In dem Durcheinander trat ihr jemand in den Weg, als sie gerade in die breitere Clarges Street biegen wollte. Es war ein Mann, der sich in einem Hauseingang verborgen gehalten hatte und offenbar ebenfalls Zeuge der Szene geworden war.

Freddie erschrak. Es war Wu Bai. Einen langen Moment standen sie stumm voreinander und blickten sich in die Augen, dann trat er beiseite und ließ sie durch. Einfach so. Schnell rannte Freddie zum Piccadilly, hielt ein Hansom Cab auf und fuhr nach Hause.

Sie wollte die Treppe hoch in ihr Zimmer schleichen, als die schneidende Stimme ihres Onkels sie aufhielt.

»Frederique!« Er kam aus der Tür seines Büros und musterte sie streng. »Wieso kommst du so spät? Es ist fast dunkel. Warum bist du außer Atem und riechst nach Alkohol? Und versuche nicht, mir weiszumachen, du wärst bis jetzt im Club gewesen – Doktor Pebsworth schickte nämlich bereits vor einer Weile eine Nachricht, dass euer Treffen morgen um elf und nicht um zehn Uhr stattfindet.«

Sie ließ geschlagen die Schultern sinken und folgte ihm in sein Zimmer. Während er sich hinter den Schreibtisch setzte, deutete er auf den Sessel davor. Dann stützte er die Ellenbogen auf und legte die Fingerspitzen aneinander, was ihn ein wenig schulmeisterlich wirken ließ. »Ich höre«, sagte er bestimmt.

Schicksalsergeben berichtete ihm Freddie alles, angefangen von ihrem Besuch bei Stella Juniper, über Cassius Arnholtz' Leichenschau bis hin zu ihrem Erlebnis bei Captain Thurlows Haus. Lord Philip hörte ihr zu, ohne sie ein einziges Mal zu unterbrechen, daher traute sich Freddie am Ende anzufügen: »Du hättest sie sehen sollen, Onkel Philip. Mrs Arnholtz. Wie ein Racheengel war sie, niemand wagte es, sich ihr in den Weg zu stellen, nicht einmal dieser langnasige Schläger von Captain Thurlow, ja nicht einmal Captain Thurlow selbst. Umwerfend!«

»Umwerfend? Wohl eher leichtsinnig und dumm! Mehr fällt mir zu einem derart hirnlosen Verhalten nicht ein. Und damit spreche ich nicht nur von Annabel Arnholtz, sondern besonders von dir. Reicht es nicht, dass du den ganzen Tag mit deinen Kollegen unterwegs warst? Einen Toten aus nächster Nähe untersuchen durftest, der vielleicht von ebenjenem Mann ermordet wurde, dessen Haus du eigenmächtig ausspähen musstest? War es dir keine Lehre zu sehen, was mir widerfuhr, als ich dasselbe vorhatte? Und dann tauchte auch noch Wu Bai auf, der wie ein Phantom durch die Stadt geistert. Was wäre, wenn er dir etwas angetan oder dich entführt hätte? Niemand deiner Kollegen wusste, wo du bist, wir könnten dich nie und nimmer finden.« Die Stimme ihres Onkels klang nicht wütend, sondern enttäuscht, was Freddie einen Stich versetzte.

»Aber ich wollte doch nur ...«

Er brachte sie mit einem Wink zum Schweigen. »Egal, was du wolltest. Egal, wie edel deine Absichten waren. Tatsache ist, du hast unüberlegt gehandelt und dich in Lebensgefahr gebracht. Und du hast mein Vertrauen missbraucht. Wie soll ich dir Freiheiten gewähren, wenn du nicht damit umzugehen weißt?«

Zerknirscht ließ sie den Kopf sinken. »Es tut mir leid. Und es wird nicht wieder vorkommen.«

»Nein, das wird es in der Tat nicht. Denn ab jetzt bleibst du zu Hause. Die geplante Exkursion nach Limehouse mit Doktor Pebsworth und Mister Fox fällt für dich morgen aus. Ich bin mir sicher, die Herren werden mir zustimmen, wenn ich ihnen sage, weshalb.«

Wie ein geprügelter Hund schlich Freddie hinauf in ihr Zimmer. Sie fühlte sich gedemütigt. Nicht von ihrem Onkel, sondern von ihrer eigenen Unbedachtheit. Es tat weh, ihn enttäuscht zu haben.

Limehouse

»Bedauerlich, dass uns Mister Westbrook nicht begleitet. Aber unter den gegebenen Umständen durchaus verständlich.«

Crispin marschierte neben Doktor Pebsworth her an Ropemakers Fields vorbei in Richtung Themse. Es war ein strahlend schöner Herbsttag, mit Sonnenschein, farbigem Laub und blauem Himmel, an dem sogar die Gegend um die Docks ein wenig freundlicher wirkte als sonst. Der Doktor wollte sich die Stelle ansehen, an der man die Leiche von Cassius Arnholtz gefunden hatte. Bei Ebbe war das gewesen, im Schlamm, vorne bei der Anchor Wharf. Als sie den Ort erreichten, hatte allerdings die Flut gerade eingesetzt, trotzdem stand Doktor Pebsworth eine Weile da und starrte vom Ufer aus hinunter in den Dreck, wie er rasch vom steigenden Wasser überspült wurde. Danach ging sein Blick in die Ferne, nach links, nach rechts, hinüber zur anderen Seite. Er schnüffelte, sog die Luft ein.

»Seltsam«, sagte er dann, »ihn gerade hier abzuladen.«

»Wieso? Vielleicht wurde er hier getötet und fiel ins Wasser.«

Pebsworth schüttelte den Kopf. »In Doktor Robins Bericht steht, dass Arnholtz gegen vier Uhr morgens ermordet wurde. Aufgrund der Totenflecken geht er davon aus, dass er mindestens neun Stunden mit dem Gesicht nach unten gelegen haben muss. Wäre er hier gestorben und in den Fluss gefallen, hätte die Flut ihn mitgenommen, doch er lag unbewegt. Nein, mein Freund. Mister Arnholtz wurde woanders getötet und erst später hier deponiert. Man sollte ihn genau hier finden, in der Nähe der Anchor Wharf, in Sichtweite des *Lachender-Kranich-Kontors*. Der Fundort ist eine Botschaft.«

»Fragt sich nur, welche – und für wen.«

»Tja, wenn wir das verstehen würden, hätten wir den Fall gelöst. Kommen Sie, gehen wir auf ein Tässchen Grüntee zu meinem Freund Albert.«

Crispin verzog das Gesicht. »Kann es nicht auch Schwarztee sein, Doktor Pebsworth? Was ist gegen eine gute starke *cuppa* einzuwenden?«

»Oh nein, ich weiß – ich werde Albert bitten, dass er Sie von seinem Pu-Erh-Tee kosten lässt. Ein exotisches Gebräu, unglaublich belebend und gesund, Sie werden es lieben.«

»Da bin ich mir ganz sicher.«

Als sie zum Laden kamen, fanden sie Albert auf einem Bambusklappstuhl vor der Tür in der Sonne sitzend vor.

»In diesen Tagen muss man jeden einzelnen Lichtstrahl genießen, bevor die dunkle Zeit uns wieder erreicht«, erklärte er. Dann rief er nach Mi und trug ihr auf, noch zwei weitere Stühle, ein Tischchen und Tee zu bringen. Crispin bot sich an zu helfen und folgte der jungen Frau ins Hinterzimmer.

Sie holte die Sitzmöbel und deutete auf den Tisch. »Diesen«, sagte sie, und Crispin stellte überrascht fest, wie schwer das kleine Ding war. Es schien aus massivem Holz zu sein. Akazie, wie Albert ihm grinsend erklärte, als Crispin ihn prustend abstellte. Und dass man derart niedrige Tische mit gebogenen Beinen hier Opiumtische nannte, was aber eigentlich falsch sei, denn im Chinesischen hießen sie Teetische. Und genau dafür würden sie auch verwendet.

Wie aufs Stichwort erschien Mi mit dem Tee, sie verteilte die dünnwandigen Porzellanschalen und goss ein, dann zog sie sich in den Laden zurück. Albert wies sie an, die Türe offen stehen zu lassen, damit etwas von der sonnigen Atmosphäre ins Innere gelangen konnte. Die dunkle Farbe des Gebräus stimmte Crispin zuversichtlich, noch Milch und Zucker dazu, und er wäre glücklich. Das gab es bei Albert natürlich nicht, der trank seinen Tee pur, wie alle Chinesen, und als Crispin den würzigen und irgendwie erdigen Geschmack kostete, bedauerte er dies zutiefst.

Er kam sich ein wenig seltsam vor, mit zwei Männern vor einem Geschäft zu sitzen und Tee aus Schalen zu schlürfen, aber für die vorrangig asiatischen Passanten schien das völlig normal zu sein. Manche grüßten Albert freundlich, und der ein oder andere kaufte sogar etwas. Als er sich unauffällig umblickte, sah Crispin, dass die Straße hinunter auch vor anderen Läden Leute saßen und plauschten, daher fühlte er sich weniger verlegen.

»Worum geht es denn heute, mein lieber Wallace?«, fragte Albert nach einer Weile. »Welches Problem hast du? Magen? Galle?«

»Wenn es nur das wäre ... leider ein sehr ernstes. Wir suchen einen jungen Mann, einen Hongkong-Chinesen namens Liu Zhen. Er ist verletzt und höchstwahrscheinlich hier in Limehouse untergetaucht. Ich habe eine Fotografie von ihm dabei. Würdest du sie dir bitte ansehen?«

Albert holte einen antik wirkenden Kneifer aus den Tiefen seines Changshans, der ihm ein groteskes Aussehen verlieh, als er ihn an sein faltiges, kleines Auge hielt. Erst nachdem er richtig saß, griff er nach dem Bild, das Doktor Pebsworth ihm hinhielt, und studierte es ausgiebig.

»Ein gut aussehender junger Mann, zweifellos aus wohlhabendem Hause. Was ist ihm denn zugestoßen?«

»Er erlitt eine Stichwunde, direkt bei seiner Ankunft am Bahnhof. Ich pflegte ihn einige Tage, aber nun ist er mir abhandengekommen. Hast du ihn hier in der Gegend irgendwo gesehen?«

»Abhandengekommen, soso.« Albert nahm den Kneifer ab und verstaute ihn wieder. Dann rief er nach Mi und bat sie, den Tisch abzuräumen. Als er dem Doktor die Fotografie zurückgeben wollte, glitt sie ihm aus der Hand und fiel zu Boden. Rasch hob Mi sie auf und gab sie ihm zurück.

Crispin beobachtete überrascht, wie Mi einen Blick darauf warf und schluckte. Ihre Finger zitterten, als sie Albert das Bild hinhielt. Der schien sich zu beeilen, es ihr abzunehmen, und sagte: »Nein, da kann ich dir leider nicht weiterhelfen. Dieser Mister Liu Zhen ist mir nie begegnet.«

»Ich gehe davon aus, dass er starke Schmerzen hat und sich nur schlecht fortbewegen kann. Es wäre schrecklich, wenn sich seine Wunde infizieren würde. Sie war ziemlich tief.«

»Falls ich was höre, lasse ich umgehend nach dir schicken«, versprach Albert. »Ach ja, ich habe etwas erfahren, was dich und deine Kollegen interessieren könnte. Die schwarze Dschunke soll bald in See stechen. Wu Bai wird London demnächst verlassen. Vielleicht erledigen sich viele eurer Probleme von alleine.«

Dann sagte er ein paar Worte auf Chinesisch zu Mi, die wie versteinert dastand, woraufhin sich die junge Frau ins Ladeninnere zurückzog.

»Ich habe ihr gesagt, sie kann jetzt Pause machen«, erklärte Albert mit einem liebenswürdigen Lächeln.

Kurz darauf verabschiedeten sich auch Doktor Pebsworth und Crispin, und sobald sie außer Sichtweite waren, notierte sich der Doktor etwas in sein Notizbuch.

»Sputen wir uns«, sagte er und legte einen Schritt zu. »Ich muss so schnell wie möglich mit Mister Westbrook sprechen.«

»Lieber Lord Philip, Ihre Besorgnis ebenso wie Ihre erzieherischen Maßnahmen sind durchaus nachvollziehbar. Doch darf ich Sie daran erinnern, dass Mister Westbrook kurz vor der Mündigkeit steht und ein versiertes Mitglied unseres Ermittlerzirkels ist? Eines, das Sie selbst vorschlugen.«

»Sie ist aber kein Mister!«, polterte Lord Philip ungehalten. »Schon gar nicht, wenn sie so dumm ist und sich eigenmächtig in Gefahr bringt. Wer hätte ihr denn helfen können? Das Kind ist doch praktisch wehrlos, wenn es darauf ankommt.«

»Ahem«, räusperte sich Crispin. Er mischte sich nur ungern in den Disput zwischen Doktor Pebsworth und Lord

Philip ein. Letzterer weigerte sich beharrlich, nach Freddie zu schicken, die oben in ihrem Zimmer saß und wahrscheinlich nichts von der erregten Diskussion mitbekam, die ihretwegen unten im Salon geführt wurde. Nun würde Crispin noch ein wenig mehr Öl ins Feuer gießen, aber die Behauptung, Freddie wäre hilflos, konnte er nun wirklich nicht stehen lassen. »Da täuschen Sie sich. Freddie erzählte mir, dass Zhen irgendeine chinesische Kampfkunst beherrscht. Seine Familie legte wohl großen Wert darauf, dass er das lernte. Und er brachte es Ihrer Nichte bei, von klein auf. Sie ist sozusagen eine regelrechte Meisterin. Natürlich nur inoffiziell, weil das ja niemand wissen durfte, dass ein englisches Mädchen ...«

»Ich verstehe.« Lord Philip, noch immer im Hausmantel, aber nicht mehr an die Chaiselongue gebunden, mit deutlich weniger Blutergüssen im Gesicht, presste Daumen und Zeigefinger an seine Nasenwurzel, als hätte er hämmernde Kopfschmerzen. »Erzählen Sie mir bitte nicht mehr darüber, das reicht schon.«

»Unterschätzen Sie unseren Mister Westbrook nicht.« Der Doktor blieb beharrlich bei Freddies männlicher Form.

»Das tue ich nicht. Ich mache mir lediglich Sorgen.«

»Spricht für Sie, mein Bester, spricht nur für Ihren fürsorglichen Charakter. Aber ich muss darauf bestehen, Ihren Neffen zu sprechen. Es eilt sogar, denn mein Hirn ist nicht mehr das jüngste, und wenn ich nicht bald loswerden kann, weswegen ich gekommen bin, dann war alles umsonst.«

»Also schön.« Lord Philip gab sich geschlagen. »Ich werde nach dem Butler läuten, damit er Freddie holt.«

Kurz drauf betrat sie den Salon, gekleidet in ein bezauberndes Nachmittagskleid, und mit zuckersüßem Lächeln knickste sie vor ihrem Onkel, der nur genervt die Augen verdrehte, bevor sie die Gäste begrüßte. Doktor Pebsworth war sichtlich irritiert von der weiblichen Erscheinungsform seines jungen Kollegen, was Crispin zum Schmunzeln brachte.

»Mister Westbrook«, betonte der Doktor. Er holte sein Notizbuch heraus und blätterte zum letzten Eintrag. »Was bedeuten diese Worte?« Er verfiel in eine Art herrischen Singsang und spie dabei abgehackte Silben aus. Als er fertig war, sah er Freddie mit zusammengekniffenen Augen erwartungsvoll an.

»Sollte das Chinesisch sein?«, fragte sie zögerlich.

»Ja, genau. Was bedeutet es?«

»Können Sie es noch mal sagen?«

Erneut verwandelte sich Doktor Pebsworth quasi in eine andere Person, als er mit fremder Stimmlage intonierte und dabei von seinem Block ablas. Er musste es noch mehrere Male wiederholen, dann seufzte Freddie.

»Tut mir leid. Die einzigen beiden Wörter, die ich verstehen konnte, waren *nicht töten*. Der Rest erschließt sich mir nicht. Aber das ist auch kein Wunder, die chinesische Sprache ist wahnsinnig kompliziert, und es kommt auf Nuancen bei der Betonung an, die für westliche Ohren fremd sind. Wer hat das gesagt?«

»Mein Freund Albert, der chinesische Arzt, zu seiner Mitarbeiterin.«

»Und das haben Sie sich bis hierher gemerkt? Respekt, Doktor Pebsworth.« Wenn Crispin einen Hut aufgehabt hätte, hätte er ihn gelüpft. Er selbst konnte sich an keine einzige Silbe erinnern, geschweige denn an den ganzen Satz. »Albert behauptete, er hätte Mi in die Pause geschickt.«

Freddie schüttelte energisch den Kopf. »Das mit absoluter Sicherheit nicht. Kann ich es noch mal hören, bitte? Mir kommt es nicht so sehr auf die Buchstaben an, als vielmehr auf die Art und Weise, wie Alberts Stimme dabei klang. Ich habe den Eindruck, das können Sie gut nachmachen, Doktor Pebsworth. Versuchen Sie, ihn so präzise wie möglich zu imitieren.«

Sie schloss die Augen und hörte sich ein letztes Mal den Satz an, dann klopfte sie dem Doktor auf die Schulter und sagte: »Hervorragend. Ich bin mir sicher, dass Albert Mi befahl, irgendetwas oder irgendjemanden nicht zu töten. Es war keine Bitte und auch keine Befürchtung, sondern eine klare Anordnung.«

»Dann haben wir keine Zeit zu verlieren.« Der Doktor stand auf und blickte auf den sitzenden Lord Philip hinab. »Ich darf Sie auffordern, sich umzuziehen und mitzukommen, wir brauchen jeden Mann. Hiermit erkläre ich Sie offiziell für einsatzfähig.«

Lord Philip verzog das Gesicht. »Bin ich der Einzige hier, der nichts versteht?«

»Mister Fox und ich haben meinem Freund Albert heute die Fotografie von Zhen gezeigt. Er behauptete, den jungen Mann noch nie gesehen zu haben. Es schmerzt mich, das zu sagen, aber ich bin mir sicher, dass er gelogen hat. Und als seine Angestellte, diese Mi, das Bild sah, stand in ihrem Gesicht das nackte Entsetzen. Daraufhin wies Albert sie an, nicht zu töten, wie Mister Westbrook eben übersetzte. Ich befürchte, Liu Zhen ist in einer der Opiumhöhlen in Limehouse untergetaucht. Dort haben wir noch nicht gesucht. Albert hat ein mitleidiges Herz für seine süchtigen Landsleute und kümmert sich oftmals um die Menschen dort. Ich wette, er weiß, wo Zhen ist.«

»Und wenn wir uns nicht beeilen, kommt diese Mi uns vielleicht zuvor. Fraglich, ob sie sich an die Anweisungen ihres Arbeitgebers hält«, führte Crispin den Gedanken fort.

Lord Philip stand auf. »Geben Sie mir fünf Minuten, wir können sofort losfahren.«

»Ich komme auch mit!«, rief Freddie.

»Nein!«, schallte es einvernehmlich aus drei Mündern, und Lord Philip führte es genauer aus: »Du wirst auf keinen Fall in den Sumpf der Opiumhöhlen eintauchen. Du bleibst im Haus.«

»Aber ich spreche Chinesisch.«

»Das ist mir egal. Wenn du dich dieses Mal nicht an meine Anweisungen hältst und nicht hier bist, wenn ich zurückkomme, ist deine Mitgliedschaft im Sebastian Club beendet.

Ebenso wie dein Aufenthalt unter meinem Dach. Habe ich mich klar ausgedrückt?«

»Ja, Onkel Philip.«

Crispin tat Freddie leid. Er wusste, wie gerne sie dabei gewesen wäre, wie sie darauf brannte, sich zu beweisen, besonders nach ihrem unglücklichen Alleingang.

Sie begleitete die Herren zur Tür, und als sie hinausgingen, drückte Crispin kurz Freddies Hand, ohne dass die anderen dies sahen, und schenkte ihr ein aufmunterndes Lächeln. Er hoffte wirklich, sie würde nichts Unüberlegtes tun.

Shadwell

Der sonnige Tag war in einem stürmischen Regenguss ausgeklungen, der empfindliche Kälte mitbrachte. Jeder Londoner, der nicht unbedingt draußen sein musste, suchte im Warmen Schutz, besonders jetzt, wo es nicht nur nasskalt, sondern auch noch dunkel war. Den bedauernswerten Kutschern nützte das freilich nichts, die waren immer im Einsatz, genau wie die Ermittler des Sebastian Club. Professor Brown war eilig zur Unterstützung herbeigerufen worden, damit zwei Gruppen gebildet werden konnten, um Zeit zu sparen. Er hatte zusammen mit Lord Philip ein paar Opiumhöhlen in Limehouse durchsucht, ebenso wie Doktor Pebsworth mit Crispin Fox.

»Wie, mehr gibt es nicht?« Konsterniert drückte sich Lord Philip in den Eingang eines nun geschlossenen Ladengeschäfts an der Commercial Road. Crispin hielt derweil Ausschau nach einer Droschke.

»Ich dachte, Limehouse wäre voll von Opiumhöhlen, und diese wiederum überfüllt mit Chinesen, aber was ich heute gesehen habe, war geradezu überschaubar. Leider keine Spur von unserem Mister Liu Zhen.« Er schauderte, als eine Windbö prasselnden Regen auf ihn trieb.

»Wir fahren nach Shadwell«, verfügte der Doktor. »Wenn er nicht hier ist, muss er dort sein.«

Endlich gelang es Crispin, eine Kutsche aufzuhalten, und die Herren kletterten dankbar hinein. Shadwell lag am Ufer der Themse zwischen Limehouse und Whitechapel. In der Gegend hatten viele der chinesischen Matrosen und Seeleute ihre Unterkünfte. An der Einfahrt zur Martineau Street stiegen sie aus. Die Häuser sahen im nächtlichen Regen reichlich heruntergekommen aus, daher war Lord Philip überrascht, als sie eines davon betraten, dessen Eingangsbereich wie die Rezeption eines einfachen Hotels wirkte. Hinter einem Stehpult stand eine große Frau mit rostrotem Haar, das von ersten grauen Strähnen durchzogen war, runden blauen Augen und einem sehr langen Hals.

»Guten Abend, meine Herren«, sagte sie mit einem unverkennbar irischen Akzent. »Sie wünschen?«

»Sind Sie Chinese Emma?«

Die Frau nickte. Doktor Pebsworth kramte zum wiederholten Mal an jenem Tag die Fotografie von Zhen hervor und erklärte: »Wir sind Privatermittler und suchen diesen Mann.«

»Und ich betreibe eine Pension und kein Auskunftsbüro.«

Professor Brown hielt ihr ein paar Geldstücke hin. Sie warf einen abschätzigen Blick darauf. »Zwei Bob, dafür gibt's hier nicht viel.«

»Wenn wir mit Ihrer Auskunft zufrieden sind, verdopple ich die Summe.« Professor Brown nickte dem Doktor zu, der daraufhin weitersprach. »Ich habe gehört, dass Sie unter Ihrem Dach nicht nur eine Pension für Seeleute beheimaten, sondern auch Kartentische und einen Rauchsalon.«

»Rauchsalon«, äffte sie ihn nach. »Sie reden aber geschwollen. Kann schon sein, dass es bei mir so was gibt.«

»Und wo finden wir nun den jungen Herrn?«

Sie streckte die Hand aus und ließ sich die beiden Shillingstücke inklusive zwei weiterer geben, dann steckte sie alles ein und deutete mit dem Kopf auf die Stiege, die nach oben führte. »Karten gespielt wird hier im Keller. Der, den Sie suchen, ist im ersten Stock.«

Zu Philips Erstaunen befand sich dort, und nicht wie er es erwartet hätte im Souterrain, die sogenannte Opiumhöhle. »Rauchsalon« wäre nun wirklich ein hochtrabender Begriff dafür gewesen, aber »Höhle« tat dem Ganzen auch unrecht. Eher sah es aus wie eine leere Wohnung, in der außer zahlreichen niedrigen Pritschen keine Möbel standen. Tücher an

Wänden und Decke erweckten einen exotischen Eindruck und täuschten über die abgewohnten Räume hinweg. Vereinzelte Öllampen und Kerzen spendeten schummriges Licht und dienten gleichzeitig den Rauchern als Hitzequelle. Einige der Liegen waren besetzt, ausschließlich Asiaten hatten sich dort ausgestreckt. Sie sogen an langen Pfeifen. Opiumschwaden machten die Luft schwer. Auf einem der Betten, zu Füßen eines alten, ausgemergelten Mannes, lag eine Katze, die ebenso apathisch wirkte wie die menschlichen Süchtigen. Lord Philip bemerkte, dass im hintersten Zimmer eine Liege stand, neben der keine Opiumpfeife lag. Der Mann darauf hatte sich zur Wand gedreht und schien zu schlafen. Die anderen Konsumenten in diesem Raum hatten gerade erst mit dem Rauchen begonnen, sie lagen bequem auf der Seite und hielten ihre Pfeifen über die Flammen. Langsam näherte sich Lord Philip dem letzten Bett und beugte sich über den darin Liegenden. Es war Zhen. Schweiß stand auf seinem blassen Gesicht, er hatte Fieber, war aber nicht im Opiumrausch.

»Haben Sie mich also gefunden«, stieß er mühsam hervor. »Was wollen Sie?«

»Ihnen helfen. Sie müssen mit uns kommen. Doktor Pebsworth wird sich um Sie kümmern.«

»Ich brauche den Sebastian Club nicht.«

»Da irren Sie sich. Sie sind in Gefahr, man will Sie töten.« Lord Philip winkte Crispin herbei, und gemeinsam halfen sie Zhen, sich aufzusetzen. Dabei bemerkten sie, dass die Wunde wieder blutete und den Stoff des Hemdes durchtränkt hatte.

»Was Sie nicht sagen. Darauf wäre ich nie gekommen.«

»Jetzt ist keine Zeit für Sarkasmus. Wir müssen zusehen, dass wir hier herauskommen. Wenn wir Sie finden konnten, gelingt das anderen auch.«

»Sie haben ihn, das ist gut.« Doktor Pebsworth beäugte seinen Patienten besorgt, ließ aber zu, dass Lord Philip und Crispin sich jeweils einen seiner Arme um die Schultern legten und ihn so gestützt ins Treppenhaus bugsierten. Dabei stöhnte Zhen schmerzerfüllt auf.

Im Erdgeschoss, hinter ihrem Stehpult, erwartete sie Chinese Emma. »Verlassen uns die Herren bereits wieder?«, fragte sie mit einem süffisanten Grinsen. Sie hatte noch nicht richtig zu Ende gesprochen, da flog die Tür auf, und Wu Bai und Mi stürmten herein.

Lord Philip erfasste die Lage mit einem Blick. Im engen Foyer gab es keinen Fluchtweg. Lediglich er selbst, Zhen und Crispin standen neben Chinese Emma, die zwei anderen Herren drängten sich noch auf den letzten Treppenstufen. Vor ihnen versperrten Mi und Wu Bai den Weg nach draußen, beide hielten Messer in der Hand. Dabei handelte es sich um schlanke, dolchartige Exemplare, keine Schmetterlingsschwerter.

»Lassen Sie ihn los«, befahl Wu Bai mit chinesischem Akzent, aber in völlig korrektem Englisch. Er deutete auf Zhen.

»Er ist zu schwach, er kann nicht alleine stehen«, versuchte es Philip.

»Loslassen!«

»In Ordnung. Wir lehnen ihn hier seitlich an das Pult.« Er half Zhen dabei, sich mit einem Arm abzustützen, und hoffte, er würde nicht umfallen.

»Treten Sie zurück. Die Frau auch.«

Chinese Emma kam dem nur allzu gerne nach; geschwind drückte sie sich an Professor Brown und dem Doktor vorbei und entschwand in eines der oberen Stockwerke. Von ihr war keine Unterstützung zu erwarten. Crispin und Lord Philip stellten sich zu den anderen beiden auf die ersten Treppenstufen.

»Er mitkommen«, sagte Mi knapp und dann höchstwahrscheinlich dasselbe noch einmal auf Chinesisch zu Zhen.

Das wäre Zhens sicherer Tod. Um Zeit zu gewinnen, fragte Lord Philip: »Warum wollen Sie ihn mitnehmen? Was hat er Ihnen getan?«

In Wu Bais Blick stand unverhohlener Hass. Lord Philip

wunderte sich, wie jung der Pirat war und welch feine Gesichtszüge er hatte. Was war in seinem Leben passiert, das ihn derartige Härte gelehrt hatte?

»Das weiß er.«

»Aber wir wissen es nicht.«

»Es geht Sie auch nichts an.«

Nun begann Zhen zu sprechen. »Wu Bai glaubt, ich hätte Schuld daran, dass er sein Glück verloren hat.«

»Das glaube ich nicht, davon bin ich überzeugt.«

»Du irrst dich.«

»Es war dein Vater, Liu Wen, gemeinsam mit diesem Teufel Hu Yong. Für die Familie Hu hat ihre Tochter bezahlt, und für die Familie Liu wird es ihr Sohn tun.«

»Was hast du vor? Willst du mich auch mit der Pest anstecken wie Lien und abwarten, bis ich elends sterbe, du Feigling?« Zhen wurde von einem Hustenanfall geschüttelt und spuckte Blut. Als er sich mit dem Handrücken über den Mund wischte, griff er mit der anderen Hand in seine Tasche und zog eine Pistole hervor. In einer einzigen Bewegung legte er an, zielte auf Wu Bais Brust und drückte ab.

Mi konnte sich gerade noch vor ihn stürzen und fiel getroffen zu Boden.

»Nein!«, schrie Wu Bai. Aus einer Wunde an Mis Hals strömte unaufhörlich Blut in pulsierenden Wellen. Wu Bai sank neben sie, warf sein Messer weg und versuchte mit den Händen die Blutung zu stoppen. Doktor Pebsworth schubste den vor ihm stehenden Crispin beiseite und stürzte dazu.

»Ich bin Arzt«, schnappte er Wu Bai knapp an, legte seine Hände auf die des Chinesen und übte mit ihm zusammen Druck aus. Trotzdem strömte das Blut weiter.

»Es nützt nichts«, sagte der Doktor leise. »Ihre Halsschlagader wurde durchtrennt.«

Mi, die vergeblich versucht hatte, nach Luft zu schnappen, verdrehte die Augen, bis nur noch das Weiße darin sichtbar war. Dann wurde sie ganz still, und der Fuß, der eben in einem letzten Krampf gezittert hatte, erschlaffte. Lord Philip sah, wie groß die Lache war, in der die Tote lag, und atmete kurz durch.

Wu Bai stieß einen Schrei aus, der dem eines gequälten Tieres ähnelte. Er sprang auf und wollte sich auf Zhen stürzen, rutschte aber in Mis Blut aus. Lord Philip und Doktor Pebsworth packten ihn und hielten ihn fest.

Zhen nutzte die Gelegenheit und verschwand durch die Haustür hinaus in die Nacht. Entweder war er längst nicht so schwach, wie er die Herren hatte glauben lassen, oder er mobilisierte seine letzten Kräfte. Lord Philip versetzte dies in höchsten Alarmzustand. Er hatte ein schreckliches Gefühl, musste aber seine volle Aufmerksamkeit wieder Wu Bai widmen, der sich wie ein wilder Stier gebärdete, zweifellos Flüche auf Chinesisch ausstieß und ihm und dem Doktor alles abverlangte, um ihn am Losreißen zu hindern. Da flog erneut die Tür auf, und vier uniformierte Polizisten erschienen wie aufs Stichwort, hinter ihnen Inspektor Woodard. Dagegen hatte selbst Wu Bai keine Chance.

Die Männer verfrachteten ihn hinaus und in einen Gefangenenwagen der Metropolitan Police und fuhren auf Befehl des Inspektors davon.

»Was machen Sie hier?«, rief Professor Brown fassungslos aus. »Woher wussten Sie, dass wir hier sind und Hilfe benötigen?«

Woodard nahm den Hut vom Kopf und schüttelte die Wassertropfen darauf aus. »Mister Westbrook kam zu uns in den Yard und verlangte, dass ich mich umgehend mit Verstärkung nach Limehouse begebe, um einen Chinesen festzunehmen, der mehrere Leute auf dem Gewissen hätte und eine Gefahr für seine geschätzten Clubkollegen darstellte. Zuerst war ich ja skeptisch, aber als er mir die Sache schilderte, sah ich zu, dass ich in die Puschen kam. Auf Anhieb gefunden habe ich Sie natürlich nicht. Das ist der dritte Opiumsalon, bei dem wir es versuchen, und wie es aussieht, sind wir keine Sekunde zu früh gekommen.«

»Freddie«, murmelte Lord Philip vor sich hin.

Inspektor Woodard warf einen Blick auf die Tote am Boden. »Wer ist das?«

»Ihr Name ist Mi«, sagte Crispin. »Sie arbeitete im Laden eines gewissen Doktor Kuo in der Trinidad Street nicht weit von hier. Und wie es aussieht, stand sie wohl in einer engen Beziehung zu Wu Bai, dem Herrn, den Sie eben abgeführt haben. Ich vermute, sie war seine Geliebte oder Ehefrau.«

»Hat er sie getötet?«

»Oh nein. Das war Mister Liu Zhen, ein anderer Chinese, der sich bereits von hier entfernt hat, weil Wu Bai es auf ihn abgesehen hatte. Er wollte eigentlich Wu Bai erschießen. Mi rettete ihrem Partner das Leben.«

Der Inspektor kratzte sich am Kopf. »Ich möchte Sie alle morgen früh bei mir im Büro sehen, um Ihre Aussagen aufzunehmen. Vielleicht verstehe ich dann mehr, jetzt erschließt sich mir das Ganze nicht einmal ansatzweise. Sie können gehen, Gentlemen.«

»Danke, dass Sie gekommen sind.« Professor Brown klopfte ihm im Vorbeigehen auf die Schulter.

»Danken Sie nicht mir, danken Sie Mister Westbrook. Wenn er und seine abstruse Geschichte nicht gewesen wären ...«

Doktor Pebsworth blickte auf seine blutverschmierten Hände und schüttelte resigniert den Kopf. Es hatte ihn sicher mitgenommen, die junge Frau nicht retten zu können. Lord Philip reichte ihm sein Taschentuch. Es würde bei Weitem nicht ausreichen, um das ganze Blut abzuwischen, aber es war wenigstens eine nette Geste.

Weder die Gentlemen noch der Inspektor bekamen mit, dass der Polizeiwagen bei seiner Fahrt durch Limehouse aufgehalten wurde. In den nächtlichen, regennassen Straßen setzten ein paar von Albert zusammengetrommelte, schwarz gekleidete, vermummte Gestalten sowohl Kutscher als auch Wachmannschaft außer Gefecht, und der Gefangene verschwand in der Dunkelheit. Er lief nach Westen in Richtung des Stadtzentrums, wo auch Belgravia lag.

Belgravia

Freddie hatte den Eindruck eines Déjà-vus. Nur dass Zhen dieses Mal nicht an der Vordertür geläutet hatte wie bei seinem ersten Auftauchen, sondern ans Fenster des Salons klopfte, in dem sie über einem Buch gesessen und auf ihren Onkel gewartet hatte. Er sah ebenso zerlumpt aus wie beim letzten Mal, schlimmer noch, denn sein Hemd war blutig, und er hielt eine Waffe in der Hand.

»Du lieber Gott, was ist geschehen?«

»Ich habe Wu Bais Frau erschossen.«

Erschrocken zuckte Freddie zusammen und versuchte, ruhig zu bleiben. Wu Bai hatte eine Frau? Warum hatte Zhen sie getötet? Was wollte er hier? Sie rang um Worte. »Das ist schrecklich. Aber dir geht es nicht gut. Deine Wunde ist anscheinend wieder aufgegangen, du hast Blut verloren und brauchst Hilfe. Wenn du möchtest, klingle ich nach Lewis, und er wird ...«

Zhen entsicherte die Waffe und richtete sie auf Freddie. »Du wirst den Butler nicht rufen.«

»In Ordnung. Dann lass mich deine Verletzung ansehen.«

»Das ist jetzt unwichtig.« Er wirkte verärgert. »Ich muss sofort weg aus London.«

Sie deutete zum Fenster. »Draußen herrscht ein Unwetter. Das wird schwierig werden heute Nacht. Wo ist mein Onkel, haben er und die anderen dich gefunden?«

»Ja, die Bluthunde haben meine Fährte erschnüffelt. Warum müsst ihr Engländer euch in alles einmischen? Könnt ihr uns nicht einfach in Ruhe lassen?«

Sprach Zhen im Delirium? Hatte er Fieber? Freddie verstand nicht, was er meinte, aber sie spürte, dass er kurz davor war, die Kontrolle über sich zu verlieren.

»Du hast uns um Hilfe gebeten, weißt du das nicht mehr?«

»Kann schon sein.«

»Ich weiß es noch genau. Ganz erschöpft warst du von deiner langen Reise, als du hier ankamst. Schmutzig und zerlumpt. Ich glaube, du hast uns allen etwas vorgemacht.«

»Was soll das heißen?«

Unauffällig sah sich Freddie im Raum um. Der einzige Gegenstand, der annähernd als Waffe infrage kam, war der Brieföffner, den sie vorhin für Tante Perrys Brief verwendet hatte, der mit der Abendpost gekommen war. Aber der lag auf dem Tisch neben dem Sofa, und sie stand in der Nähe der Tür. Wo sie eigentlich auch bleiben sollte, falls sie sich eine Fluchtchance wahren wollte. Sie versuchte ihr Herzklopfen unter Kontrolle zu bekommen und atmete bewusst langsam.

»Dass mir dein aufgelöstes Erscheinen von Anfang an seltsam vorkam. Warum solltest du mit zerrissener Kleidung in London ankommen, selbst wenn die Reise weit war? Und dann der Schlamm an deinen Schuhen, das war ein wenig dick aufgetragen. Den gibt es im Erster-Klasse-Bahnabteil nicht. Aber unten an der Themse. Ich war so dumm und habe zu lange gebraucht, um dich zu durchschauen.« Nun setzte sich Freddie doch in Bewegung in Richtung Sofa, während sie weitersprach. »Du kamst nicht aus Hongkong, nicht wahr? Du warst bereits hier in London, stimmt's?« Ein riskantes Spiel. Vielleicht war es nicht gut, ihn zu reizen, aber sie musste ihn ablenken und außerdem erfahren, ob sie mit ihrem Verdacht richtig lag.

Er nickte. »Ich habe schon früher immer zu meinem Vater gesagt, Freddie Westbrook ist viel zu schlau für ein Mädchen. Es stimmt, ich war hier in der Stadt, als mir Vater telegrafierte und meinte, es wäre von äußerster Wichtigkeit, die Ermittler des Sebastian Club so schnell wie möglich nach Hongkong zu zitieren. Immerhin ging es um Liens Leben.«

»Was hast du in London gemacht?«

Er zuckte mit den Schultern. »Mich ums Geschäft gekümmert. Um die Warenhalle an der Anchor Wharf.«

»Dort stand aber noch das alte Kontor. Es brannte erst ab, als wir bereits unterwegs waren.«

Zhen grinste. »Ganz so schlau sind die Herren Detektive dann wohl doch nicht. Das Kontor gehörte uns schon immer. Meinem Vater und Mister Hu. Dieser verdammte Wu Bai hat es angezündet. Nicht persönlich, er war zu dem Zeitpunkt in Hongkong, seine Frau erledigte das. Die trieb seit einiger Zeit ihr Unwesen in London und versuchte unserem Unternehmen zu schaden, wo sie nur konnte. Gott weiß, wieso, die beiden scheinen absolut verrückt zu sein. Lai Choi Mi hat auch Laoshu und dessen Helfer auf dem Gewissen. Als ob uns das aufhalten würde.« Er machte eine wegwerfende Handbewegung.

»Moment – Lai Choi Mi? Mi? Die Frau, die Doktor Kuo in seinem Laden zur Hand geht? Das war Wu Bais Frau, und du hast sie umgebracht?«

»Es ließ sich nicht vermeiden. Sie hatte es verdient. Immerhin, ein paar Wochen nach ihrem gemeinen Anschlag ging es mit einem neuen Warenlager und neuen Männern weiter. Wir gaben dem Kontor einen chinesischen Namen, damit es besser zu unserem Hong passte.«

»Aber ich dachte, das alte Kontor war ein Umschlagplatz für Schmuggelware und Drogen. Sicher nichts, womit deine Familie handelt.«

»Wieso nicht? Die Engländer überschwemmen mein Land mit Opium. Weißt du eigentlich, wie viele Millionen Chinesen süchtig danach sind und wie viel Leid ihr über uns bringt, nur um euch zu bereichern? Ist es da nicht nur gerecht, ein wenig davon mit freundlichem Gruß zurückzuschicken?« Zhen musste husten, und in seinem Mundwinkel erschien etwas Blut. Freddie nutzte den Moment, um endgültig zur Couch zu gelangen.

»Was machst du da?«, herrschte er sie an.

Sie setzte sich und nahm unauffällig den Brieföffner an

sich. »Ich wollte mich hinsetzen, aber wenn es dir lieber ist, stehe ich wieder auf.« Damit erhob sie sich und verkürzte die Distanz zu Zhen ein wenig. »Was ist nur mit dir geschehen? Wo ist der Junge, der mein bester Freund war, der, mit dem ich Pferde stehlen konnte? Der Mann, der vor mir steht und mich mit einer Pistole bedroht, hat nichts mehr mit ihm gemeinsam. Wir sind doch zusammen aufgewachsen, wie Geschwister beinahe.«

»Oh, wie selbstgerecht, Freddie. Hast du dir eigentlich einmal überlegt, warum wir überhaupt Freunde werden konnten?«

»Weil wir Nachbarn waren.«

»Ja, genau. Weil deine englische Tante und du in einer Villa auf einem Berg residierten, auf dem sie nichts zu suchen hatten. Meine Familie fühlt sich ausgegrenzt von den vielen Engländern, die sich dort breitgemacht haben. Sie geben uns das Gefühl, wir sollten uns zu den restlichen Chinesen hinunter in die Stadt gesellen und ihnen die gute Luft auf dem Berg überlassen. Dabei gehörte einst alles uns und nicht euch Eindringlingen.«

»Dann waren wir nie wirkliche Freunde? Geht es darum? Dass Hongkong Kronkolonie wurde? Ich bitte dich, Zhen, das ist doch lächerlich.«

»Lächerlich? Als Kind erkannte ich noch nicht, dass zwischen den menschenverachtenden Fremden aus dem Westen und uns Chinesen niemals Freundschaft herrschen kann, weil sie nur danach trachten, uns zu unterdrücken und zu demütigen. Mein Vater und Mister Hu haben mir die Augen geöffnet.« Nun sah er wirklich wütend aus. Er zielte mit der Waffe auf Freddies Kopf und befahl ihr, sich auf das Sofa zu setzen. »Jetzt wirst du dir den Rest der Geschichte anhören, vielleicht verstehst du es dann.«

Es erschien Freddie, als hätte Zhen eine Ewigkeit gesprochen. Dabei waren es nur Minuten gewesen, bis er sie schließlich gezwungen hatte, ihm Geld und Wertsachen auszuhändigen, und in der Nacht verschwunden war. Wie ein gemeiner Dieb. Freddie schwankte zwischen Wut und Angst. Wut auf sich, weil sie den schwer angeschlagenen Zhen nicht überwältigt hatte. In seinem Zustand hätte sie es schaffen können, trotz Waffe, doch sie hatte ihn ziehen lassen. Wut auf ihren Onkel, der ihr aufgetragen hatte, allein zu Hause zu bleiben. Wäre sie mit den anderen zusammen gewesen, wäre ihr diese schreckliche Situation erspart geblieben. Und Angst, weil sie in Zhens Augen gesehen hatte, dass er sich völlig verändert hatte, zu einem Fremden geworden war, der jene Eigenschaften verdrängt hatte, die ihn einmal als Freund ausgezeichnet hatten.

Aber jetzt wusste Freddie wenigstens alles, und die Dinge ergaben einen Sinn, einen grausamen, grotesken und abscheulichen. Sie hatte das Gefühl, nicht genügend Luft zu bekommen, daher rannte sie hinaus, die Stufen der Veranda hinab und durch das nasse Herbstlaub in den Garten. Es regnete immer noch, und sie würde bestimmt krank werden, wenn sie nicht umgehend zurück in den warmen Salon ging, doch in diesem Moment brauchte sie die Kälte und den Wind, um sich wieder zu spüren. Sie schluchzte auf und schlug mit der Faust gegen einen Baumstamm, bis der Schmerz in ihren Fingern sie zur Besinnung rief.

Mit völlig durchnässtem Haar und Kleid stapfte sie zur Veranda, da nahm sie aus dem Augenwinkel eine Bewegung wahr.

»Sie kommen zu spät«, sagte sie tonlos, als Wu Bai behände von der Gartenmauer sprang und auf sie zutrat. »Viel zu spät.«

»Warum haben Sie keine Angst vor mir?«, fragte Wu Bai, und Freddie musterte ihn von oben bis unten. Sie waren beide völlig durchnässt, doch das Wasser hatte nicht alles Blut von ihm abwaschen können. Sie vermutete, dass es von Mi stammte, hoffte, dass ihr Onkel und die anderen unverletzt waren. Er sah tief bestürzt aus, kein Wunder, machte jedoch einen wesentlich weniger hasserfüllten Eindruck als Zhen. Freddie hatte nun zurück zu ihrer inneren Ruhe gefunden. Sie bat den Chinesen hinein in den Salon, dann standen sie vor dem Kaminfeuer und taxierten einander.

»Die habe ich, wenn Sie das beruhigt. Liu Zhen war eben hier, aber das wissen Sie wahrscheinlich, deswegen sind Sie schließlich gekommen, um ihn zu stellen, nicht wahr? Er erzählte mir eine Geschichte, in der Sie vorkamen.«

»Wo ist er?«

»Gegangen. Nachdem ich ihm Wertsachen aushändigen musste, mit denen er sich eine Passage zurück nach Hongkong kaufen wird. Falls er es schafft, denn er ist schwer verletzt. Außerdem wird er damit ohnehin bis morgen früh warten müssen. Heute Nacht gehen keine Züge mehr nach Dover.«

»Leider habe ich ihn am Bahnhof in der Cannon Street nicht richtig getroffen.«

Traurig schüttelte sie den Kopf. »All das Blutvergießen, die vielen Toten. Wird es nie ein Ende haben?«

»Erst wenn Liu Zhen tot ist. Was hat er gesagt?« Sie sprachen Chinesisch miteinander.

Freddie nahm auf dem Sofa Platz, kerzengerade saß sie, lediglich auf der vorderen Kante, jederzeit bereit aufzuspringen. Sie bedeutete Wu Bai, sich ebenfalls zu setzen, doch er schüttelte den Kopf und sah stattdessen nervös nach der Tür.

»Wir sind alleine«, versicherte ihm Freddie. »Mein Onkel und die anderen Gentlemen werden noch ein wenig brauchen, bis sie hier sind, aber das wissen Sie, denn Sie haben sie ja in Shadwell getroffen. Jedenfalls, Zhen erzählte mir, dass seine Familie und die Familie Hu bereits vor zwei Jahren ihre Kräfte bündelten und sich zu einem großen Hong verbanden. Inoffiziell und ohne dass die britischen Behörden davon wussten. Zusammen wollten sie wenigstens wirtschaftlich den Besatzern entgegentreten, die Hongkong knechteten – so formulierte Zhen es. Die ganze Zeit über, als ich in Hongkong lebte, dachte ich, die Lius wären unsere Freunde, dabei verachteten sie mich und meine Tante. Vor etwa einem Jahr traten Sie dann überraschend auf. Sie begannen damit, die Schiffe der Hus und der Lius zu kapern. Sie richteten Chaos in ihren Warenhäusern an und vereitelten Geschäfte, unter anderem mit Jardine, Matheson & Co. Sie kosteten das neue Hong viel Geld. Als Sie schließlich Hu Lien entführten, überschritten Sie eine Grenze und mussten zur Strecke gebracht werden.«

»Daher hat man den Sebastian Club eingeschaltet?«

Freddie nickte.

»Sie sind ein Mensch mit vielen Gesichtern, Freddie«, sagte Wu Bai.

»Wie meinen Sie das?«

»In meiner Welt müssen sich Frauen nicht als Männer verkleiden, um etwas zu bewirken. Dazu sind wir Tanka zu arm, bei uns wird jeder so, wie er ist, gebraucht, um zu überleben. Ich werde meiner Tochter beibringen, dass sie als Frau ebenso viel wert ist wie der vornehmste der Männer.«

Es überraschte Freddie zu hören, dass Wu Bai Vater war. Bisher hatte sie ihn als draufgängerischen Piraten betrachtet, Ehefrau und Kind passten dazu nicht. Die innere Ruhe, um die sie sich so sehr bemühte, wich einem flauen Gefühl. Sie wusste nichts. Hatte nichts unter Kontrolle. Und wieso war Onkel Philip noch nicht hier? Sicherlich musste er jeden Moment kommen. Wenn sie Wu Bai noch ein wenig hinhielt, könnte er seiner vielleicht habhaft werden, und die Sache hätte ein Ende.

»Ihre Verkleidung im Hafen von Aberdeen war gut, ich hätte sie nicht durchschaut.«

»Wieso ...«

»Weil unser Aufeinandertreffen ein abgekartetes Spiel war. Denken Sie allen Ernstes, ich suche so nach neuen Helfern? Mein Leben hängt davon ab, den Menschen vertrauen zu können, mit denen ich zu tun habe. Nein, ich wusste, dass Sie und Liu Zhen da sein würden.«

Nun fing Freddies Herz an zu rasen. »Was wollen Sie von mir?«, stieß sie hervor. »Was wollen Sie hier?«

Er lächelte dünn. Nun setzte er sich ebenfalls und rutschte so nah an Freddie heran, dass sich ihre Beine berührten. Er beugte sich zu ihr und sog hörbar die Luft ein. »Ihre Haut duftet«, flüsterte er. »Wie eine fremde Blume. Eigentlich kam ich, um Liu Zhen zu töten, aber dazu ist morgen noch immer Zeit. Ich erzähle Ihnen jetzt, was wirklich geschah, und Sie werden wissen, dass es die Wahrheit ist, wenn ich fertig bin. Danach kommen Sie mit mir. Sollte ich Liu Zhen nicht aufspüren, werden Sie mein Pfand sein, bis Ihr Onkel ihn mir übergibt.«

Ohne auf ihre Reaktion zu warten, sprach er weiter. Völlig verkrampft saß Freddie da. Zunächst drehten sich all ihre Gedanken darum, wie sie ihm entkommen könnte, doch dann wurde sie in seine Geschichte hineingezogen, musste ihm zuhören, jedes seiner Worte aufsaugen, weil alles in ihr danach brannte, die Wahrheit zu kennen.

Als er fertig war, wurde es still. Das Holz im Kamin war heruntergebrannt, der Regen trommelte gegen die Scheiben, und das warme, sichere, komfortable Stadthaus am Wilton Crescent kam Freddie plötzlich vor wie ein Trugbild.

»Es tut mir leid«, sagte sie leise.

»Ich brauche Ihr Mitleid nicht!« Wütend sprang Wu Bai auf und zog Freddie mit sich hoch. »Und jetzt kommen Sie!«

»Nein!« Sie riss ihr Handgelenk aus seinem Griff, mit der anderen Hand zog sie den Brieföffner hervor und wollte nach ihm stechen. Doch Wu Bai reagierte schneller und schubste sie von sich. Dabei stolperte sie über den Teppich und fiel hin, schlug mit dem Kopf auf den steinernen Sims der Kaminumrandung auf. Ihr wurde einen Moment schwarz vor Augen. Dann spürte sie, dass jemand ihren Namen rief, es war Wu Bai.

Benommen setzte Freddie sich auf und tastete nach ihrem Hinterkopf. Sie hatte Blut an der Hand, fühlte, wie es den Nacken hinunterlief.

»Das tut mir leid.« Wu Bai kniete neben ihr, hob sie hoch und trug sie zur Couch. Beide hörten, wie die Haustür aufgeschlossen wurde und wieder ins Schloss fiel.

»Mein Onkel«, flüsterte Freddie. Sie hatte hämmernde Kopfschmerzen. »Er wird gleich hier sein. Gehen Sie!« Mit einer matten Geste wies sie auf die Verandatür.

Wu Bai blickte zwischen Freddie und dem Fluchtweg hin und her, schien seine Chancen abzuschätzen und zögerte. Dann lehnte er Freddie behutsam in die Sofapolster zurück und verschwand.

Als Lord Philip den Salon betrat, stand die Verandatür offen. Der Wind wehte Regen herein und bauschte die Vorhänge. Freddie lag auf der Couch und hielt sich den Kopf, ein rotes Rinnsal bahnte sich den Weg ihr Handgelenk hinab in Richtung Ellenbogen.

»Doktor Pebsworth!«, brüllte Philip aus voller Kraft. »Sie ist hier! Kommen Sie sofort in den Salon, wir brauchen Ihre Hilfe!«

Am Rande nahm Freddie noch wahr, wie die Gesichter von Crispin und Doktor Pebsworth über ihr erschienen, dann flatterten ihre Lider, und sie verlor das Bewusstsein.

Im Club

Die Uhr in der Eingangshalle des Sebastian Club schlug sechs, als Professor Brown daran vorbeiging und seine Taschenuhr hervorzog, um deren Korrektheit zu überprüfen. Zufrieden steckte er sie wieder ein. Draußen war es bereits stockfinster. Ein grünlich-dunkler, von Rußpartikeln durchsetzter Nebel hatte sich über die Stadt gelegt, der das Atmen schwer machte. Professor Brown dachte an die dicke Erbsensuppe mit geräuchertem Schinken, die es später beim Clubdinner als ersten Gang geben würde, und beglückwünschte sich zu dieser Wahl. Das passte ja hervorragend zum Wetter, Pea Souper draußen und Pea Soup drinnen. Er schmunzelte in sich hinein.

Als er im Smoking Room durch die Rauchschwaden der Clubmitglieder schritt, dachte er bei sich, dass schlechte Luft an diesem Tag wohl allgegenwärtig war.

Lord Cranmore sah von der Times auf und schüttelte die Zeitung, als Professor Brown an seinem gemütlichen Lehnsessel vorbeikam.

»Sind Sie besser geworden, oder waren wir das?«, fragte er mit krächzender Stimme, die wie eine Mischung aus raschelnden Herbstblättern und dem Schrei einer Dohle klang.

Der Professor überflog die Überschrift des Artikels. *Inspektor Woodard fängt Opiummörder. Scotland Yard triumphiert erneut über die Unterwelt.*

»Wir waren das«, versicherte er Lord Cranmore mit einem liebenswürdigen Lächeln.

»Das dachte ich mir. Respekt, meint Guter, weiter so. Vielleicht bringt der Sebastian Club Anstand und Moral zurück in diesen Sündenpfuhl. Die Rauschmittelüberschwemmung der Stadt zieht ohnehin schon viel zu große Kreise. Soweit ich mich erinnere, musste unser ehemaliger geschätzter Premierminister Mister Gladstone sogar seine eigene Schwester aus den Fängen des Opiums befreien.«

»Tatsächlich?« Das war neu für Professor Brown, aber sehr interessant.

Lord Cranmore bedeutete ihm, sich herunterzubeugen. »Ich habe den Eindruck, als würde sich heutzutage alles und jeder berauschen. Der Leibarzt der Königin hat angeblich ein ausgeprägtes Faible für Cannabis, wissen Sie? Nicht dass daran etwas verwerflich wäre, ich meine nur. Und alle, die sich Künstler schimpfen – seien es Maler, Musiker oder Schriftsteller –, scheinen ohne völlige geistige Umnebelung überhaupt nicht mehr kreativ sein zu können. Und wenn man bedenkt, dass der Prince of Wales sich nicht davor scheut, die Opiumhöhlen im East End zu beehren ... skandalös, skandalös. Früher, zu meiner Zeit, lagen die Dinge anders.«

»Hm, nun ja, dennoch ist keine dieser Substanzen in England verboten. Und ich persönlich bin ja der Meinung, alles mit Maß und Ziel genossen ...«

»Maß und Ziel?«, ächzte Lord Cranmore entsetzt. »Jemand, der im Opiumrausch ist, kennt weder das eine noch das andere. Haben Sie selbst einmal eine Opiumpfeife geraucht?«

Der Professor schüttelte den Kopf. »Nein, bedaure. Sie etwa?«

Nun plusterte sich Lord Cranmore empört auf und stellte fest, dass es Zeit für seinen Aperitif sei. Er trollte sich in Richtung der clubeigenen Bar, blieb die Antwort aber schuldig.

Einen Moment lang grinste Professor Brown ihm hinterher und fragte sich, wie viele pikante Geheimnisse der alte Herr wohl hütete, von denen niemand hier ahnte.

Sodann begab er sich in den abgelegenen Salon der Ermittler, wo seine Kollegen bereits auf ihn warteten.

»Mister Westbrook! Wie schön zu sehen, dass Sie wieder auf den Beinen sind. Was macht der Kopf?«

Freddie fasste sich an den Verband, den sie tragen musste. »Er schmerzt nur noch ein wenig, nicht schlimm. Glücklicherweise ist nichts Ernstes passiert, ich scheine einen regelrechten Dickkopf zu haben.«

»Meine Rede seit Langem«, warf Lord Philip ein.

»Jedenfalls hat Doktor Pebsworth die Wunde gekonnt vernäht und mir versichert, dass nicht mehr als eine dünne Narbe bleiben wird.«

»Das ist gut.« Professor Brown war erleichtert. Er hatte sich große Sorgen um sein jüngstes Clubmitglied gemacht, nicht nur weil es schwer gewesen wäre, auf Freddies Spürsinn künftig zu verzichten, sondern weil sie ihm ans Herz gewachsen war. »Sie sehen etwas verändert aus«, sagte er mit einem Fingerzeig auf ihre Frisur. Mochte sein, dass es am Verband lag.

»Ja? Schön, dass Sie es bemerken, ich trage nämlich keine Perücke.«

»Wie bitte?« Dieser entsetzte Ausruf stammte von Crispin, und der offen stehende Mund dazu ließ ihn beinahe drollig wirken.

»Natürlich, was dachten Sie denn?« Ungnädig verdrehte Freddie die Augen in seine Richtung. »Um die Verletzung versorgen und nähen zu können, rasierte Doktor Pebsworth einen Gutteil meiner Haare am Hinterkopf ab, das konnte ich so nicht lassen. Also entschied ich mich für einen modischen Herrenhaarschnitt. Praktisch bei künftigen Einsätzen für den Sebastian Club.«

»Es ließ sich nicht vermeiden«, murmelte der Doktor entschuldigend und senkte verlegen den Blick. Professor Brown verstand Freddies Begeisterung durchaus, er stellte sich das Tragen von Perücken reichlich lästig vor, doch sowohl Lord Philip als auch Mister Fox starrten sie an, als hätte sie Medusenschlangen auf dem Kopf.

»Keine Sorge, es wächst ja wieder«, beruhigte sie die

beiden. »Und meine Beweggründe für das Opfern der langen Haare waren auch für eine junge Lady völlig legitim. Die Gesundheit geht schließlich vor.«

Über diesem Thema hätten sie beinahe die eigentlichen Umstände ihres Beisammenseins vergessen, aber nun bat der Professor alle, die Ereignisse der letzten Zeit nachzubesprechen.

»Für unsere Annalen nennen wir die Angelegenheit den Fall des lachenden Kranichs, wenn niemand etwas dagegen hat«, begann er. »Und nun würde ich gerne als Erstes von Ihnen wissen, Mister Westbrook, was Wu Bai vor seiner Flucht konkret erzählte. Mister Liu Zhens Geschichte hatten Sie Ihrem Onkel bereits geschildert, die kennen wir also.«

Freddie nickte und setzte sich gerade hin, die Hände vor sich auf dem Tisch locker gefaltet. »Im Grunde genommen behauptete er, dass Zhen ein Lügner ist. Aber ich bin der Ansicht, Zhen glaubte an das, was er sagte. Er war tatsächlich der Meinung, seine Familie würde, quasi als Retourkutsche gegen die Kolonialherren, in den Opiumhandel einsteigen und deswegen Drogen nach England exportieren. Er war immer ein leidenschaftlicher, idealistischer Mensch, und ich denke nicht, dass sein Vater und Mister Hu ihm ihre wahren Beweggründe erörterten.«

»Welche waren die?«, fragte Crispin. »Geld, Geld und nochmals Geld?«

Freddie nickte. »Nackte Profitgier. Natürlich hassten sie die Engländer, aber hauptsächlich, weil sie den immensen Reichtum sahen, den die großen Taipane wie Mister Jardine zum Beispiel anhäuften. Das wollten sie ebenfalls. Daher beschlossen sie, den Opiumhandel selbst zu kontrollieren und der Konkurrenz zu schaden. Zhens Idealismus spielte ihnen dabei in die Hände, da sie ihn benutzen konnten wie eine Marionette. Das Gleiche hatten sie mit Wu Bai vor. Mister Hu und Mister Liu spekulierten darauf, dass er als Pirat sowieso nur an Geld interessiert und somit käuflich wäre. Sie engagierten ihn, um die Schiffe von Jardine, Matheson & Co.

und anderen Hongs zu kapern. Das Opium verkauften sie dann in China. Die Profite investierten sie jedoch nicht in Tee wie die Briten, sondern strichen sie einfach ein. So wurden sie zu extrem reichen Bürgern Hongkongs.«

Doktor Pebsworth rutschte ein wenig auf seinem Stuhl hin und her. »Also hatte es Wu Bai nicht auf Mister Hu und Mister Liu abgesehen? Er arbeitete für sie?«

»Das dachten sie anfangs, ja. Was die beiden Familien nicht ahnten, war, dass Wu Bai eigene Beweggründe hatte, mit ihnen zu verkehren. Er wollte Rache. Bereits in sehr jungen Jahren heiratete Wu Bai seine große Liebe Lai Choi Mi, die aus bettelarmen Verhältnissen stammte. Ihr Vater und ihre Brüder arbeiteten als Kulis für die Hus und Lius und hausten zusammen mit unzähligen anderen Tagelöhnern in Unterkünften in Tai Ping Shan.« Sie blickte die Herren kurz der Reihe nach an und setzte alsdann erklärend hinzu: »In diesem Viertel am Fuß des Berges errichteten die Taipane Behausungen für ihre Arbeiter, das hatte ich Ihnen schon einmal kurz erzählt. Alles war eng und verschachtelt, die Gassen ebenso wie die Häuser. Es gab kein frisches Wasser, keine Abflüsse auf den Straßen und keine Abwasserkanäle. Es stank erbärmlich, und wenn der Regen kam, versank man in stinkendem Matsch. In manchen der winzigen, fensterlosen Wohnungen hausten mehrere Generationen einer Familie. Es war absolut menschenunwürdig, und ich weiß nur davon, weil Zhen mich einmal bei einer unserer verbotenen Exkursionen dorthin führte. Tante Perry ahnte nichts.«

Lord Philip seufzte und verschränkte die Arme vor der Brust.

»Jedenfalls, als die Pest nach Hongkong kam, brach sie natürlich zuerst in Tai Ping Shan aus. Eines ihrer ersten Opfer war Wu Bais und Mis kleiner Sohn. Ihre Tochter, noch ein Baby, brachte er daraufhin auf eine seiner Piratendschunken und fort aus der Stadt, so überlebte sie. Als die Situation in Hongkong zusehends schlimmer wurde, rückte die britische Armee aus, genauer gesagt das 1st Battalion of the King's

Shropshire Light Infantry. Sie sollten die Infizierten aus den Unterkünften holen und in Krankenhäuser bringen und dann die Häuser säubern. Mister Hu, der immer schon Angst vor Krankheiten hatte und sehr um sein eigenes Leben besorgt war, überzeugte Mister Liu davon, dass es besser wäre, die Baracken dem Erdboden gleichzumachen, um die Pest auszumerzen, bevor sie auch noch die Hänge des Victoria Peak erklomm. Er rief die Kolonialpolizei und erklärte, es befänden sich nur Tote in seinen Unterkünften. Unter dem Kommando von Captain Irwin Brownhill wurde Feuer gelegt. Aber es waren nicht nur Leichen darin, sondern Kranke, unter anderem die Familie von Lai Choi Mi.«

Betretenes Schweigen senkte sich über den Raum. Schließlich räusperte sich Doktor Pebsworth. »Das ist entsetzlich«, sagte er.

Freddie nickte. »Hier kann man sich nicht vorstellen, welches Grauen in Hongkong herrschte. Nur deshalb war ich damit einverstanden, nach England zurückzukehren, weil ich dem Horror entkommen wollte. Es fällt mir noch immer schwer, über diese Zeit zu sprechen.«

»Wenn Wu Bai und Mi ihre Familie so verloren haben, ist es für mich verständlich, dass bei ihnen Rachegelüste aufkamen«, sagte Crispin.

»Rache ist niemals eine Entschuldigung für Mord«, kritisierte der Professor.

Aber Crispin beharrte auf seinem Standpunkt. »Das sehe ich anders. Bitte fahren Sie fort, Mister Westbrook.«

»Wu Bai wartete auf seine Chance. Die ergab sich, als Mister Liu seinen Sohn fortschickte, nach London. Mi reiste ihm heimlich hinterher, während Wu Bai in Hongkong blieb. Wegen der Pest hatten alle Verluste zu verzeichnen – die einen menschliche, die anderen wirtschaftliche. Mister Hu und Mister Liu wollten die Zeit, bis die Geschäfte wieder besser liefen, überbrücken, indem sie den Opiumabsatz in London ankurbelten. Daher schlossen sie sich mit Partnern vor Ort zusammen.«

»Captain Thurlow, Ares Christoforou und Paddy Latimer, den Cassius Arnholtz später ersetzte«, sagte der Professor.

»Richtig. Und Mister Wilson, der zwar für Jardine, Matheson & Co. arbeitete, aber sich gerne etwas dazuverdiente. Zhen leitete alles in die Wege. Wilson zweigte Ware von seinem Arbeitgeber ab und informierte Wu Bai über die Route der Handelsschiffe, Arnholtz arrangierte die Logistik in London, und Thurlow brachte alles unters Volk, beziehungsweise die oberen Zehntausend. Christoforou fungierte als Geldgeber und Importeur asiatischer Güter und schleuste alles ins Land. Mi wiederum spionierte sie aus. Eines Nachts wurde sie dabei im alten Teekontor von Laoshu entdeckt, und es kam zur Auseinandersetzung. Sie tötete Laoshu und seinen Helfer, und das Kontor fing Feuer. Kurz vor diesem Ereignis hatte Zhen von seinem Vater telegrafisch die Anweisung erhalten, uns umgehend nach Hongkong zu lotsen.«

Crispin stand auf, steckte die Hände in die Hosentaschen und lief im Zimmer auf und ab. »Etwa nur deswegen, damit wir ihnen hier nicht ins Handwerk pfuschen können?«

»Ganz genau. Aber weil sie wussten, dass wir nicht leicht zu täuschen waren, beauftragte Mister Hu Wu Bai, seine Tochter wirklich zu entführen – allerdings erst ein paar Tage vor unserer Ankunft.«

»Dieser Mistkerl!«, rief der Doktor aus. »Welcher Vater ist zu so etwas Abscheulichem in der Lage?«

Freddie zuckte mit den Schultern. »So schlug er zwei Fliegen mit einer Klappe, dachte er. In London konnten ungestört Geschäfte gemacht werden, immerhin waren finanzielle Verluste auszugleichen, und indem er Wu Bai hinterher als Entführer beschuldigte, würde er einen Partner loswerden, den er mittlerweile als potenzielle Bedrohung sah. Wu Bai verfügte nämlich über eine Flotte von fast zwanzig Dschunken und befehligte viele Männer. Zu unberechenbar für Mister Hu. Als Wu Bai vor seinen Augen Mister Wilson erschoss, fühlte er sich in seinem Verdacht bestätigt und befürchtete, dass die Entführung doch keine so gute Idee war. Zu spät, wie wir wissen.«

»Aber es stimmt, dass Wu Bai Lien tötete?«, fragte Lord Philip.

»Ja. Er infizierte sie vorsätzlich mit der Pest und legte sie im Grab jenes Mannes ab, der Mitschuld am Tod seiner Familie hatte. Zhen handelte stets gemäß den Anweisungen seines Vaters. Das Treffen mit Wu Bai in der Hafenkneipe von Aberdeen war abgesprochen gewesen, wir sollten auf die richtige Fährte gelockt werden. Aber als Lien tot war, ging ihm auf, dass Wu Bai nicht nach den Regeln spielte und außer Kontrolle war. Er wollte ihn zur Strecke bringen, auch weil er um sein eigenes Leben fürchtete. Daher kam er wieder mit nach London zurück. Praktisch für Wu Bai, der hierhergekommen war, um mit seiner Frau das weitere Vorgehen abzusprechen. Sie hätten ihr zweites Ziel hier erledigen können.«

»Am Bahnhof klappte es nicht richtig.« Crispin nahm wieder Platz. Er sah den Professor an. »Was, denken Sie, wird nun passieren?«

»Vermutlich wird Wu Bai Zhen verfolgen, und wenn er mit ihm fertig ist, wird er sich Mister Hu und Mister Liu zuwenden. Bedauerlich, tragisch, doch nichts, worauf der Sebastian Club Einfluss nehmen wird.«

Sämtliche Herren am Tisch nickten zustimmend.

Der Professor klingelte nach dem Butler und erkundigte sich, wann das Dinner serviert werden könnte. Dann ließ er für alle Aperitifs bringen, und die Gentlemen prosteten einander zu.

»Ich würde gerne noch über Freddies Ungehorsam sprechen«, sagte Lord Philip unvermittelt. »Ich hatte dir doch ausdrücklich aufgetragen, das Haus während meiner Abwesenheit nicht zu verlassen. Dennoch bist du zu Scotland Yard gefahren und hast Inspektor Woodard nach Limehouse geschickt.«

Ein Sturm von Widerworten brach unter den Gentlemen los, ein jeder war empört, dass Lord Philip Freddie dafür rügen wollte.

Beschwichtigend hob Philip die Hände, bis Ruhe einkehrte. »In diesem Fall will ich gerne zugeben, dass Freddies Weigerung, mir Folge zu leisten, eine gute Entscheidung war. Was ich eigentlich sagen wollte, ist«, nun sah er seine Nichte direkt an, »wie hast du Inspektor Woodard davon überzeugt, alles stehen und liegen zu lassen und mit Männern und Wagen ins East End zu eilen und Opiumhöhlen zu durchforsten? Immerhin dürfte ein eventueller Streit zwischen zwei Chinesen nicht weit oben auf seiner Prioritätenliste stehen.«

Ein Lächeln erschien auf Freddies Gesicht, das sich zu einem ausgewachsenen Grinsen ausweitete und Professor Brown zum Schmunzeln brachte. »Aber die Festnahme eines Mörders, der zudem Londons bessere Gesellschaft mit Drogen versorgt, dafür umso mehr.«

»Ha!« Professor Brown rieb sich die Hände. »Sie haben ihn mit Thurlow geködert.«

»Ich versprach Inspektor Woodard, wenn er sofort nach Limehouse fährt, verrate ich ihm im Gegenzug den Mörder von Ares Christoforou, Paddy Latimer und Cassius Arnholtz. Drei Männer, die zu gierig waren und deshalb ausgeschaltet wurden. Und dass diese Festnahme seinen Namen auf die Titelseite der Times bringen würde. Da konnte er nicht widerstehen. Zumal das kaputte Automobil von Mister Thurlow, das wir ausfindig machten, ein wasserdichter Beweis ist und ich ihm versicherte, dass die Polizei bei der Hausdurchsuchung mindestens ein, wenn nicht zwei Schmetterlingsmesser finden würde, mit denen Thurlow Latimer und Arnholtz ermordete.«

»Sie sind wirklich ein Pfundskerl, Mister Westbrook«, lobte Doktor Pebsworth.

»Besten Dank. Sie aber auch, Herr Doktor. Hätten Sie sich nicht so aufopfernd um die Witwe Christoforou gekümmert, hätte sie Ihnen nie erzählt, dass ihr Mann sich mit zwielichtigen Gestalten eingelassen hatte, die ihm nicht mehr geheuer waren. Weshalb er fortan alleine tätig sein wollte.«

»Ich wette, es war Inspektor Woodard ein großes Vergnügen, Captain Thurlow auszuheben«, mutmaßte Crispin.

Der Professor war geneigt, ihm zuzustimmen. »Da könnten Sie recht haben. Ich vermute, dass er sogar die Presse vorab informierte. Anders kann ich mir nicht erklären, weshalb sich ein Reporter und ein Fotograf um sechs Uhr morgens just vor dem Haus einfanden, aus dem Woodard den Opiummörder abführte, wie Thurlow mittlerweile betitelt wurde.«

»Ehre, wem Ehre gebührt«, meinte Crispin lakonisch.

»Richtig.« Professor Brown erhob sich. »Daher lassen Sie uns nun zusammen mit den anderen Clubmitgliedern ein köstliches Dinner genießen, und stoßen wir auf unseren Erfolg an.«

Auf dem Weg hinüber in den Speisesaal fragte er Doktor Pebsworth leise: »Was war mit Impy?«

Der zuckte die Schultern. »Der wurde vermutlich Opfer seines Lebenswandels. Aus der Familie konnte ich nichts herausbekommen, die haben die Reihen dicht geschlossen. Aber wenn ich alle Symptome zusammenzähle, von denen ich weiß, glaube ich nicht an eine Vergiftung, sondern daran, dass er es einfach mit den Drogen übertrieben hat und den Preis dafür bezahlte. Thurlow hat ihn bestimmt nicht auf dem Gewissen. Impy war immerhin einer seiner besten Kunden.«

»Na gut. Dann habe ich mich in diesem Punkt geirrt. Apropos Gift?«

»Ach ja, die blaue Phiole, die unserem Lord Philip verkauft wurde. Ich habe die Rückstände des Pulvers untersucht.«

»Und? Was war es? Lassen Sie sich nicht alles aus der Nase ziehen, Wallace.«

»Gloriosa superba. Die Ruhmeskrone. Ziemlich giftig. In hohen Dosen tödlich. Nicht sehr nett von Captain Thurlow, Lord Philip so etwas zu geben.«

Epilog

Am nächsten Tag erschien Professor Brown trotz leichter Kopfschmerzen – sie hatten es am Vorabend wohl ein wenig übertrieben mit dem Feiern – gewohnt früh im Club. Nach seinem morgendlichen Kaffee mit Toast und Ei setzte er sich hinter den Schreibtisch im Büro und nahm dieselben drei Fallakten aus dem Geheimfach, die er nach Beendigung der Affäre um Kassiopeias Herz schon einmal in der Hand gehabt hatte. Damals war es ihm schwergefallen, sich für eine davon zu entscheiden. Es war die dritte gewesen, die er mit einem Zeichen versehen hatte. Nun schlug er sie auf und studierte die erste Seite. Darauf klebte eine Fotografie mit einem Namen darunter – der lautete: Captain Roland Thurlow. Lächelnd klappte er die Akte zu und legte sie beiseite. Dann griff er nach der zweiten und öffnete sie ebenfalls. Ein Lageplan der Docklands befand sich darin sowie Informationen zu verschiedenen Aktivitäten eines gewissen Teekontors in der Nähe der Anchor Wharf. Zufrieden schloss der Professor auch diese Akte. Er dachte an ein Gespräch, das er auf der Reise nach Hongkong mit Lord Philip geführt hatte. Wenn sein smarter Kollege ihn damals konkret gefragt hätte, weshalb er mit ans andere Ende der Welt gekommen war, hätte er es ihm schon erklärt.

Doktor Pebsworth gönnte sich nach dem rauschenden Dinner ein wenig mehr Erholung als sein Freund Brown. Er stand erst gegen Mittag auf und beschloss dann, noch einmal in die Trinidad Street zu fahren. Dort trank er Tee mit Albert und erzählte ihm, was geschehen war. Albert zeigte sich traurig über Mis Tod. »Es mag sein, dass das *Lachender-Kranich-Kontor* durch euch einen Rückschlag erhalten hat. Aber mach dir keine Illusionen, Wallace. Falls die Hus und Lius kein Opium nach London bringen, tun es andere. Das Laster kann man nicht ausmerzen, es kommt immer wieder zurück. Wenn ich meine Runde durch die Kaschemmen und Opiumhöhlen von Limehouse mache, sehe ich seine mannigfaltigen Gesichter. Und die, welche heute meine Hilfe in Anspruch nehmen, wünschen mich am nächsten Tag zum Teufel.«

»Warum bemühst du dich dann weiterhin?«

»Aus demselben Grund, aus dem du nicht aufhörst, Verbrechen aufzuklären, obwohl sie nicht weniger werden.«

»Weshalb hast du Mi bei dir beschäftigt? Du wusstest doch, wer sie war, oder?«

Albert nickte. »Bist du mir böse, weil ich es dir nicht verraten habe? Sie brauchte einen Unterschlupf, und mir war es eine Ehre, der schwarzen Dschunke zu helfen.«

»Wie meinst du das?«

»Ihr habt es nie verstanden, aber mit der Dschunke war nicht Wu Bais Schiff gemeint, sondern seine Frau. Mi trug das Bild einer schwarzen Dschunke auf ihren Rücken tätowiert. Sie segelte mit ihrem Mann, war eine von den Piraten. Nachdem ihre Familie ausgelöscht worden war, war sie besessen von Rachegefühlen. Sie ging nie davon aus, dass sie diesen Feldzug überleben würde, doch sie wollte den Hus und den Lius schaden, so viel sie konnte. Ich bemühte mich, ihr ein wenig Frieden und Zuflucht zu schenken und für sie da zu sein.«

»Warum besuchst du mich nicht nächstes Mal bei mir zu Hause, Albert?«, fragte Doktor Pebsworth. »Ich würde unsere Freundschaft gerne weiter pflegen. Es scheint mir, wir sind zwei alte Quacksalber, die einander interessante Geschichten zu erzählen haben.«

»Gerne, Wallace. Das mache ich sehr gerne.«

Kurz vor Weihnachten reiste Lady Persephone Anstruther nach London. Unschicklich braun von ihrem Aufenthalt in

Ägypten und mit großem Gepäck kam sie bei Lord Philip und Freddie an. Gemeinsam fuhren sie zum Landsitz der Dabinotts, wo Persephone ihre Familie darüber informierte, dass sie nach England überzusiedeln gedachte. Sie stellte allerdings zu Freddies Freude klar, dass sie auf den Geschmack des Reisens gekommen sei und dieser Leidenschaft künftig ausgiebig frönen wolle. Daher sollte ihre Nichte weiterhin bei ihrem Onkel wohnen.

Wu Bai kehrte heim nach Hongkong. Er betrauerte den Verlust seiner Frau und ließ die Wunden in seinem Herzen langsam heilen. Danach blickte er nach vorne. Er sah davon ab, Zhen zu töten, und zog sich in die Daya Bay zurück. Anstatt seine Feinde zu ermorden, traf er sie dort, wo es sie am meisten schmerzte. In den folgenden Jahren kaperten die Piraten der Schwarzen Dschunke, wie Wu Bai und seine Männer sich nun nannten, ausschließlich Schiffe der Hu Liu Hongkong Company. Deren Besitzer riefen sämtliche Autoritäten der Kolonialherren um Hilfe an, doch weil Wu Bai nur chinesische Schiffe überfiel und jene der großen westlichen Taipans in Frieden ließ, stießen sie auf taube Ohren.

Die größte Freude in seinem Leben bereitete Wu Bai seine Tochter Lai Choi San. Er erzog sie mit Liebe und Respekt und erzählte ihr Geschichten von ihrer Mutter.

Später übergab er ihr seine gesamte Dschunken-Flotte und machte Lai Choi San zur Piratenkönigin der südchinesischen See, um die sich noch fast hundert Jahre später Legenden rankten.

Freddie und ihr Onkel brauchten eine Weile, bis all ihre Blessuren verheilt waren. Am Ende fanden sie beide, dass der Fall des lachenden Kranichs ihre Verbindung gestärkt hatte. Trotzdem wünschten sie sich als Nächstes einen Auftrag, der ihnen keine familiären Abgründe oder die eigene Vergangenheit vor Augen führen würde. Sondern etwas,

was ihre Intelligenz und Kombinationsgabe herausforderte.

Und sie waren davon überzeugt, dass Professor Browns Wahl auf ein ganz besonderes Verbrechen fallen würde.

Ende

GLOSSAR

1st Battalion of the Shropshire Light Infantry: Captain Irwin Brownhill, Capatin Roland Thurlow und Lieutenant Wilson sind fiktive Figuren, das Battalion gab es aber wirklich. Diese Einheit der Kolonialarmee war von 1892 bis 1895 in Hongkong stationiert. Als 1894 die Pest ausbrach, suchten die Soldaten in den engen Gassen und Häusern der Elendsviertel Hongkongs nach Infizierten. Sie beseitigten die Toten und versuchten, die Häuser zu desinfizieren, weshalb man sie auch »Whitewash brigade« nannte. Für die Zeit, in der sie gegen die Pest kämpften, mussten die Männer in Quarantäne leben. Sie bekamen zusätzliche Rum-Rationen, um besser mit der Situation umgehen zu können.

Von dem etwa tausend Mann umfassenden Regiment, von denen circa sechshundert an den Säuberungsaktionen teilnahmen, starben lediglich ein Offizier und neun Soldaten an der Pest.

Die Rolle der Briten im Umgang mit der Pest wird von chinesischer Seite anders beurteilt als von englischer. Während die Kolonialherren ihre Hilfeleistungen feierten, gab es seitens der Chinesen Berichte von Grausamkeiten und Zerstörungen der Kolonialarmee. Erwiesen ist, dass ein Großteil der Elendsviertel wie Tai Ping Shan im Zuge der Säuberungsarbeiten niedergebrannt wurde.

Baijiu: Chinesischer Getreideschnaps, der bei Raumtemperatur serviert und zum Essen getrunken wird. Angeblich zu jedem Essen.

Bisland, Elizabeth: Wie Nellie Bly umrundete die Amerikanerin Elizabeth Bisland die Welt Ende 1889 – allerdings reiste sie in die entgegengesetzte Richtung. Elizabeth arbeitete für das Cosmopolitan Magazine. Vor ihrer Weltumrundung hatte sie die Vereinigten Staaten noch nie verlassen, danach wurde sie zu einer passionierten Reisenden, die es liebte, neue Länder zu erkunden. Ihre Persönlichkeit war völlig anders als die von Nellie Bly. Bisland war eine Dichterin, sie verarbeitete ihre Reiseeindrücke in wundervollen Versen, und in ihren Berichten bezüglich der Weltumrundung für das Cosmopolitan Magazine bezeichnete sie das Unterfangen stets als Reise, nie als Wettrennen. Nach ihrer Rückkehr in die Heimat heiratete sie und schrieb zahlreiche Bücher auf ihrem Landsitz auf Long Island, den sie zusammen mit ihrem Mann entwarf und baute.

Bly, Nellie: Die Amerikanerin Nellie Bly war im wahrsten Sinn des Wortes eine rasende Reporterin. Ende 1889 brach sie auf, um im Auftrag ihres Arbeitgebers, der Tageszeitung »The World«, im Rekordtempo die Welt zu umrunden, schneller als der fiktive Phineas Fogg in seinen achtzig Tagen. Dabei trug sie ein maßgeschneidertes Reisekleid und führte eine Handtasche mit sich. Sie reiste selbstverständlich erster Klasse. Vorher, während und nach der Weltumrundung herrschte großer Medienwirbel um Nellie Bly, es gab sogar eine Nellie-Puppe. Ihre Reiseerfahrungen verewigte sie hinterher in einem Buch. Die nach außen hin patent erscheinende Journalistin gibt sich darin allerdings nicht weltoffen, sondern recht hochmütig, menschenverachtend und rassistisch.

Britannia Theatre: Im viktorianischen London gab es zahlreiche Theater für jede Preis- und soziale Klasse. Das Britannia Theatre war billig und lieferte Unterhaltung für die breite Masse, von Dramen und Komödien bis hin zu Tanz und Burleske. Es lag in Hoxton im Nordosten der Stadt und bot Platz für über 3.000 Zuschauer. Früher stand an derselben Stelle das Pimlico, eine Taverne aus elisabethanischer Zeit. Gegründet wurde das Britannia Theatre von Samuel Haycraft Lane, kurz Sam Lane. Nach seinem Tod 1871 führte seine Frau Sarah die Geschäfte bis zu ihrem eigenen Tod 1899. Sarah war Schauspielerin, Managerin und Theaterdirektorin in einer Person und stand zuletzt in der Weihnachtsaufführung 1898 selbst auf der Bühne. Zur Glanzzeit des Theaters wurde sie auf Plakaten als »Die Königin von Hoxton« angekündigt.

Changshan: Während der Quing-Dynastie, der letzten kaiserlichen Dynastie, trug der chinesische Mann traditionell einen Changshan, eine Art langer Tunika. Der Changshan wurde entweder alleine getragen oder mit einer Magua darüber, einer kastigen Jacke, die den Changshan bei Aktivitäten vor Verschmutzungen schützte. Im frühen zwanzigsten Jahrhundert entstand eine eigene asiatisch-europäische Mode, als Chinesen über ihrem traditionellen Changhsan ein westlich geschnittenes Jackett trugen, dazu oftmals noch Fedora und Schal.

Chinese Emma: Im viktorianischen London, genauer gesagt in Shadwell, gab es wirklich eine Chinese Emma. Sie stammte aus Irland und war eine jener westlichen Frauen, die fernöstlichen Seeleuten Unterkunft boten. Diese Frauen sprachen meist die Sprache der Matrosen, es gab neben Chinese Emma auch eine Canton Kitty oder eine Lascar Sal. Emma war mit einem Chinesen verheiratet und betrieb neben ihrer Pension tatsächlich einen Spielsalon für Kartenspiele im Keller ihres Hauses und eine Opiumhöhle im ersten Stock. Wie diese Frauen, die sich mit Asiaten in London einließen, von ihrer eigenen westlichen Gesellschaft wahrgenommen wurden, hing von der politischen Situation ab. Es gibt alte Berichte, in denen ganz selbstverständlich von den englischen Pensionswirtinnen der exotischen Seemänner erzählt wird, und gleichzeitig auch abwertende und diskriminierende Erwähnungen.

Choujiu: Ein milchig-weißes, dickflüssiges alkoholisches Getränk aus fermentiertem Reis, das es in China seit Urzeiten gibt.

Cixi: Geb. 1835, gest. 1908. Cixi war ein junges Mädchen aus dem Mandschu-Clan, das mit siebzehn Jahren in den kaiserlichen Harem aufgenommen wurde und von einer Nebenfrau zur mächtigsten Frau Chinas aufstieg. Über Jahrzehnte lenkte sie die Geschicke des Landes als Regentin. Ihr Ruf in der Geschichte ist umstritten. Lange Zeit galt sie als machtbesessene, skrupellose Mörderin, die durch ihre politischen Fehlentscheidungen China an den Rand des Ruins trieb. Andere Quellen behaupten, sie sei eine umsichtige und äußerst intelligente Frau gewesen, die China das Tor zur Moderne öffnete.

Cuppa: DAS geflügelte Wort für »a cup of tea«. Im viktorianischen Zeitalter war das Teetrinken derart populär, dass Tee sogar Bier als beliebtestes Getränk ablöste und damit keine vorübergehende Begeisterung, sondern eine Teekultur begründete. Nicht zuletzt dank Anna, 7th Duchess of Bedford, einer Hofdame der Queen, kamen Teepartys in Mode. Wie zumeist in der englischen Klassengesellschaft gab es auch beim Teetrinken soziale Unterschiede. Die Upperclass nahm gegen vier Uhr nachmittags den sogenannten »low tea« ein, bevor es zum Promenieren in den Hyde Park ging. Dabei wurden zum Tee Kekse, kleine Sandwiches und Kuchen serviert, es wurde weniger gegessen und mehr geredet. »Low tea« deshalb, weil er auf niedrigen Tischen im Drawing Room (von »to withdraw«, sich zurückziehen, also im Wohnzimmer) gereicht wurde. Für die arbeitende Mittel- und Unterschicht hingegen gab es den »high tea« gegen fünf oder sechs Uhr. Der entsprach im Prinzip dem Abendessen, denn wenn die Männer aus den Fabriken nach Hause kamen, hatten sie ordentlich Hunger. Noch heute wird das Abendessen in der englischen Umgangssprache als »tea« bezeichnet, und wenn man fragt, was es zu essen gibt, sagt man: »What's for tea?«

Zum Tee aß man damals, was man sich leisten konnte, im Idealfall Braten, Fisch oder Pies, Sponge Cake, Trifle,

Brot und Käse. Weil man dabei am Esstisch saß, hieß es »high tea«. »High tea« und »low tea« wurden folglich nach der Tischhöhe benannt. Der vornehme »High Tea«, den die schicken Londoner Hotels heutzutage anpreisen, gerne edel aufgemacht servieren und sich teuer vergüten lassen, geht also genau genommen auf die unteren Gesellschaftsschichten zurück und nicht auf die oberen Zehntausend, und deswegen gibt es zum »High Tea« so viel zu essen.

Galabija: Die Galabija oder auch Dschallabija ist das traditionelle Männergewand der Ägypter. Es ist geschnitten wie ein bodenlanges, langärmliges Hemd ohne Kragen und mit weitem Rockteil. Vorne befindet sich ein Brustschlitz. Das bevorzugte Farbspektrum im Sommer ist Altweiß bis Hellblau. Im Winter trägt man dunklere Galabijas aus dickerem Stoff.

Gladstone, William Ewart: Gladstone war britischer Premierminister, und zwar gleich viermal, zuletzt von 1892 bis 1894, bis zum hohen Alter von 85 Jahren.

Gloriosa superba: Die Gloriosa superba, zu Deutsch Ruhmeskrone oder Kletterlilie, gehört zur Gattung der Zeitlosengewächse und ist eine Giftpflanze. Ihr giftiger Bestandteil ist, ebenso wie bei der verwandten Herbstzeitlosen, das Colchizin, ein Alkaloid. Wie immer macht auch hier die Dosis das Gift. In therapeutischen Mengen wird Colchizin zum Beispiel zur Behandlung bei Gicht verwendet. Dafür wird es aus speziell gezüchteten Pflanzen gewonnen. Bei einer Vergiftung leidet der Patient unter Durchfall und Erbrechen, schmerzhaften Krämpfen, und letztlich tritt der Tod durch Multiorganversagen ein.

Happy Valley: Ein kurioser Name für ein sumpfiges Tal, in dem zahllose britische Soldaten Opfer von Malaria wurden. Als die Briten Hongkong als Kronkolonie dem Empire einverleibten, wollten sie zuerst in diesem Tal siedeln, obwohl die Chinesen ihnen versicherten, das Feng Shui dort sei denkbar ungünstig. Teilweise wurde es »The White Man's Grave« genannt, weil so viele Soldaten beim Trockenlegen des Sumpfes starben. Nachdem die Trockenlegung 1846 geglückt war, baute man in der Ebene des Happy Valley Hongkongs erste Pferderennbahn, und die Rennen waren bei allen gesellschaftlichen Klassen das mit Abstand beliebteste Freizeitereignis, währenddessen die Arbeit in der Stadt ruhte.

An den Hängen der umliegenden Berge entstanden Friedhöfe verschiedener Glaubensrichtungen wie Parsen, Juden, Orthodoxe, Katholiken, Engländer inmitten einer traumhaft grünen Landschaft.

Weil Happy Valley relativ abgelegen und vom Stadtzentrum entfernt lag, baute so manch reicher Bürger hier ein Haus für seine Geliebte, was dem Namen des Tals dann doch wieder gerecht wurde.

Hazlewood, C. H.: Colin Henry Hazlewood war ein englischer Bühnenautor, der hauptsächlich für das Britannia Theatre schrieb. Zu seinen bekanntesten Stücken gehören Bühnenadaptionen von Mary Elizabeth Braddons Romanen »Lady Audley's Secret« und »Aurora Floyd«.

Hong: Hong war im viktorianischen Zeitalter die kantonesische Bezeichnung für große Handelshäuser. Einer der ersten und zugleich größten westlichen Hongs in Hongkong war Jardine, Matheson & Co. Zusammen mit Dent & Co. und Russell & Co. finanzierten diese drei Hongs so gut wie alle wirtschaftlichen Aktivitäten im Hongkong des ausgehenden neunzehnten Jahrhunderts.

Hongkong: Hongkong ist der Name der Insel vor Kowloon. Die Stadt, die man ebenfalls Hongkong nennt, wurde von den ersten britischen Siedlern ursprünglich Victoria City genannt. Heute liegt dort der Stadtteil Central. Während des ersten Opiumkriegs fiel die Insel an die Engländer und wurde Teil des kolonialen Empires. Die Zeit zwischen 1839 und 1939 wird von den Chinesen als Jahrhundert der Demütigung bezeichnet. Die koloniale Vergangenheit von Hongkong ist kompliziert, es gab Gutes wie Schlechtes, wobei zu sagen ist, dass gerade in der viktorianischen

Zeit das Schlechte für die Chinesen deutlich überwog. Sie mussten sich einer autoritären Fremdherrschaft unterordnen, es gab große Armut, Seuchen und Krankheiten, Ausbeutung und wenig Respekt für die eingeborene Bevölkerung.

Hudiedao: Das chinesische Schmetterlingsmesser oder Schmetterlingsschwert mit der breiten Klinge war eigentlich eine Verteidigungswaffe. Die Länge der Klinge entsprach der Unterarmlänge des Trägers, der die Schwerter paarweise trug. Heutzutage werden Schmetterlingsschwerter als Waffen bei verschiedenen Kung-Fu-Stilen verwendet.

Jardine, Matheson & Co.: Doktor William Jardine war ein Chirurg in der British East India Company, der auf Opiumhändler umsattelte. Zusammen mit seinem schottischen Landsmann James Matheson gründete er 1832 Jardine, Matheson & Co. Innerhalb weniger Jahre kontrollierten sie ein Drittel des Opiumhandels in Kanton und betrieben den größten Hong in Hongkong. 1870 zog sich die Firma aus dem Opiumgeschäft zurück. Es gibt sie heute noch. Jardine, Matheson & Co. war stets das wichtigste Handelshaus in Hongkong, und auch nachdem die meisten der großen Hongs längst verschwunden waren, bestand es fort. Wenn man die Firma googelt, erfährt man, dass Jardine Matheson Holdings heute ein multinationaler Konzern mit Schwerpunkt Südostasien und Firmensitz auf den Bermudas ist.

Khedive: Zwischen 1867 und 1914 trug der Gouverneur von Ägypten den Titel »Khedive«. Diese orientalisch klingende Bezeichnung sollte betonen, dass das Osmanische Reich nominell die Oberhoheit hatte, obwohl Ägypten seit 1882 keine Provinz des Osmanischen Reichs mehr war, sondern faktisch unabhängig. Aber man wollte sich eben vom stärker werdenden Einfluss Großbritanniens distanzieren und den Gouverneur des Landes nicht schnöde »Vizekönig« nennen.

Ismail Pascha hatte diese Position von 1867 bis 1879 inne. Unter seiner Amtszeit wurde der Suezkanal fertiggestellt, ein Bauvorhaben, das Unsummen verschlang. Auch bei der Eröffnung des Kanals griff der Khedive tief in die Tasche und veranstalte ein drei Tage dauerndes rauschendes Fest, das angeblich mehrere Millionen Francs kostete. Zieht man in Betracht, dass Ismail Pascha auch »Ismail der Prächtige« genannt wurde, wundert dies wenig.

Kuli: Kulis in Hongkong waren ungelernte Arbeiter, die zum Beispiel in den Hongs als Tagelöhner arbeiteten. Sie verrichteten schlecht bezahlte, schwere körperliche Arbeit, auch in Bergwerken und Minen oder als Lastenträger. Eine große Anzahl vorwiegend junger Männer wurde via Umschlagplätze wie Hongkong oder Macao oftmals gegen ihren Willen aus ihrer asiatischen Heimat nach Übersee verschleppt, wo die Abschaffung der Sklaverei die westliche Wirtschaft vor Probleme stellte. So war die Sklaverei eigentlich verboten und fand doch weiterhin noch mehr oder weniger statt. Das klassische Bild, das sich in der westlichen Welt vom Kuli in Hongkong eingeprägt hat, ist das eines Chinesen mit langem Zopf und Reisstrohhut, der an einer Stange über seiner Schulter vorne und hinten Lasten balanciert. Jene Kuli-Hüte sind heute oftmals Teil von Karnevalskostümen, was für die verfälschte Sicht der Vergangenheit spricht.

Land Registry Office: Schon immer war es wichtig, schriftlich festzuhalten, wem welche Grundstücke gehören. In England gab es daher seit 1086 das Domesday Book, in dem alle Landbesitzer verzeichnet waren. Irgendwann sollte jedes System einmal modernisiert werden, und nachdem einige Jahrhunderte lang eine gewisse Unübersichtlichkeit geherrscht hatte, fand das Ganze im Land Registry Act von 1862 ein geordnetes Ende. Seitdem befindet sich das Land Registry Office in 34 Lincoln's Inn Fields, und unter der Oberaufsicht des Chief Land Registrars wird genau Buch geführt, wem was gehört. Heute arbeiten fast achttausend Angestellte in zahlreichen Niederlassungen für die Land Registry.

Lai Choi San: Um diese Frau ranken sich Legenden. Lai Choi San war eine chinesische Piratenkapitänin, auch bekannt als »Die Königin der Macao-Piraten«, die eine Dschunkenflotte befehligte und in den 1920er und 1930er Jahren die Südchinesische See unsicher machte. Sie erbte die Flotte von ihrem Vater, der ebenfalls Piratenkapitän gewesen war. Auf Fotos, die sie angeblich zeigen, sieht man eine braun gebrannte, zierliche Frau mit hoher Stirn und tief liegenden Augen. Der einzige Beweis für ihre Existenz ist das Buch »I sailed with Chinese Pirates« von Aleko Lilius, erschienen 1930, in dem der Autor angibt, mit Lai Choi San und ihren Männern auf einer mit Kanonen ausgestatteten Dschunke gereist zu sein. In meinem Roman ist Lai Choi San die Tochter von Wu Bai und Lai Choi Mi, dies entspricht jedoch nicht der Historie.

Lane, Sarah: Die Theaterdirektorin des Britannia Theatre aus dieser Geschichte gab es wirklich. Eine formidable Frau, die in einer Person Direktorin, Schauspielerin und Managerin war und noch als alte Dame im Jahr vor ihrem Tod auf der Bühne stand. Als sie 1899 starb, hinterließ sie ein großes Vermögen, was für eine Frau, und noch dazu in diesem Gewerbe, damals sehr außergewöhnlich war.

London Harbour/Port of London: Der Hafen von London war in der viktorianischen Zeit der größte Hafen der Welt und Symbol für die weitreichenden Handelsbeziehungen des britischen Empires. 1886 umfasste der Port of London sieben Dock-Systeme, die sogenannten Docklands, wie zum Beispiel die East India Docks, das St. Katherine's Dock oder das Royal Albert Dock. Waren aus dem gesamten Empire wurden umgeschlagen, das Zeitalter der Dampfschiffe erforderte in den Werften eine Anpassung an die neue Technologie, und in den am Fluss gelegenen Vierteln in East London entstanden Fabriken, Kraftwerke und weitere Schiffswerften. Dazu kamen eine Mischung von Seeleuten aus aller Herren Länder sowie unzählige Hafenarbeiter. Die Expansion des Hafens spiegelte die Expansion des Empires wider.

Lotosfüße: Von den unterschiedlichen chinesischen Volksstämmen bandagierten ausschließlich die Frauen der Han ihre Füße, und zwar fast tausend Jahre lang. Die Han stellen anteilsmäßig die größte Volksgruppe in China. Dieser Brauch verstümmelte die Füße unzähliger Mädchen. Manchmal wurde bereits im Alter von fünf Jahren damit begonnen, den Mädchen die Füße zu binden, bis sie eine dreieckige Form bekamen. Erreicht wurde dies durch das Brechen der Zehen (nur die große Zehe wurde nicht gebrochen), die dann nach unten und innen eingeschlagen wurden. Mit nassen Tüchern, die sich beim Trocknen noch enger zusammenzogen, wurden die Füße anschließend straff bandagiert, um sie so klein, schmal und spitz wie möglich zu machen. Selbstverständlich war für die Mädchen und Frauen Gehen nur noch unter Schmerzen und für kurze Strecken machbar, weshalb viele das Haus gar nicht erst verließen. Auf diese Weise entsprachen sie dem Schönheitsideal der Männer, die sich in erster Linie für die Lotosfüße und nicht für die Gesichter ihrer Frauen interessierten. Die verstümmelten Füße galten als erotisch, die Damen waren ans Haus gebunden und völlig abhängig von ihren Ehemännern und nahmen aufgrund des erzwungenen Bewegungsmangels oftmals rasch zu. Etwas nachteilig gestalteten sich übrigens einwachsende Fußnägel sowie Infektionen und Entzündungen in den Falten der misshandelten Zehen, aber das hielt die Leute wie gesagt beinahe tausend Jahre nicht davon ab, ihre Töchter zu verstümmeln. Einzig die Mädchen armer Landarbeiter wurden davon verschont, denn sie wurden zur Arbeit gebraucht und mussten sich bewegen können.

Luncheon: Vor der Erfindung der Gasbeleuchtung und später des elektrischen Stroms richtete sich der Tagesablauf der Menschen nach dem Tageslichtangebot – so auch die Mahlzeiten. Man stand früh auf und aß, und etwa in der Mitte des Tages gab es ein »Dinner«, wobei die Übersetzung dieses Wortes genau genommen nur »Hauptmahlzeit« bedeutet, unabhängig von einer Tageszeit. Als die Welt durch künstliches Licht heller wurde und die Reichen länger aufblieben, da das Angebot an Abendvergnügungen wuchs – die Arbeiterklasse musste natürlich noch immer früh raus –, wurde das »Dinner« weiter und weiter nach hinten verlegt und fand oftmals irgendwann zwischen zwanzig Uhr und zwei Uhr morgens statt.

Die ursprünglich mittags eingenommene Hauptmahlzeit fand nun abends statt – will sagen, die Menschen aßen spät viel und schwer, wie heute auch oft ...

Für die reichen Damen – sogar für die, welche erst gegen Mittag aufstanden – war das eine lange Zeit zwischen Frühstück und Dinner, daher erfanden sie das »Luncheon«, eine leichte Mahlzeit, meist bestehend aus Sandwiches und Gebäck. Reine Frauensache, versteht sich. Ein Gentleman aß niemals »Lunch« und falls doch, wurde er als Weichling belächelt. Das alles änderte sich im viktorianischen Zeitalter. Im Zuge der voranschreitenden Industrialisierung und des Eisenbahnbooms nahmen auch die zu und von der Arbeit pendelnden Leute die neue Mahlzeit gerne an. Lunchpakete wurden mitgenommen, die unterwegs verzehrt werden konnten.

Während die Mittel- und Unterschicht dann ihr »Dinner« nach Beendigung der Arbeit zwischen achtzehn und zwanzig Uhr einnahm, hatten die Schönen und Reichen noch mal ordentlich Zeit zu überbrücken. Denn sie bekamen ihr Abendessen reichlich spät, Dinnerpartys begannen nämlich während der London Season oft erst nach der Oper oder dem Theater, also nicht vor dreiundzwanzig Uhr, und überhaupt musste etwas gegen den Hunger zwischendurch getan werden. Wiederum waren es die Ladys, die sich zu helfen wussten und nachmittags Tee und Snacks servieren ließen. Siehe: cuppa

May, Francis Henry: Sir Francis Henry May war ein in Irland geborener Kolonialbeamter des Empires, der zu der Zeit, in der die Handlung dieses Romans spielt, Polizeichef in Hongkong war. Er machte Karriere und wurde später unter anderem Gouverneur von Fidschi und von Hongkong. Bestimmt war er in Wirklichkeit nicht so unsympathisch, wie er in dieser Geschichte auftritt.

Mogwai: Ein Mogwai ist ein Fabelwesen aus der chinesischen Mythologie, und das Wort bedeutet im Kantonesischen »Monster«, »böser Geist« oder »Dämon«. Mogwais wollten den Menschen schaden, ihnen Böses antun, und man musste sie exorzieren, wenn man sie wieder loswerden wollte. Am besten funktionierte das mit speziellen Holzschwertern oder indem man falsche Geldscheine als Opfer verbrannte. Laut Volksglaube paarten sich Mogwais ausschließlich während der Regenzeit ...

Namoa: Am 17.04.1891 wurden die Namoa-Piraten öffentlich vor den Toren von Kowloon City geköpft. Dazu ließ man sie in einer Reihe hinknien und schlug ihnen dann mit dem Schwert die Köpfe ab. Vorher mussten sie sich kniend fotografieren lassen, und hinterher posierten Kolonial- und chinesische Beamte neben den abgeschlagenen Köpfen und den Körpern. Vorangegangen war ein Überfall chinesischer Piraten auf den Dampfer Namoa, bei dem der Kapitän zu Tode kam und die Passagiere ausgeraubt wurden. Piraterie in den Gewässern um Hongkong war lange Zeit eine Gefahr für Händler und Reisende, da die unzähligen Buchten und Inseln perfekte Verstecke boten. Manche Piratenfamilien und -clans verfügten über ganze Dschunkenflotten.

Opiumhöhlen: Die Opiumhöhlen im viktorianischen London sind dank unzähliger Geschichten, Romane, Gedichte, Zeitungsberichte, Skizzen und Zeichnungen legendär. Die Fiktion ist wesentlich spektakulärer als die Wirklichkeit. Ja, es gab sie. Ja, es gab auch schmuddelige. Aber nicht annähernd so viele, wie behauptet wird. Die meisten Opiumhöhlen in London befanden sich in Chinatown, also in der Gegend von Limehouse. Je nach Budget gab es heruntergekommene Kaschemmen oder Rauchsalons. In den Opiumhöhlen wurde den Gästen das Rauchzubehör zur Verfügung gestellt, die Pfeife vorbereitet. Man lag auf Pritschen oder Diwanen (deren Komfort oder Schmuddeligkeit ebenfalls geldabhängig war) auf der Seite, hielt die Pfeife über eine Flamme und inhalierte die Dämpfe der Droge. Nach einer Phase der Glückseligkeit fiel man dann in tiefen Schlaf. Traditionellerweise wurde nie alleine, sondern stets in Gesellschaft geraucht.

P&O: Die Peninsular and Oriental Steam Navigation Company war Ende des neunzehnten Jahrhunderts eine britische Reederei, deren Ozeandampfer die Weltmeere befuhren. Auch Nellie Bly reiste mit P&O um die Welt. Seit 2006 gibt es die Reederei nicht mehr.

Pea Souper: Eine Bezeichnung für den dicken, oft grünlich-gelben, manchmal fast schwarzen Londoner Smog, der voller Rußpartikel und Schwefeldioxid und somit richtig schädlich war. Pea souper, weil er nach der farblich ähnlichen Erbsensuppe pea soup benannt wurde.

Pest in Hongkong: Die Pest erreichte Hongkong im Frühling 1894 über das Festland von Kanton her. Sie kostete Tausende Menschen auf der Insel das Leben, verbreitete sich weiter über die ganze Welt und forderte Millionen Todesopfer. Im Sommer desselben Jahres kam der junge Arzt Alexander Yersin nach Hongkong. Ihm gelang es, den Pesterreger als Bazillus auf Rattenflöhen zu identifizieren, und er legte so den Grundstein für den erfolgreichen Kampf gegen die Pest. In Hongkong selbst starben 1894 hauptsächlich die Armen in den Elendsvierteln, denn die reichen Kolonialherren zogen sich auf den Victoria Peak zurück und warteten, bis der Tod vorübergezogen war. Ein Großteil der Häuser im Stadtzentrum wurde im Rahmen der Säuberungsaktionen niedergebrannt.

Petipa, Marius: Geb. 1818, gest. 1910. Victor Marius Alphonse Petipa wurde in Marseille in eine Tänzerfamilie hineingeboren. Er war selbst ebenfalls Tänzer, wurde aber bekannt als Erster Ballettmeister und Choreograf an der kaiserlichen Ballettschule in St. Petersburg und gilt als Begründer des klassischen Balletts in Russland. Er wirkte unter anderem an »Dornröschen« und »Der Nussknacker« mit, und das auch heute noch populärste Ballett »Schwanensee« wurde erst nach seiner und Lew Iwanowitsch Iwanows gemeinsamen Überarbeitung 1895 zum Renner. Petipa starb 1910 auf der Krim.

Pidgin/Chinese Pidgin English: Was bei Außenstehenden oft für Kopfschütteln sorgte, hatte ursprünglich einen Sinn. Als die ersten westlichen Händler nach China kamen, mussten sie lernen, sich auf irgendeine Weise mit den Chinesen zu verständigen. So entstand das Kauderwelsch aus Englisch, Portugiesisch und anderen westlichen Sprachen, das sich an der chinesischen Grammatik orientiert und viele Jahre lang eine Kommunikationsmöglichkeit bot, die für westliche wie fernöstliche Menschen einfacher zu erlernen war als die korrekte Sprache des jeweils anderen. Auch heute noch finden sich Reste von Pidgin im allgemeinen Sprachgebrauch, wie etwa *long time no see* oder *no go.*

Prince Albert Victor: Der erstgeborene Sohn des Prince of Wales und seiner Frau Alexandra von Dänemark war verlobt mit Prinzessin Mary von Teck, starb aber 1892 im Alter von 28 Jahren, als in England die Influenza wütete. Was auch als Todesursache angegeben wurde. Über Albert Victor kursieren Gerüchte, wonach er Jack the Ripper gewesen wäre – was widerlegt wurde –, verbotene homosexuelle Bordelle besucht hätte – wofür es nie Indizien gab – und dass er eigentlich nicht an der Influenza, sondern an Syphilis gestorben sei – was nie nachgewiesen wurde. Sein Bruder George folgte ihm nicht nur als Thronfolger nach, er übernahm auch gleich die Verlobte und heiratete Prinzessin Mary, die May genannt wurde.

Pullman Palace Car: Die Pullman Palace Car Company aus den USA baute zur großen Zeit der Dampfeisenbahn prächtige und innovative Eisenbahnwagen, unter anderem den ersten Schlafwagen.

Sepoi-Aufstand: Der Sepoi- oder Sepoy-Aufstand, bei dem Professor Brown von seinem damaligen Freund hinterrücks verletzt wurde, fand 1857 in Nordindien statt. Er richtete sich gegen die East India Company. Nach der Niederschlagung der Kämpfe 1858 wurde die East India Company aufgelöst und British India als Kronkolonie ganz offiziell dem Empire einverleibt. Auslöser des Aufstandes war die schlechte Behandlung der einheimischen Bevölkerung durch die Briten, die Ländereien annektierten, die Menschen wie Sklaven behandelten und ausbeuteten und ihnen das Christentum aufzwingen wollten.

Taipan: In der kantonesischen Sprache bedeutet Taipan »höchster Anführer«, also die Person mit der größten Macht. Wenig verwunderlich, dass die westlichen Geschäftemacher in Hongkong nichts dagegen hatten, so bezeichnet zu werden, wenn ihre Hongs eine gewisse Größe erreicht hatten. Obwohl alle europäischen Besitzer von internationalen Handelshäusern von den Chinesen »Taipane« genannt wurden, machten sie Unterschiede – es gab nämlich auch stets den einen, den größten und mächtigsten – DEN Taipan. Doktor William Jardine war zum Beispiel so einer. Im viktorianischen Hongkong lebten die britischen Taipane an den kühleren Hängen des Victoria Peak, sie residierten in prächtigen Villen, und man blieb unter sich. Selbstverständlich gab es auch einen Taipan's Club.

Tai Ping Shan: Das Elendsviertel am Fuß des Victoria Peak war Brutstätte der Pest in Hongkong. Die Lebensbedingungen der Menschen dort waren tatsächlich so unmenschlich, wie im Roman angedeutet. Es gab kein Abwassersystem, kein Frischwasser, und die Bewohner mussten unter extrem beengten und unhygienischen Bedingungen hausen. Es ist eines der ältesten Viertel von Hongkong und liegt heute im Gebiet Central.

Tanka: Der Begriff Tanka hat heute einen diskriminierenden Beigeschmack, bezeichnet aber eigentlich eine ethnische Gruppierung in Südchina, die sogenannten Boat People, die ihr Leben größtenteils auf ihren Booten im Wasser verbringen.

Theatre Royal: Das Theatre Royal liegt in der Drury Lane in Covent Garden und wird einfach nur »Drury Lane« genannt. In seiner heutigen Form wurde es 1812 gebaut, das erste Theater in der Drury Lane entstand allerdings bereits 1674. Es ist bekannt für Theater- und Ballettaufführungen und dafür, Heimat zahlreicher Gespenster zu sein. Hauptsächlich erscheinen dort ehemalige Schauspieler und ein Man in Grey, und sämtliche Geistererscheinungen gelten als gutes Omen.

Im Jahr 1844 fand die Balletttänzerin Clara Vestris Webster ein ebenso grausiges wie tragisches Ende im Theatre Royal, als ihr Ballettkostüm während einer Aufführung Feuer fing und sie auf der Bühne verbrannte.

The Club: Der »The Hong Kong Club«, von allen nur »The Club« genannt, öffnete 1846 seine Tore und war der erste Gentlemen's Club in Hongkong. Gegründet wurde er als Taipan's Club, denn die westlichen Geschäftsleute sollten eine Basis in der Stadt erhalten, wo sie sich ungestört und bei heimischem Komfort treffen konnten. Es stand zwar nicht in den Statuten, dass der Club für Chinesen verboten war, doch war es ein ungeschriebenes Gesetz, keine Asiaten aufzunehmen. Freilich hatten die etwa zweihundert chinesischen Dienstboten schon Zugang zu den Räumen. Es gab Billardtische und eine Bowlingbahn, Restaurant, Lese- und Aufenthaltsräume sowie Bars und zahlreiche Gästezimmer, wie sich das für einen Gentlemen's Club gehört. Aufgenommen wurde man nur durch Vorschlag eines oder mehrerer Mitglieder. Zugelassen waren lediglich Geschäftsleute und Staatsbeamte. Natürlich keine Frauen oder Männer mit dubiosem Lebenslauf. Zu manchen Räumen hatten weibliche Gäste keinen Zutritt. Noch bis in die 1980er Jahre hinein gab es kaum chinesische Mitglieder im Club.

Wild Woodbine: Woodbine war seit 1888 eine englische Zigarettenmarke, die billige, starke, ungefilterte Zigaretten herstellte, welche besonders in der Arbeiterklasse populär waren. Auch während der beiden Weltkriege rauchten die Soldaten gerne Woodbine. Umgangssprachlich fielen die starken Zigaretten in die Kategorie »gaspers«, was oft mit »Glimmstängel« übersetzt wird, aber die Sache nicht trifft. »To gasp« bedeutet nämlich »nach Luft ringen«, und genau das machten viele, wenn sie das erste Mal eine Woodbine rauchten. Die Zigarettenpackung an sich war besonders hübsch im Stil des ausgehenden neunzehnten Jahrhunderts gestaltet, und als die Firma Mitte der 1960er Jahre eine neu designte Packung herausbrachte, war das der Anfang des Niedergangs. Die Leute hassten die neue Zigarettenschachtel und kauften keine Woodbine mehr. Eigentlich ist es nicht korrekt zu sagen, Woodbine »war« eine Zigarettenmarke, denn es gibt sie noch immer. Allerdings ist sie heutzutage relativ unbekannt und nicht mehr »Britain's best-selling cigarette«.

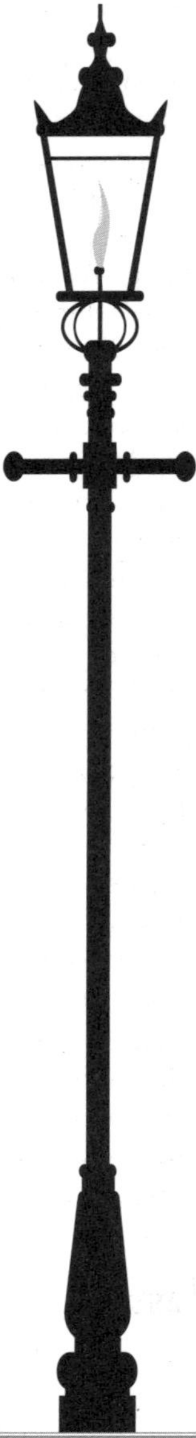

Die Baker-Street-Bibliothek

Romane aus den Anfängen der modernen Kriminalistik

Verfügte Sherlock Holmes
in seinem Haus in der
Baker Street 221b
über eine literarische Bibliothek?
Wir wissen es nicht.
Aber wir stellen uns gern vor,
dass er die Bücher dieser Reihe
gelesen hätte:

Geschichten rund um skurrile Morde,
bizarre Motive und
eigenwillige Ermittler,
die allesamt in einer Zeit spielen,
in der die Verbrechensermittlung
noch in den Kinderschuhen
steckte.

www.bakerstreetbibliothek.de